Beachdating

Birgit Gruber

*In Erinnerung an wunderbare Sommertage, die
ausnahmslos Urlaubsflair besaßen.*

Buch

Sommer, Sonne, Urlaubszeit!

Annabell freut sich riesig auf ihren Traumurlaub, doch ihre
Reisepläne werden jäh durchkreuzt. Statt sich an den weißen
Sandstränden Zyperns die Sonne auf den Bauch scheinen zu
lassen, landet sie auf dem Campingplatz eines Badesees in der
schönen Oberpfalz. Definitiv nicht das, was Annabell im Sinn
hatte!

Entspannung sucht sie vergeblich, während ihre quirligen
Nachbarn und eine Zeltlagergruppe, die es faustdick hinter den
Ohren hat, sie auf Trab halten. Dann ist da noch der schüchterne Steuerberater Dirk, das Männerquartett inklusive Sonnyboy Ricky, der immer einen flotten Spruch auf den Lippen hat,
und Elias mit diesen unglaublich blauen Augen …
Schnell wird Annabell klar: *Den* Urlaub wird sie so bald nicht
vergessen!

Dies ist ein Roman.
Die Namen der behandelten Personen sind frei erfunden.
*Eventuelle Ähnlichkeit mit real existierenden (lebenden oder
toten) Menschen wäre reiner Zufall.*

Beachdating

Liebesroman

Birgit Gruber

Verlag:
Zeilenfluss
Implerstraße 24
81371 München
Deutschland

Deutsche Erstveröffentlichung Juli 2019
Neuauflage: Juni 2023
Text: © 2019 Birgit Gruber
Bildmaterialien: Freepiks / Depositphotos
Cover: Magicalcover / Giusy Lo Coco
Korrektorat: Dr. Andreas Fischer
Satz: Zeilenfluss

ISBN: 978-3-96714-011-8

1

Sommer! Endlich! Urlaub! Endlich! Doch leider war der Traum von Strand und Meeresrauschen geplatzt. Dabei war alles schon geplant und gebucht gewesen. Ich hatte mich für Zypern entschieden und seit Wochen die Tage gezählt. Extra einen neuen Bikini hatte ich mir gekauft. Und nun? Für was? Dafür, dass ich nun einen freundlichen Brief meines Reiseveranstalters bekommen hatte. Mit netten Worten wurde mir eröffnet, dass es durch die Pleite einer Fluggesellschaft plötzlich keine Maschine zum vereinbarten Termin mehr gäbe. Ersatz wäre aufgrund der Vielzahl von Reisenden auch nicht möglich. Ja, schier undenkbar. Somit müsse man mir leider mitteilen … blablaba. Kurz, meine Urlaubsreise war storniert worden, ob ich wollte oder nicht.

»Was ist los, Annabell? Wird es nicht langsam Zeit, deine Sachen zusammenzupacken?«, fragte meine Kollegin Petra. Sie saß am Schreibtisch gegenüber von mir und glaubte noch immer, ich würde in achtzehn Stunden im Flieger Richtung Süden sitzen. Ich hatte es nicht fertiggebracht, ihr oder irgendjemandem sonst zu erzählen, dass mein Traum geplatzt war. Die Enttäuschung war zu groß, und wenn ich es aussprach, würde es zur Realität, so empfand ich es zumindest.

In Seelenruhe schob ich einige Papiere auf meinem Schreibtisch von links nach rechts. Klar, dass Petra nicht verstand, warum ich es nicht erwarten konnte, das Büro und die Firma für die nächsten Tage zu verlassen.

Dabei hatte ich mich so auf diesen Urlaub gefreut. Ich hatte hart gespart, um endlich einmal wieder echtes Strandfeeling erleben zu können. Nach meinem Umzug in die neue Wohnung, der mich nicht nur Zeit und Mühe gekostet hatte, sondern auch noch Geld für Möbel, war mein Auto kaputtgegangen. Die Diagnose der Kfz-Werkstatt lautete, um genau zu sein: Schrottreif. Das musste ich erst einmal verdauen. Sicherlich hatte mein Corsa schon etliche Jährchen auf dem Buckel und besaß hier und da ein paar attraktive Rostflecken, aber unter dem Aspekt ›schrottreif‹ hatte ich ihn bis zu diesem Zeitpunkt noch nie betrachtet. Da sich eine Rundumreparatur jedoch keinesfalls lohnen würde, wie mir ausdrücklich versichert wurde, ging also ein Großteil meiner Rücklagen für einen neuen Kleinwagen drauf. Das war vor gut eineinhalb Jahren gewesen. Seitdem lag mein Lebensmittelpunkt in der Arbeit, darum bemüht, meine Reserven wieder aufzufüllen.

Im letzten Sommer hatte es für einen Urlaub bei Weitem noch nicht gereicht. Aber heuer! Als ich vor Monaten meine Reise nach Zypern gebucht hatte, stieß ich mit einem Glas Aperol Spritz mit mir selbst an. Ich war stolz, dass ich es geschafft hatte, finanziell wieder vernünftig gepolstert zu sein, was immer das heißen mochte. Das war wohl für jedermann aus unterschiedlichem Blickwinkel zu betrachten. Meine eigenen Ansprüche hatte ich jedenfalls erreicht. Und der zweite Punkt, der mich stolz machte, war, dass ich mich überhaupt dazu durchgerungen hatte, zu verreisen. Und zwar allein. Das hatte ich bisher noch nie gewagt. Früher waren Urlaube Familienangelegenheit. Meine Eltern, meine Schwester, mein Bruder und ich. Als ich älter und allmählich erwachsen wurde, verreiste ich dann mit Freundinnen oder mit meinem Freund. Nicht so diesmal. Meine Freundinnen praktizierten inzwischen selbst Familienurlaube und einen Freund besaß ich nicht – mehr. Deshalb auch der Umzug und mein knappes Budget.

Karsten, mein Ex-Freund, war ein regelrechter Adrenalinjunkie gewesen und hatte sein Geld in eine abenteuerlustige Sportart nach der anderen gesteckt. Während ich das anfangs noch aufregend fand, wurde es im Laufe der Zeit immer mehr zu einem Problem zwischen uns, zumal er mich häufiger um eine Finanzspritze bat, damit er seine Trips finanzieren konnte. Aber wir passten auch sonst nicht besonders gut zueinander. Ich hatte es versucht – Gott weiß wie sehr –, doch am Ende war eine Trennung das einzig Vernünftige gewesen. Seitdem genoss ich das Single-Dasein. Von Männern hatte ich vorerst genug, und es war auch nicht so, als wäre mir seither ein wirklich interessantes Exemplar über den Weg gelaufen. *»Wie auch?«,* würde Petra jetzt bestimmt anmerken. *»Du arbeitest ja nur noch.«*

Ganz unrecht hatte sie damit wohl nicht. Meine sozialen Kontakte beliefen sich auf Familientreffen in allen Variationen. Ob mit meiner eigenen oder mit denen meiner Freundinnen. Die waren nämlich alle unter der Haube. Manche mit, manche von ihnen ohne Trauschein. Aber alle lebten glücklich und zufrieden in festen Beziehungen. Zudem war nun auch noch der Babyboom ausgebrochen. Als wir nach und nach alle die dreißig überschritten, artete es regelrecht zur Epidemie aus. Innerhalb von zwölf Monaten hörte ich dreimal das freudige »Ich bin schwanger« samt dem zugehörigen aufgeregten Gekreische.

Es war nicht so, dass ich keine Kinder mochte, irgendwann einmal wollte auch ich welche haben, aber zuerst musste ich den passenden Mann dazu finden. Und so mutierte ich allmählich ungewollt zur Außenseiterin. Während sich für meine Freundinnen alles um Babybrei und Windeln drehte, wurde ich einem noch freien Exemplar an Mann nach dem anderen vorgestellt. Eine jede wollte mich verkuppeln, damit ich endlich wieder so richtig zur Gruppe gehörte. Gartenpartys und Geburtstagsfeiern wurden mir langsam zum Graus. Fand ich es anfangs noch amüsant, welchen Begleiter sie mir diesmal aus dem Hut gezaubert hatten, steigerte es sich mit der Zeit zur anstrengenden Pflichtveranstaltung. Kurz: Es wurde nicht einfacher und so vergrub ich mich zunehmend in meine Arbeit. Immerhin war ich dadurch zur Abteilungsleiterin aufgestiegen.

Umso mehr war ich stolz auf mich, dass ich mir das Schnäppchen nicht hatte entgehen lassen und den Urlaub gebucht hatte. Einzig und allein mit mir. Zugegeben, auch Petra hatte ihren Beitrag geleistet, indem sie mir sagte, ich könne meine vielen angesammelten Urlaubstage nicht verfallen lassen und müsse unbedingt mal wieder etwas ausspannen. Tja, und nun das.

Niemals hätte ich mir vorstellen können, dass die Pleite einer Fluggesellschaft einmal meine Strandträume würde platzen lassen. Doch ebenso wie mir ging es wohl vielen anderen auch. Das Blöde war nur, ich hatte kein Geld, um eben mal schnell ein anderes Reiseziel zu buchen.

»Willst du mir ›die‹ nicht endlich geben?« Petra sah mich immer noch fragend an. Klar, anstatt zu antworten oder fröhlich aufzuspringen, ordnete ich den Stapel Formulare vor mir zum bestimmt fünften Mal. Seufzend beugte ich mich über den Tisch und reichte ihr den Papierberg.

»Keine Sorge, ich werde dich gut vertreten«, meinte sie lächelnd, weil sie mein Seufzen falsch interpretierte. »Genieß deinen Urlaub. Machst sowieso zu viel Überstunden. Und grüß mir das Meer. Ich würde auch gerne die Wellen rauschen hören und das Salzwasser schmecken. Aber du weißt ja, seit wir unseren Wohnwagen haben, fahren wir immer in die Oberpfalz an unseren See. Joachim liebt den halt. Und es ist ja auch wirklich schön dort. Ach, ich freu mich schon!«

»Dauert ja nicht mehr lange.« Gleich nach meiner Woche Urlaub nahm Petra ihren. Wir gaben uns sozusagen die Klinke in die Hand. Dann hielt ich mitten in der Bewegung inne. »Wie hieß der noch gleich?«

»Warte. Ich zeig's dir.« Mit flinken Fingern tippte sie auf ihrer Tastatur, um mir gleich darauf ihren Bildschirm zuzudrehen. Das funktionierte aber nicht so recht. Brummend schüttelte sie den Kopf. »Komm rüber«, forderte sie mich dann gestenreich auf. Das tat ich und Petra präsentierte mir strahlend zuerst eine Webseite und dann noch mehrere selbst geschossene Fotos. Es sah wirklich nach Urlaub aus. Wasser, Sand, Sonnenuntergang. Und als ich endlich das Firmengebäude für die nächste Woche verließ, hatte ich einen Plan.

»Sie haben noch nie gezeltet?«, fragte mich der mit Akne geschlagene Verkäufer, der offenbar witterte mit mir das Geschäft seines Lebens zu machen.

Vehement verneinte ich. Und das bereits zum dritten Mal. Mein Gegenüber konnte das anscheinend gar nicht fassen. Eine kleine Ewigkeit schaute er mich an, bis er schließlich nickte und von null auf hundert zur Hochform auflief.

Ich hörte nur alle paar Minuten: »Dann brauchen Sie das. Und das. Und das selbstverständlich auch.« Innerhalb kürzester Zeit häufte sich vor mir ein Berg an. Perplex sah ich seinem emsigen Treiben wortlos zu.

»Brauchen Sie auch eine Campingtoilette?«, fragte er dann, schon ein wenig außer Atem, kam neben einem Regal mit großen – also wirklich großen! – Kartons zum Stehen und riss mich damit aus meiner Liturgie. Fassungslos starrte ich ihn an. »Eine Campingtoilette? Sie hätten damit Ihr eigenes ungestörtes Plätzchen. Wenn Sie verstehen, was ich meine.« Seine Augenbrauen vibrierten.

Ja, klar! Hielt der mich für bescheuert? Mein eigenes ungestörtes Plätzchen, mitten am Campingplatz, gleich neben meinem Zelt, unter freiem Himmel, in aller Öffentlichkeit. Oder wo sollte ich das Ding aufbauen? Ich stellte mir vor, wie ich da so saß, auf meinem Örtchen und den Nachbarn zuwinkte. Also bitte! Ich wäre bestimmt eine Attraktion. Wäre es dem Kerl nicht todernst mit seiner Frage gewesen, ich wäre vermutlich in schallendes Gelächter ausgebrochen. Doch so wahrte ich den nötigen Ernst und verneinte nachdrücklich meinen Bedarf. Er zog eine Schnute, während ich fand, dass es an der Zeit war, den restlichen Stapel genauer zu inspizieren. Wer wusste schon, was er mir noch alles andrehen wollte? In seinen Augen war ich die perfekte Kundin, die ihn zum Verkäufer des Monats aufsteigen ließ.

Ich fand: Eine Isomatte, einen Schlafsack, der auch minus irgendwas Grad aushielt – Hallo? Es war Hochsommer, und ich wollte jetzt verreisen! –, natürlich ein Zelt – in der Handhabung des Auf- und Abbaus besonders leicht und auch für Anfänger wie mich sehr gut geeignet – eine Campingleuchte, die per Handkurbel aufladbar war, und diverse weitere Kleinigkeiten. Wie zum Beispiel … »Was ist denn das?«, fragte ich verwirrt, weil ich so schnell gar nicht mitbekommen hatte, was der Typ mir alles aus den Regalen geholt hatte.

»Das ist eine Wäschespinne mit Fußgestell. Bestens geeignet fürs Camping. Das Alugestell ist wetterfest.«

Mein Arm, mit dem ich gerade noch das Teil aus dem Haufen hervorziehen wollte, sackte nach unten.

»Brauch ich nicht!« Erbittert schüttelte ich den Kopf. Ich wollte mich im Hotel entspannen und verwöhnen lassen. Wenn das nun schon Geschichte war, dann sollte mich der Teufel holen, aber ich würde in meinem Urlaub garantiert keine Wäsche waschen. Das stand schon mal fest!

Mein Gegenüber sah mich verständnislos an. »Und was soll das sein?«, fragte ich weiter und durchstöberte den Haufen. Ein Karton mit dem Bild eines wabenförmigen Metallgehäuses starrte mir zur Hälfte sichtbar entgegen.

»Oh! Das wird Ihnen gefallen! Das ist ein Campingkocher. Und nicht nur das! Mit diesem kleinen Gerät können Sie nicht nur kochen, Sie können auch Ihr Handy aufladen. Ist das nicht fantastisch?« Er war derart begeistert, dass ich glaubte, er würde sogleich vor Freude anfangen auf und ab zu hüpfen.

Ich runzelte die Stirn.

»Und die passende Kaffeekanne habe ich Ihnen auch schon gleich dazugelegt«, fügte er an, bevor ich Einwände erheben konnte.

Es folgte eine Verhandlung ähnlich wie auf einem Basar. Wir feilschten um jedes Stück. Allerdings nicht wegen des Preises, sondern ob ich es kaufen wollte oder nicht. Wir einigten uns schließlich auf die Grundausstattung, wie Zelt, Schlafsack und so weiter, und letztlich nahm ich auch die Campingleuchte und den Campingkocher samt Kaffeekanne, weil ich befürchtete, er würde gleich in depressive Zustände verfallen, wenn ich es nicht tat. Die Summe, die ich am Ende berappen musste, war höher, als ich gedacht hatte, aber vermutlich normal. Da ich mich bislang nie für Camping interessiert hatte, wusste ich das nicht so genau. Doch ich wollte ihm nichts unterstellen. Und so schleppte ich wenig später meine neu erworbenen Habseligkeiten – meine Vier-Sterne-Luxushoteleinrichtung – zu meinem Auto und war froh, dass ich noch mein Urlaubsgeld für ›vor Ort‹ besaß, welches mit dieser Aktion jetzt aber auch schon um einiges geschrumpft war.

2

Am nächsten Vormittag ging es los. Das Auto war voll bepackt. Nie hätte ich gedacht, dass ich die Stauflächen einmal so gut nutzen würde. Ich hatte im Supermarkt noch fleißig eingekauft und nun neben einer großen Kühlbox mit etwas Wurst, Käse, Butter, Marmelade und was man eben so braucht, auch einen Kasten Wasser und eine Flasche Sekt eingeladen. Dazu meinen Trolley mit Klamotten und eine Reisetasche mit Badesachen und Handtüchern. Damit war mein Kofferraum dann auch ziemlich voll. Das Zelt samt Schlafsack und Luftmatratze hatte neben meinem Kopfkissen und Decke am Rücksitz Platz gefunden. Ich fragte mich, wie Familien das machten, wenn ich allein es schon schaffte, mein Auto so voll zu bekommen. Ob ich vielleicht zu viel eingepackt hatte? Ich biss mir auf die Lippen. Nicht zum ersten Mal überfielen mich Zweifel, ob meine spontane Entscheidung, zu Petras Urlaubssee zu fahren, richtig für mich war. Von Camping verstand ich nicht das Geringste, wie mein gepacktes Auto schon bewies. Das konnte ja heiter werden!

Das schöne Oberpfälzer Seenland lag nur gute zwei Autostunden entfernt und so hatte ich mein Reiseziel bereits erreicht, während ich, wenn alles wie geplant verlaufen wäre, jetzt vermutlich gerade erst mit dem Flieger auf die Startbahn rollen würde. Na ja, zumindest konnte ich mir die Sicherheitseinweisungen bezüglich Luftdruckmasken und Schwimmwesten ersparen. Die brauchte ich hier nicht. Obwohl eine Schwimmweste vielleicht sinnvoll wäre, wenn ich im See –

der für die nächsten Tage direkt vor meiner Tür liegen würde – zu weit hinausschwamm. Lächelnd bog ich in die letzte Abzweigung ein. Und schon lag er vor mir. Zwischen Autos, Büschen und Bäumen glitzerte mir Wasser entgegen. Viel konnte ich noch nicht erkennen, aber das, was ich sah, war durchaus verheißungsvoll, und meine Vorfreude wuchs. Ich parkte meinen Wagen, stieg aus und sah mich um.

Ein weiteres Auto brauste heran und wirbelte hinter sich weißen Staub auf. Laute Musik und Stimmen drangen daraus hervor. Der Fahrer sang hörbar mit und wiegte das Lenkrad im Takt dazu nach links und rechts, sodass er mit seiner Karre ins Schlingern kam und der Außenspiegel der Beifahrertür meinen Arm streifte. Zumindest dachte ich das. Oder war das nur der Fahrtwind gewesen, den ich gespürte hatte? Erschrocken und völlig unvorbereitet sprang ich zur Seite. Ich schnappte nach Luft, atmete aber lediglich den dünnen Kalkstaub ein.

»Hey, spinnst du?«, rief jemand an meiner Stelle. »Halt sofort an!« Es dauerte einen Moment, bis ich begriff, dass derjenige ebenfalls im Wagen saß.

»Ist doch nix passiert«, hörte ich eine andere Stimme, während das Auto abbremste und die Hintertür aufgerissen wurde.

Wie ein begossener Pudel blinzelte ich, um das Geschehen vor mir zu verfolgen, während ich mir die Stelle meines Armes rieb, an der ich, wie ich glaubte, getroffen worden war. Soweit ich erkennen konnte, saßen vier männliche Exemplare in dem Wagen. Einer davon war jetzt im Begriff, auf mich zuzukommen.

»Alles okay?«, fragte er, der Stimme nach mein Fürsprecher. Ich hustete und nickte nur. Die Ladung Staub hatte sich mir in Mund und Rachen gelegt, was verhinderte, dass ich den Typen kräftig die Meinung geigen konnte. Die Glücklichen! Der Wortschwall, der mir durch den Kopf ging, war nichts für schwache Gemüter.

»Warte«, meinte nun einer der anderen, der inzwischen auch

ausgestiegen war und mein Problem wohl erkannt hatte. Er lief mit einer kleinen Wasserflasche auf mich zu. »Hier.«

Zögernd griff ich danach. Ich nahm nicht so einfach von Fremden etwas an, doch hier handelte es sich eindeutig um einen Notfall. Entweder trank ich einen Schluck oder ich würde vermutlich umkippen. Keuchend schraubte ich an dem Verschluss, aber das Teil war echt gut verschweißt, und so half mir mein Wasserspender ein weiteres Mal. Als die kühle Flüssigkeit meine trockene Kehle entlangfloss, merkte ich, wie meine Lebensgeister wieder zurückkehrten.

Der Mann vor mir grinste mich an. »Besser?«

Nickend räusperte ich mich, bevor ich endlich ein »Ja« herausbekam. Sicherheitshalber trank ich noch einmal. Dabei musterte ich beide verstohlen. Ich tippte darauf, dass sie etwa in meinem Alter waren und ich kam nicht umhin zu bemerken, was für strahlend blaue Augen mein Fürsprecher besaß. Normalerweise erwartete man solche Augen eher bei blonden Haaren, doch seines war dunkel. Aber ich selbst war aschblond und hatte braune Augen, was bestätigte, dass alles andere reines Klischeedenken war.

Außerdem befanden wir uns auf Augenhöhe, somit war er circa eins fünfundsiebzig groß. Sein Gesicht mit den ausgeprägten Wangenknochen wirkte freundlich. Vielleicht fand ich ihn gerade deshalb interessant, um nicht zu sagen attraktiv.

»Gut«, meinte mein Gegenüber erleichtert. »Ich bin übrigens Markus«, stellte er sich vor und reichte mir seine Hand. »Und das ist Elias.«

Elias hieß er also, der Mann mit den schönen blauen Augen. Fast widerwillig löste ich meinen Blick von ihm und schüttelte Markus' Hand. Er war kleiner als Elias und leicht untersetzt, aber nicht dick. Sein rundliches Gesicht zierten leicht rötliche Haare und ein ordentlich gepflegter Vollbart.

Erst jetzt bemerkte ich wieder den dumpfen Schmerz, der sich knapp über meinem Ellenbogen am Oberarm ausbreitete.

Das würde ein blauer Fleck werden, das war mal sicher. Trotzdem griff ich auch Elias' Hand.

»Annabell.«

»Freut mich.« Unsere Blicke trafen sich.

»Tut mir leid, dass du mit Rickys Fahrkünsten konfrontiert wurdest«, meinte er.

»Und? Alles klar?«, rief jemand und mir fiel auf, dass auch die anderen Männer ausgestiegen waren. Alle im gleichen Alter.

»Da kannst du von Glück reden«, rief Markus und drehte sich ihnen kurz zu.

Der Fahrer lehnte an der Tür, halb auf das Dach gestützt, und grinste schief. »Wusste ich's doch.«

»Das ist Ricky«, klärte Markus mich auf. Entschuldigend sah er mich an. Offenbar schämte er sich etwas für seinen Freund. »Er ist ganz in Ordnung, durchlebt aber gerade eine schwierige Phase. Deshalb haben wir beschlossen, dass ein Männerurlaub genau das Richtige wäre. Der andere ist übrigens Andy.« Er deutete zum Beifahrer. Die beiden Männer hoben zum Gruß die Hand und ich nickte abermals lächelnd, bevor mir wieder einfiel, dass meine guten Manieren hier überhaupt nicht gefragt waren. Solche Rüpel. In ihrem Alter sollte man doch wirklich etwas mehr Rücksicht erwarten dürfen!

Wie aufs Stichwort rief Ricky: »Was ist los? Kommt ihr jetzt? Wir wollen zelten und nicht hier am Parkplatz übernachten.«

»Schon gut.« Markus setzte sich in Bewegung.

Elias zuckte entschuldigend mit den Schultern. »Also dann, nochmal sorry«, sagte er und schlenderte ebenfalls zurück zum Wagen.

Mit gemächlichem Tempo fuhr das Gespann die restlichen Meter bis zum Eingang des Campingplatzes, den ich linkerhand erkennen konnte. Demnach würden wir uns wohl wiedersehen. Als ich mich in gespannter Erwartung umsah, durchlief mich ein leichtes Kribbeln.

Etwas schräg neben dem Campingplatzeingang befand sich ein Haus, das man durchaus als Villa bezeichnen konnte. Ein Schild davor wies es als Restaurant aus. Ich war beeindruckt. Wenn man vom Äußeren auf die Karte schließen konnte, handelte es sich hier nicht um einen Imbiss, sondern um eine Gastronomie mit Ambiente. Neugierig lief ich darauf zu und meine Einschätzung wurde bestätigt. Laut Karte gab es hier tolles italienisches Essen. Aber im Moment hatte es noch geschlossen. Es öffnete erst am frühen Abend. Doch ich war sowieso nicht hungrig. Viel lieber wollte ich kurz die Gegend erkunden und dann mein Zimmer beziehen. Haha.

Ich wandte mich weiter nach rechts und entdeckte Grasflächen, die sich, durch Büsche abgetrennt, terrassenförmig den Hang hinabzogen. Unter mir schimmerte der See durch das Blattwerk hindurch. Gespannt lief ich einen der Wege entlang. Einig Badegäste hatten sich hier und da ein schönes Plätzchen gesucht, aber bisher war noch jede Menge frei. Doch es war auch gerade einmal Mittag. Bestimmt würde sich das noch ändern. Die Liegeflächen waren öffentlich, sodass hier jeder herkommen konnte, nicht nur die Campingplatzbewohner. Dann konnte ich von Weitem die Stelle ausmachen, die ich von Petras Fotos kannte. Der Sandstrand! Er wirkte klein und fein zu den grasbewachsenen Liegeflächen und natürlich gemessen an meinem echten Sandstrand, an dem ich in wenigen Stunden hätte liegen sollen. Ich schüttelte den Kopf und verscheuchte meine Gedanken daran. Ich musste aufhören das hier alles mit meinem ursprünglich geplanten Urlaub zu vergleichen. Ab jetzt galt nur noch das Hier!

Ich lief schneller, bis ich unter meinen Füßen den weichen Sand spürte. Der Ausblick war herrlich, mit unversperrter Sicht auf den großen See. Ich konnte das andere Ufer gegenüber zwar sehen, aber hinüberschwimmen wäre allemal zu weit, wie ich glaubte. Der kleine Strand wurde durch wuchtige Steine vom Wasser getrennt, in dem Kinder tobten und sich einige fleißige Schwimmer tummelten, von denen man nur die Köpfe sah. Eine leichte Brise zog vom See herauf und kühlte für eine Sekunde mein Gesicht. In meinem Jeanskleid wurde mir allmählich richtig warm. Meine aschblonden langen Haare fielen mir in Locken über die Schultern. Die Sonne stach vom blauen Himmel auf mich herab. Kein Wölkchen war zu sehen. Freudig atmete ich einmal tief durch, dann wandte ich mich von dem kühlen Nass ab und drehte mich um. Im Anschluss an den Minisandstrand befanden sich den Hang hinauf sechs riesige Steinstufen. Sie waren halbrund angeordnet und so ausladend angelegt, dass man auf jeder davon angenehm Platz hatte, um ein Handtuch auszubreiten. Ein wenig erinnerte mich das Bild an das antike Theater in Kourion auf Zypern, das ich mir im Reiseführer angeschaut hatte. Auch wenn sich hier hinter einer jeden Stufe noch eine erdige kleine Grasfläche befand, was im antiken Theater natürlich nicht der Fall war. Dennoch freute ich mich über die zufällige Gemeinsamkeit und sah das als gutes Zeichen, dass mein Urlaub schön werden würde.

Frohgemut wählte ich den Weg, der neben den Stufen nach oben führte, und kam an einem Kiosk vorbei, der Eis, Kaffee und Snacks anbot sowie öffentliche Toiletten beherbergte. Ich hatte mein Plätzchen für meine Urlaubszeit gefunden. Da war ich mir sicher. Es gefiel mir ausnehmend gut. Leider war ich da wohl nicht die Einzige, denn bereits jetzt war es schon beachtlich voll. Um hier täglich liegen zu können, musste man schnell sein, das begriff ich sofort. Da ich aber gleich um die Ecke wohnen würde, wäre das bestimmt kein Problem für mich.

So jedenfalls dachte ich mir das. Der Campingplatzbetreiber war da anderer Meinung. Mit einer geschätzten Größe von eins fünfundsechzig, schütterem Haar und deutlichem Bauchansatz stand er vor mir und schüttelte seinen runden Kopf.

»Junge Frau, wie denken Sie sich das denn? Es ist Hochsaison. Ferienzeit! Wir sind seit Monaten ausgebucht.«

Mir klappte der Unterkiefer hinunter. Darüber hatte ich mir überhaupt keine Gedanken gemacht. Aber natürlich hatte der Mann recht. Es war dumm von mir, einfach davon auszugehen, dass ich mein eigenes Zelt ohne Buchung oder Reservierung hier aufstellen könnte. Wortlos stand ich da.

Das Häuschen, das sich gleich am Eingang des Platzes befand, war nicht besonders groß. Es beherbergte sowohl das Büro des Campingplatzes als auch ein paar Automaten, die beim Einwurf einiger Münzen Eis und Getränke freigaben. Die Luft war stickig. Das empfand der Mann wohl ebenso. Denn er klappte sein Buch, in dem offenbar die reservierten Stellplätze eingetragen waren, wieder zu und watschelte an mir vorbei nach draußen, um an seinem schattigen Tischchen vor der Tür Platz zu nehmen. Dort hatte ich ihn auch vor wenigen Minuten angetroffen und aufgescheucht.

»Hallo Bernd, na wie geht's heut so?«, hörte ich eine Männerstimme fragen.

»Ganz gut. Aber ich glaub, das letzte Bier gestern war schlecht«, antwortete der Campingplatzbetreiber und beide lachten.

Ich verzog mein Gesicht. Während die ihren Spaß hatten, stand ich da, ohne zu wissen, was ich denn nun tun sollte. Ich zog meine Sonnenbrille von den Augen, in der Hoffnung, dann einen besseren Durchblick zu bekommen. Kampfgeist machte sich in mir breit. Ich hatte mir meinen Urlaub verdient, verdammt noch mal! Wie Petra schon sagte, ich hatte unzählige Überstunden angesammelt, meine letzten gesellschaftlichen Ereignisse inklusive Blind Dates waren nicht gerade toll gewesen, mein Traumurlaub geplatzt und jetzt das! Mir gefiel es hier! Der See, die kleine Sandoase! Außerdem hatte ich die ganze Campingausstattung im Wagen liegen, für auch nicht gerade wenig Geld. Ich wollte hierbleiben, und das würde ich auch!

Mit durchgestreckten Schultern marschierte ich hinaus an die frische Luft und baute mich vor diesem Bernd auf, der munter mit dem anderen redete. Gemütlich saßen sie im Tisch im Schatten.

»Hm-hm«, räusperte ich mich. Die Männer sahen zu mir auf. »Hören Sie«, begann ich so durchsetzungsfest, wie ich konnte, »mir ist klar, dass ich mich hätte anmelden müssen. Aber ich besitze weder einen Wohnwagen noch ein Wohnmobil.« Ich sah zu den ersten Wohnwägen, die sich gleich hinter dem Eingang reihten. »Ich habe nur ein Zelt. Und das ist nicht mal besonders groß. Haben Sie nicht doch ein kleines Plätzchen für mich?« Erwartungsvoll lächelte ich ihn an. Im Ausnutzen meiner weiblichen Reize war ich noch nie gut gewesen. Ich konnte nur hoffen, dass meine Mimik ausreichte.

Bernd runzelte die Stirn. »Probieren Sie es doch anderswo. Es gibt hier in der Gegend mehrere Seen und mindestens ebenso viele Campingplätze.«

»Ich möchte aber unbedingt hierbleiben. Es gefällt mir! Nur ein klitzekleines Plätzchen. Das reicht schon«, bettelte ich.

Seit wann war ich so flehentlich geworden? Und das wegen eines Campingplatzes? Ausgerechnet ich, die noch nie einen Hauch des Wunsches nach einem Zelturlaub verspürt hatte. Und nun hatte ich das Gefühl, ich könnte nur an diesem einen Ort meinen verkorksten Urlaub noch retten.

Der Mann neben Bernd lächelte zurück, bevor er sich an den Platzwart wandte und fragte: »Alles voll?« Der nickte nur. »Denk ich mir. Aber wenn es sich nur um ein kleines Zelt handelt … Meinst nicht, das könnte noch hinten beim Hydranten hinpassen?«

Meine Hoffnung wuchs.

»Ja, was ist mit dem Platz? Ich bin wirklich überhaupt nicht anspruchsvoll«, stimmte ich in den Vorschlag mit ein, als würde ich mich hier auskennen wie in meiner Westentasche.

»Für wie lange nochmal?«, hakte der Campingplatzbetreiber nach, und ich konnte mein Glück kaum fassen.

»Eine Woche?«

Er presste die Lippen aufeinander.

»Das geht schon«, setzte sich der andere weiter für mich ein. Dankbar nickte ich ihm zu. »Detlef. Hallo«, stellte er sich nun vor, erhob sich ein wenig und reichte mir die Hand.

»Annabell«, antwortete ich freudig und schüttelte sie.

»Der Platz ist schei…«, wollte Bernd brummend einwenden, doch ich unterbrach ihn sogleich.

»Ich bin nicht anspruchsvoll.«

Er war wirklich eine harte Nuss. Ob ich mir den Fleck nicht erst mal anschauen wolle, fragte er mich. Nein, wollte ich nicht. Ich würde ihn nehmen, in jedem Fall!

»Also gut. Von mir aus«, sagte er schließlich tatsächlich, und ich fühlte mich, als hätte ich eine Luxusreise gewonnen. »Aber ich will keine Klagen hören, dass das klar ist!«, ermahnte er mich noch ausdrücklich, während er wieder in das stickige Häuschen ging und sein Buch öffnete.

Zehn Minuten später war ich mit beiden Männern per Du, wie das hier am Gelände so üblich war, und der nette Detlef geleitete mich zu meiner Wohnadresse für die nächsten Tage. Ebenso wie Bernd mochte er vermutlich Mitte fünfzig sein. Aber anders als der Platzwart war er lang und besaß eine schlaksige Figur, die in Sportshorts samt Shirt steckte.

Wir liefen die ›Hauptstraße‹ entlang, wie Detlef flachsend meinte.

»Das hier sind alles Dauercamper. Die sind fast das ganze Jahr hier«, klärte er mich auf.

Interessiert sah ich mich um, während er den einen und anderen grüßte. Links und rechts reihten sich Wohnwägen, mal mit großem, mal mit kleinem Zeltvorbau. Mit Gartenzäunen und Blumen, ja sogar Tomatentöpfen, und einer besaß Weinreben mit echten Trauben. Nur hin und wieder fand sich auch ein Wohnmobil. Ich hatte noch kein einziges Zelt entdeckt. Allmählich wurde mir doch etwas flau. Wir bogen an einer Abzweigung in einen Seitenweg. Auch hier sah es sehr ›wohnlich‹ aus. Dann folgte eine weitere Abbiegung.

»So, da wären wir«, meinte Detlef und blieb stehen. Um ein Haar wäre ich, abgelenkt wie ich war, zuerst in ihn hineingelaufen und dann an einem knallroten Wasserhydranten hängengeblieben. Doch in letzter Sekunde gelang es mir anzuhalten. Prüfend sah ich mich um.

»Das ist doch ein ansehnlich großer Platz«, stellte ich fest und strahlte.

»Na ja …« Detlef grinste und kratzte sich hinterm Ohr. »Freu dich nicht zu früh. Der Platz ist noch leer. Die sollen heute ankommen.« Er zeigte auf ein Schild, das die Nummer 68 auswies. »Dein Platz ist der hier.« Er deutete auf den Wasserhydranten und zeichnete in der Luft ein Viereck.

Ich zog die Augenbrauen nach oben. Also, wenn ich das richtig verstand, gehörte der große Platz meinen zukünftigen Nachbarn, mir hingegen der kleine zwischen Hydrant und einer mächtigen alten Buche, der ungefähr sechs Quadratmeter maß. Aber in räumlichem Denken war ich nicht besonders gut, vielleicht täuschte ich mich auch und der Platz war größer.

Er war zumindest groß genug, um mein Zelt aufzubauen. Als es endlich stand, hatte ich gerade mal zwei Fuß breit grüne Wiese drumherum zur Verfügung, allerdings vor dem Eingang immerhin noch so viel Fläche, dass ich mich setzen konnte.

Mein Einzug war eine einzige Tortur gewesen und für einige der Anwohner die Show des Jahres, wie ich zerknirscht feststellen musste. Zum Glück besaß ich die Gabe, über mich selbst lachen zu können, und so nahm ich die Sache mit Humor. Zumindest jetzt, im Nachhinein.

Nachdem Detlef mir meinen Platz gezeigt hatte, ergab sich die Frage, ob ich mit dem Auto herfahren oder es da, wo ich geparkt hatte, stehen lassen wollte. Da mein kleines Fleckchen Grün nicht auch noch mein Auto beherbergen konnte und der Parkplatz zunehmend voller wurde, beschloss ich mein Zeug zu Fuß herzuschleppen. Und so spazierte ich mit meinem Koffer, Kühltasche und Co. hinter Detlef her, der sich freundlicherweise angeboten hatte meine überdimensionale Zelttasche zu tragen.

Eine Frau, die mit Trolley und Butler anreiste, war hier am Campingplatz schlichtweg eine Sensation. Die kleinen Räder meines Rollkoffers gaben stetig dieses obligatorische Geräusch von sich und zogen sämtliche Aufmerksamkeit auf sich.

»Schau mal!« und »Hey, das musst du dir ansehen!« hörte ich mehrere Male. Im Gartenstuhl sitzende und am Zaun stehende fremde Menschen lachten und winkten uns zu. »Na Detlef, wen hast du denn da aufgerissen? Weiß Marion davon?«, rief einer von ihnen, und mein neuer Freund grinste nur.

Vielleicht wäre mein Auftritt erfolgreicher gewesen, wenn hier nicht jedermann Detlef kennen würde und ich tatsächlich einen Butler dabeigehabt hätte. Mit Hut und Sonnenbrille wäre ich eventuell als überkandidelte reiche Tussi durchgegangen. So aber hatte die Situation den faden Beigeschmack eines Blödchens. Dennoch rang ich mich durch, mit hoch erhobenem Kopf und gefrorenem Lächeln im Gesicht die ›Hauptstraße‹ entlangzumarschieren und zumindest so zu tun, als wäre es das Normalste von der Welt, mit einem Trolley hier anzureisen.

Froh, endlich an meinem winzigen Plätzchen angekommen zu sein, stellte sich mir das nächste Problem entgegen. Das Zelt! Einfacher Aufbau, auch für Anfänger geeignet, hatte der Verkäufer großspurig versprochen. Ha! Ich war nicht dumm, nur um das einmal klarzustellen, ich hatte mich bislang nur noch nie mit so etwas befasst. Nun, dafür hatte ich dann wohl die nächste Woche Zeit. So lange würde ich höchstwahrscheinlich benötigen, bis das vermaledeite Ding stand.

Ich musste an Karsten denken, obwohl wir nun schon seit eineinhalb Jahren getrennt waren. Ich weinte ihm keine Träne hinterher, auch wenn wir durchaus schöne Zeiten miteinander verbracht hatten. Aber gerade jetzt in diesem Moment vermisste ich ihn.

Er hätte das Zelt bestimmt in Lichtgeschwindigkeit aufgestellt. Das war seine Welt gewesen. Alles, was es an sportlichen Herausforderungen gab, musste er machen. Egal was es kostete. Bungeejumping von den höchsten Brücken, Fallschirmsprünge, Klettern – auch ohne Sicherung – und vieles mehr. Da war das Aufbauen eines so kleinen Zeltchens reine Nebensache.

Was er wohl sagen würde, wenn er wüsste, dass ich nun freiwillig zeltete? Ein leises Grinsen umspielte meine Mundwinkel bei dem Gedanken daran. Wie oft hatte Karsten sich im Laufe der Zeit beschwert, dass ich nicht genug Abenteuerlust besaß. Wobei ich mit Campen sicherlich auch keinen Blumentopf bei ihm hätte gewinnen können. Meine Stimmung verdüsterte sich. Karsten! Ich war keine Trantüte! Eben nur anders als er. Es gab genügend schöne Dinge im Leben, die er nicht sah! Warum dachte ich jetzt überhaupt an ihn?

Wild fuchtelte ich mit den Stangen herum, bis ich schlussendlich einfach im Schneidersitz am Boden hockte und zum x-ten Mal die Aufbauanleitung studierte. Ob Detlef mir vielleicht helfen könnte? Er hatte meine Sachen abgeladen und war dann zu Marion, seiner Frau, verschwunden. Möglicherweise wollte er bei ihr sein, bevor die Gerüchteküche richtig zu brodeln begann und er Ärger bekam.

Schnaufend ließ ich erst die Anleitung und dann mich selbst ins Gras fallen. Wenigstens war es hier, dank der großen Buche, schattig. Die Temperaturen stiegen weiter an, und die Sonne stach vom blauen Himmel. Weit oben sah ich ein Flugzeug über mich hinwegfliegen. Ob es nach Zypern flog? Wie angenehm doch das Einchecken in so einem Hotel ist, dachte ich mir und warf einen Seitenblick zu dem Haufen aus Stangen und Planen, dann schloss ich die Augen.

»Guck mal, ist die tot?«, hörte ich jemanden fragen.

»Cool! Vielleicht ist das der Campingplatz von Untoten«, juchzte eine Jungenstimme.

»Zombies? Krass!«

»Äh, Tina? Ist das wahr?« Das verunsicherte helle Stimmchen schien etwas weiter weg.

Lautes Geschrei und wildes Durcheinanderreden ließen mich hochfahren. Ich war doch tatsächlich eingeschlafen. Blinzelnd erkannte ich einen Schwarm von Gesichtern vor mir, die mich betrachteten, als wäre ich eine absolute Sehenswürdigkeit. Ein gutes Dutzend Kinder starrten mich an. Zwischen ihnen der Kopf einer Frau meines Alters, die offenbar erleichtert ausatmete, weil ich mich bewegte.

»Alles okay, wie ihr seht«, sagte sie nun in nachdrücklichem Ton und versuchte die Meute auseinanderzutreiben. Widerwillig stoben sie allmählich davon. »Ihnen geht es doch gut?«, erkundigte sie sich, als endlich genug Platz war, um zu mir zu kommen.

Ich stand auf und stieg über die Zeltutensilien, die im Kreis verstreut lagen.

»Ja, danke. Ich bin Annabell und leicht überfordert mit dem hier.« Mit einer schweifenden Handbewegung zeigte ich hinter mich. Mein Trolley stand wie ein Fels in der Brandung inmitten des sonstigen Zeugs.

»Tina.« Die Frau lachte und zog dabei die Stirn kraus. »Das ist dein Platz?«

»Ja, ich habe ihn in letzter Minute ergattert, sozusagen. Klein aber fein.« Ich lächelte zurück.

»Dann sind wir wohl Nachbarn. Der Haufen da«, sie deutete auf den Pulk Kids, der sich an der Ladefläche eines Pickups zu schaffen machte, »gehört zu mir. Zeltlager. Alter zwischen acht und elf.« Sie sagte es so, als erklärte das alles. »Für die nächsten zehn Tage haben ich und Flo«, sie schaute sich suchend um und wies auf einen Haarschopf, der hinter der Fahrerkabine herausschaute, »also Florian, die Meute unter unserem Kommando. Stell dich schon mal auf einige Turbulenzen ein. Erfahrungsgemäß geht es ein wenig wild bei uns zu.«

»Kein Problem.« Ich zwinkerte ihr zu und warf einen Blick auf die Kids. Einsam würde ich mich wohl nicht fühlen.

Unter lautem Gewühl erhoben sich bei meinen Nachbarn zwei Zelte in rasender Geschwindigkeit. Dieser Eindruck drängte sich mir jedenfalls auf, während ich noch immer die Aufbauanleitung studierte, Stangen hin und her schob und versuchte den richtigen Durchblick zu erlangen. Als das erste Gemeinschaftszelt bereits stand, baute ich meins nochmal zurück. Irgendwas konnte da, so wie ich es gemacht hatte, nicht stimmen. Erneut versuchte ich die Bodenplane richtig zu verknüpfen und verknotete dabei fast meine Beine.

»Das ist mal ein Anblick«, sagte eine männliche Stimme.

»Hm, nicht schlecht. Wir hätten doch schon früher mal wieder zelten gehen sollen«, hörte ich einen anderen, konnte jedoch den Sprücheklopfer nicht sehen, weil ich mit meinem Oberkörper im Zeltstoff hing.

Mitten in der Bewegung hielt ich inne und überlegte. Meinten die mich? Ich schätzte mal, dass mein Hinterteil mehr oder weniger anmutig von der Zeltöffnung umrahmt wurde. Ich schielte auf mein Jeanskleid. Warum hatte ich mich heute früh, bevor ich losgefahren war, nicht für Shorts entschieden? *Weil ich mich innerlich nicht wirklich auf ein Zeltplatzabenteuer eingestellt hatte.*

Ich verzog den Mund. Ich konnte es drehen und wenden,

wie ich wollte, das hier war eben weder die Ankunftshalle eines Flughafens noch ein Hotel. Augenblicklich ließ ich mich zurückfallen und rollte aus meiner unfertigen Behausung.

»Hey, kennen wir uns nicht?«, kam sofort die Frage, kaum dass ich mich dem Männergespann zugewandt hatte.

Frustriert und verschwitzt schob ich mir eine dicke Haarlocke hinters Ohr und überlegte.

»Annabell? Du zeltest auch hier?«, hörte ich dann Markus, der nun um die Ecke bog. Erfreut lächelte er mich an. Jetzt wusste ich auch, wer der Typ vor mir war. Der Teufelsfahrer!

»Stimmt, wir haben uns am Parkplatz getroffen«, folgerte der nun auch.

»›Getroffen‹ ist das richtige Wort«, stellte ich mit gerunzelter Stirn fest und rieb mir automatisch über meinen Arm.

»Sie hat recht. Du könntest dich wenigstens mal entschuldigen, Ricky«, forderte Markus und schloss zu den anderen auf. Unser aller Blicke ruhten auf dem Übeltäter. Der strich sich verlegen übers Kinn.

»Schon gut. Tut mir leid«, murmelte er dann. »Ich bin Richard. Aber meine Freunde nennen mich Ricky. Schätze, dass du nach meinem kleinen Rempler auch das Recht hast, mich so zu nennen.«

Markus lachte. Ob ich Rickys halbherzige Entschuldigung annehmen sollte? Aber ich hatte Urlaub und wollte mal nicht so sein.

»Die Anmache ist mir neu«, meinte der Dritte grinsend und stellte sich als Andy vor.

Ich nickte und musterte die drei. Ricky sah ganz nett aus, was man von seiner Fahrweise jedoch nicht behaupten konnte. Er war groß, relativ durchtrainiert und trug sein hellbraunes Haar modisch geschnitten, sodass sein markantes Kinn etwas weicher erschien. Andy dagegen war lang – ich schätzte ihn auf über einen Meter neunzig – und schlaksig, sein Gesicht passenderweise oval, dazu kam ein Ansatz von Segelohren, die auch seine blonden Haare nicht gänzlich überdecken konnten. Markus hatte ich ja schon kennengelernt.

»Was ist los? Gibt's hier 'ne Party? Hi Annabell!« Aus unerklärlichem Grund freute ich mich, dass Elias sich meinen Namen gemerkt hatte. Mein Blick blieb an ihm hängen. Er sah mich geradewegs an und wie schon am Parkplatz war ich von dem Blau seiner Augen geradezu fasziniert. So, wie seine dunklen Haare geschnitten waren, verliehen sie ihm etwas Freches.

Hinter uns ertönte lauter Jubel. Als ich mich umdrehte, stand bereits das zweite Zelt meiner Nachbarn. Ich verzog abschätzig den Mund. Wie hatten die das nur so schnell geschafft?

»Gehörst du zu denen?«, wollte Markus wissen.

Ich schüttelte den Kopf. »Nee. Ich bin nur zufällig hier gelandet.«

»Dann bist du allein da?« Diesmal kam die Frage von Elias.

»Ja.« Ich lächelte und überlegte, ob das lediglich Smalltalk war.

»Zeltest wohl nicht oft?« Andy deutete mit dem Kopf auf meinen schicken Hartschalenkoffer, dessen metallicrote Farbe in der Sonne glänzte, die allmählich den Schatten verdrängte. Er fiel wirklich auf und wirkte hier ziemlich fehl am Platz. Echte Zeltianer, oder wie man diesen Menschlag so nannte, benutzten wahrscheinlich Rucksäcke, Trekkingbags oder was auch immer.

Ich zuckte mit den Schultern. »Es gibt für alles ein erstes Mal.«

Die Männer lachten und gingen weiter. Einen Moment lang schaute ich ihnen nach.

»Warum brauchst du so lange?«, fragte eine helle Stimme und ließ mich herumfahren.

Ein Mädchen in Markenshorts und -Shirt stand vor mir und betrachtete meinen Chaoshaufen. In ihrem linken Arm hielt sie einen kleinen Stoffhund und drückte ihn fest an sich.

»Der Weg ist das Ziel«, antwortete ich weise, weil ich keine Lust hatte, mich vor einer Zehnjährigen zu rechtfertigen.

Sie zog die Augenbrauen zusammen. »Du kannst es nicht, stimmt´s?«

Wir starrten einander an.

»Du brauchst nicht reden, Merle. Du hast am wenigsten mitgeholfen, damit unser Zelt steht«, kam mir ein anderes Mädchen unerwartet zu Hilfe. Sie hatte zwei blonde Zöpfe und stemmte die Hände in die Hüften.

»Na und?«, gab Merle spitz zurück. »Du kannst sowas eh besser. Ich wollte ja auch gar nicht mit. Das war die Idee meines Vaters.«

So sieht also Kinderfreude aus, dachte ich schmunzelnd. Die kleine Merle hätte offenbar auch ein Viersternehotel im Süden bevorzugt.

»Ich bin Lena, und wer bist du?«, wollte meine neue Freundin wissen und grinste.

Merle verdrehte die Augen und verzog sich.

»Annabell.«

»Soll ich dir helfen?«, fragte Lena und führte mich für einen Moment wirklich in Versuchung. Doch gerade als ich ihr nettes Angebot annehmen wollte, rief Tina über den Platz die Kids zu sich.

3

Wie war ich nur auf die fixe Idee gekommen, einen Zelturlaub verbringen zu wollen?

Diese Frage kreiste unaufhörlich in meinem Kopf. Ich hatte sowas noch nie gemacht. Und das, wie mir schien, aus gutem Grund. Für solche Ferien war ich einfach nicht geeignet. Der Beweis lag in einem unkoordinierten Durcheinander vor mir. Der Anblick des Trolleys wirkte inzwischen regelrecht höhnisch auf mich. Könnte er sprechen, würde er mir wahrscheinlich bissig erklären, dass er für Hotelzimmer gemacht worden sei. Und vermutlich hatte er recht. Kein Mensch spazierte hier mit einem Koffer durch die Gegend. Außer mir, natürlich! Wie die wohl alle erst glotzen würden, wenn ich mein großes Daunenkopfkissen holen würde?

Ein Anflug von Selbstironie machte sich in mir breit und ließ mich grinsen. Immerhin fiel ich auf wie ein bunter Hund. Angestrengt sah ich mich um. Ich sollte mich vielleicht einfach einmal richtig konzentrieren. Sonst stellte ich mich doch auch nicht so blöd an. Kleine Reparaturen in meiner Wohnung bewerkstelligte ich selbst und war stolz, nicht für jedes Bisschen um Hilfe bitten zu müssen. Von daher sollte dieses Zelt doch kein Problem für mich bedeuten. Es lag an meiner Einstellung. Tief in mir drin hatte ich mich scheinbar von dem Luxusurlaub noch nicht wirklich verabschiedet. Daran musste es liegen.

Dann mal frisch ans Werk! Ich ließ meine Schultern kreisen und lockerte meine Muskeln.

»Na, wie läuft's?«

»Wenn ich nicht andauernd unterbrochen werden würde …«, brummte ich vor mich hin. Voll motiviert hatte ich tatsächlich das Zelt zur Hälfte zum Stehen gebracht, war aber noch immer nicht fertig. Das lag daran, dass seit einer guten halben Stunde ständig Menschen vorbeimarschierten und grüßten. Vielleicht, weil sich mein Zeltplatz an einem Knotenpunkt der Anlage befand, aber insgeheim vermutete ich mal, dass ich selbst der wahre Grund war. Die Leute wollten einen Blick auf die neue Tussi werfen. Als ich nun aufblickte, erkannte ich Andy, der interessiert mein bisher vollbrachtes Werk begutachtete.

»Ich habe gerade einen Lauf«, erklärte ich etwas mürrisch, weil ich endlich einmal fertig werden wollte. Bestimmt würde die naseweise Merle auch nicht mehr lange auf sich warten lassen und mir wieder ihre Meinung kundtun. Darauf konnte ich gut verzichten.

»Was dagegen, wenn ich dir helfe?«, fragte Andy und ging bereits in die Hocke.

»Danke.« Überrascht sah ich ihn an. Ohne viel Worte machte er sich ans Werk. Jeder seiner Handgriffe saß.

»Im Grunde ist das echt nicht schwer«, meinte er, als er kurz innehielt und sich suchend umblickte. Dann fand er, was auch immer er brauchte. »Aber wenn man das noch nie gemacht hat, ist alles nicht ganz einfach.« Er zwinkerte mir zu, und schon war sein Kopf wieder im Zeltinneren verschwunden.

»Das ist nett. Aber wahrscheinlich stelle ich mich einfach nur zu blöd an«, haderte ich mit mir selbst.

»Ach Quatsch. Weißt du, wie viele dieser Dinger ich schon aufgebaut habe? Ich gehe zelten, seit ich so alt war … wie die da.« Sein Kopf erschien wieder, und er deutete auf ein paar Kinder, die in einiger Entfernung beieinanderstanden und diskutierten. »Mindestens vier- bis sechsmal im Jahr fahre ich irgendwohin. In manchen Jahren auch öfter. Ich habe sogar im Winter schon gezeltet. Du solltest mal meinen Keller sehen, da liegen inzwischen knapp zwanzig verschiedene Zeltausführungen. Je nach dem, was ich vorhabe, nehme ich ein anderes mit. Ist halt so ein Spleen von mir.« Er zuckte lächelnd mit den Schultern und verschwand, diesmal hinter dem Zelt.

Ich staunte. Offenbar hatte ich den Campingkönig kennengelernt, und er baute sogar mein kleines Anfängerzelt auf. Vermutlich sollte ich mich glücklich schätzen. Was ich auch tat. Denn in Windeseile stand das Ding, auch wenn seine Körperlänge hier und da mit meiner relativ kleinen Ausführung kollidierte. Ich hatte sehr schnell gemerkt, dass ich ihm am besten half, wenn ich mich einfach zurückhielt und ihn machen ließ. Stattdessen beobachtete ich die ulkigen Verrenkungen, die er vollführte. Mal hingen seine langen Beine wie zwei säuberlich verlegte Schienen aus dem Zeltverschlag heraus, dann schaute der Kopf durch das Mückennetz verschleiert hervor. Amüsiert verfolgte ich das Schauspiel.

»Dann macht ihr das also öfters. Du und die anderen?«, fragte ich neugierig, weil mir Ricky zum Beispiel nicht so vorkam, als würde er seine Freizeit überwiegend am Campingplatz verbringen. Er wirkte auf mich mehr wie ein Freund von Partys und schnellen Autos.

»Nein«, drang Andys Stimme murmelnd zu mir und bestätigte so meinen ersten Eindruck. Ich konnte nicht erkennen, wo sein Kopf gerade steckte. »Das letzte Mal, als wir zu viert zelten waren, ist gut zehn Jahre her. Und auch jetzt kam es nur zustande, weil es gerade eine holprige Zeit ist für die Jungs.«

Ich zog meine Augenbrauen zusammen und überlegte, was er damit meinte. »Markus hat schon am Parkplatz erwähnt, dass Ricky irgendwelche Probleme hat.«

»Hm-hm. Der Job.«

Nachdenklich nickte ich. So wie Andy es angedeutet hatte, musste auch bei den anderen nicht alles rundlaufen. Was wohl Elias bedrückte? Ich sah sein Gesicht und seine strahlend blauen Augen vor mir.

»Dann kennt ihr euch schon lange«, fragte ich stattdessen, weil ich nicht plump erscheinen wollte, auch wenn meine Neugier geweckt war.

»Wir sind miteinander aufgewachsen und zur Schule gegangen«, hörte ich Andy dumpf. »Wir haben oft gesagt, wir müssten mal wieder was zusammen unternehmen. Aber du kennst das ja. Jeder hat sein Leben und nie Zeit.«

»Bis jetzt.«

Sein Kopf tauchte über dem Zelt auf. »Stimmt. Wo sind die Heringe?«

Ich sah mich um und gab sie ihm.

»Na, Annabell? Wie kommst du klar?« Detlef trat neben mich und spendete angenehmen Schatten. Die Nachmittagssonne schien jetzt mit voller Kraft auf uns herunter, sodass ich trotz meines Zuschauerpostens ins Schwitzen geriet. Noch bevor ich antworten konnte, erfasste er die Lage. »Ah, du hast einen fleißigen Helfer. Das ist doch schön. Das ist Campen. Die Leute sind füreinander da. Sonst wäre ich dir nämlich ein bisschen zur Hand gegangen«, erklärte er zwinkernd.

»So, fertig!«, meinte Andy und präsentierte mir meine bezugsfertige Behausung.

Strahlend begutachtete ich sie. Ich besaß ein kleines Innenzelt und sogar einen winzigen Vorraum. Alles in allem war es wirklich nicht besonders groß, aber ich hatte genug Platz zum Schlafen.

»Danke«, jubelte ich und drückte Andy ein Küsschen auf die Backe. Er wirkte überrumpelt und leicht verlegen.

»Was hat der alte Schwerenöter gemacht, um so eine Behandlung zu verdienen?«, fragte Elias. Ich hatte nicht mitbekommen, wie er hinter uns aufgetaucht war. Als ich aufblickte, stand er da und lächelte.

»Das!«, rief ich und zeigte ihm meine fertige Schlafstätte. Übermütig zog ich meinen Trolley in den kleinen Vorraum. »Perfekt!«

»Hat aber auch lange genug gedauert«, meinte eine helle Stimme abschätzig. Natürlich stand Merle da, als ich mich umdrehte.

»Und, bist du mit dem Platz zufrieden?«, erkundigte sich Detlef. »Sollte ausreichen, oder?«

»Passt. Danke nochmal für deinen Fürspruch.«

»Scheint, als brauchst du für alles einen Mann, der dir hilft«, stichelte Merle prompt.

Fassungslos blickte ich auf sie hinab. So wie sie das sagte, klang es, als würde ich selbst gar nichts auf die Beine stellen können. Dabei stimmte das überhaupt nicht! Immerhin war ich Abteilungsleiterin und das bei einem relativ großen Unternehmen. Es handelte sich heute lediglich um die Verkettung verschiedener Umstände. Elias' Gesichtsausdruck war nicht besser, was mich irgendwie störte. Das kleine Fräulein begann mir gehörig auf die Nerven zu gehen. Ein fader Beigeschmack blieb.

»Detlef? Da steckst du …« Eine Frau kam zu uns. Allmählich mutierte der Andrang auf dem Weg gleich neben meinem Zelt zu einem Menschenauflauf. Was war ich? Das neunte Weltwunder? Stand irgendwo schon ein Schild, das auf mich hinwies?

»Annabell? Das ist Marion, meine Frau«, erläuterte er.

Ich riss mich zusammen. »Nett, Sie kennenzulernen. Ihr Mann hatte die Idee, dass ich hier noch unterkommen könnte«, plapperte ich drauflos.

Marion musterte mich. »Ja, so ist er. Immer bei der Stelle«, meinte sie dann und ich war mir nicht sicher, ob das nun gut oder schlecht sein sollte.

Eine Stunde später lag ich endlich auf meinem Badetuch im weichen Sand. Ich hatte weder ausgepackt noch eingeräumt noch die fehlenden Sachen aus dem Auto geholt. Das hatte Zeit bis nachher, außerdem hatte ich sowieso keinen Platz und keine Ahnung, wie ich mein Zeug überhaupt unterbringen sollte. Aber darüber würde ich mir nachher Gedanken machen. Jetzt wollte ich erst einmal meine Ruhe genießen, nach den vielen neuen Bekanntschaften.

Zufrieden strich ich das Frotteelaken glatt, auf dem eine pinke Sonnenbrille auf erfrischend grünem Hintergrund abgebildet war. Ich hatte es beim Kauf meines Bikinis entdeckt und einfach mitnehmen müssen. Abgesehen davon, dass es mir so gut gefiel, war es auch deutlich größer als mein altes, was sich nun als Vorteil herausstellte. Denn wie ich schon geahnt hatte, war auf dem Fleckchen Sand kaum noch eine Stelle frei. Somit konnte ich mir mit meinem Liegetuch zumindest ein bisschen mehr Privatsphäre ergattern. Und weil ich nicht bereit war, gleich an meinem ersten Urlaubstag auf die Grünfläche auszuweichen, quetschte ich mich damit neben das Schilfgras, das zwischen Ufer, Sand und Wiese wuchs. Der Platz reichte gerade so aus. Ich konnte nur hoffen, dass dies kein Omen bezüglich meines Spontanurlaubs war. Immerhin hatte ich mich bereits mit meinem Nylon-Apartment dazuquetschen müssen.

Wohlig räkelte ich mich in der Sonne. Ich hatte es tatsächlich durchgezogen und zeltete. Und nun saß ich hier und wusste selbst nicht, wie ich es fand. Langweilig war es bisher zumindest nicht. Ganz im Gegenteil. Ich hatte so viele Leute kennengelernt wie sonst nicht einmal in einer Woche. Es waren nette Leute, neugierige und auch naseweise. Ich dachte an Detlef, ebenso wie an Merle und natürlich das Männergespann. Andys Hilfe hätte ich zwar nicht unbedingt gebraucht – nachdem ich mich endlich richtig auf meine Aufgabe konzentriert hatte, war ich doch wirklich gut vorangekommen –, aber warum sollte ich mir nicht helfen lassen, wenn sich die Möglichkeit schon so freundlich anbot? In jedem Fall war es dank ihm deutlich schneller gegangen, sodass ich mir jetzt wenigstens noch die Sonne des späten Nachmittags auf den

Bauch scheinen lassen konnte. Entspannt schloss ich die Augen und zupfte an meinem Bikinioberteil herum. Auch das war neu, türkis gemustert, mit Bindeband im Nacken und am Rücken. Ein vorteilhafter Schnitt für meine Rundungen und die Farbe passte hervorragend zu meinen blonden Locken. Ursprünglich für die Sonne Zyperns gedacht, freute ich mich hier in der schönen Oberpfalz ebenso über meinen Neuerwerb und fühlte mich gut darin. Dann beschloss ich, dass es endlich an der Zeit war, mich abzukühlen. Mein Gehirn lief auf Hochtouren, aufgrund der doch vielen neuen Eindrücke, die ich heute schon erleben durfte. Ob Elias, Andy und die anderen auch da waren? Bisher hatte ich sie nicht gesehen, was aber bei der Vielzahl an Badenden nichts bedeuten musste. Ich schüttelte den Kopf und stand auf. Was interessierte mich das denn? Ich hatte Urlaub und wollte nichts anderes als abschalten und entspannen.

Das Wasser war glasklar. Vorsichtig tauchte ich meinen großen Zeh hinein und stellte erfreut fest, dass es genau die richtige Temperatur besaß. Angenehm erfrischend, aber nicht zu kalt. Also schlenderte ich über den seichten Sandboden und begab mich Schritt für Schritt tiefer hinein, bis ich gänzlich untertauchte. Stille umfing mich, und das kühle Nass vertrieb die Hitze aus meinen glühenden Wangen. Nur widerwillig tauchte ich auf, um Luft zu holen. Der See war relativ groß, sodass ich bereits nach einigen Metern aus dem Menschengetümmel heraus war und in Ruhe schwimmen konnte. Die oberste Wasserschicht war um einiges wärmer als die darunterliegenden.

Irgendwann drehte ich mich auf den Rücken und ließ mich dahingleiten. Ich bewegte mich gerade so viel, um nicht unterzugehen. Nur mein Gesicht schaute noch heraus. Anmutige weiße Wolken durchzogen hier und da den blauen Himmel. Die Wasseroberfläche glitzerte zauberhaft. Ich schloss die Lider und träumte vor mich hin. Das war Urlaub!

Plötzlich spürte ich etwas. Wie eine Wand streifte es mich zuerst, bevor es mich fast unter die Oberfläche drückte. Es ging so schnell, dass ich kaum Zeit hatte, die Augen zu öffnen und die Situation zu erfassen. Kaltes Wasser drang in meine Nase und Ohren. Wild ruderte ich mit den Armen um mich. Mein Herz hämmerte gegen meinen Brustkorb. Eine Sekunde später kam ich luftschnappend nach oben.

Alles, was ich sah, war grünes PVC, in dem sich das Licht brach. Ich blinzelte. Dann rückte eine Hand in mein Sichtfeld. Eine Stimme sagte etwas, aber ich hatte noch immer Wasser in den Ohren. Dann erkannte ich Ricky, der lachte. Zumindest waren seine Mundwinkel nach oben gebogen. Seine Augen konnte ich durch die Sonnenbrille, die er trug, nicht sehen. Es war seine Hand, die mir entgegengehalten wurde.

»Du schon wieder«, fauchte ich ihn an, während ich unkoordiniert zappelte. Eine Wasserblase ploppte in meinem Ohr.

»… mit hoch?«, hörte ich dann. Hinter ihm tauchte Markus' Kopf auf.

Ich schaute mich um. Bis zum Ufer waren es noch etliche Meter, und der Schrecken saß mir in den Gliedern. Mit zusammengebissenen Zähnen nahm ich Rickys Hand und ließ mich hochziehen. Erst als ich auf dem Trockenen saß, erkannte ich, dass es sich um eine aufblasbare Insel handelte, die mich gestreift hatte. Sie war grün und verfügte sogar über eine Palme und eine gelbe Banane, an die man sich anlehnen konnte. Außerdem war sie für drei Erwachsene eindeutig zu klein. Zusammengequetscht schuckerten wir über die Miniwellen. Ich hielt mich am Palmenstamm fest und fragte mich augenblicklich, wann ich das letzte Mal einem Mann so nahegekommen war. Haut an Haut, kein Blatt Papier würde mehr dazwischen passen.

Und das ausgerechnet mit ihm!

»Das ist doch mal eine Meerjungfrau! Was meinst du, Markus? Ein guter Fang, oder?«

Ricky grinste frech und schob seine Sonnenbrille in die Haare hinauf.

»Hallo Annabell. Alles gut bei dir?« Markus lehnte sich, so gut es ging, nach vorne und winkte.

Ich winkte flüchtig zurück, bevor ich mich wieder Ricky zuwandte.

»Sag mal, warum hast du es auf mich abgesehen? Was habe ich dir getan?«, giftete ich und schüttelte den Kopf. Wassertropfen aus meinen Haaren rannen über meine Schultern und mein Dekolleté hinab. Sein Blick blieb auf Letzterem hängen. Es überraschte mich nicht. Das passte zu dem Typ. Grimmig stierte ich ihn an. »Hallo? Ich rede mit dir!«

Er blinzelte, dann schaute er mir tatsächlich in die Augen.

»Ich? Äh, was meinst du? Warum sollte ich es auf dich abgesehen haben? Oder hättest du das gerne?« Seine linke Braue schoss amüsiert nach oben.

Ich rollte mit den Augen. Der Mann war sowas von überheblich! »Dann ist es also reiner Zufall, dass du mir nach dem Leben trachtest?«

»Schätze mal, das könnte hinkommen.« Süffisant ließ er seine Sonnenbrille wieder nach unten gleiten und lehnte sich entspannt zurück, bis sein Kopf gut gebettet auf der Banane lag.

»Also, auf eine Entschuldigung zu hoffen ist wohl zu viel erwartet, oder?« Ich konnte es nicht fassen!

Markus, der nun, nachdem sich Ricky zurückgelegt hatte, besser in mein Blickfeld gerückt war, zuckte mit den Achseln. »Wir haben dich wirklich nicht gesehen.«

»Eben. Du solltest besser aufpassen. Wenn nur deine Nase aus dem Wasser ragt, musst du damit rechnen, dass man dich übersieht«, stimmte Ricky mit ein, ohne aufzuschauen. Dann hob er fast gelangweilt ein kleines schwarzgelbes Paddel in die Höhe. »Kannst froh sein, dass wir dich nicht damit getroffen haben.«

Mir klappte der Unterkiefer herunter. Ungläubig starrte ich auf den aufgeblasenen Egoisten neben mir. Dabei kam ich nicht umhin, seinen durchtrainierten Körper zu bemerken. Lediglich die Sonnenbräune fehlte noch. Ich schätzte mal, dass er vorwiegend im Fitnessstudio trainierte.

Als ich mitbekam, dass Ricky mich ebenfalls anschaute, sah ich schnell zu Markus. Der hielt von sportlichen Aktivitäten wohl weniger. Der Bund seiner dunklen Badeshorts hing versteckt unterhalb des Bauches. Er war deutlich kräftiger als sein Freund, und das meinte ich nicht im muskulösen Sinne. Aber seine stoppelige Kurzhaarfrisur, der Bart und die lustigen Augen wirkten gerade in diesem Moment wesentlich sympathischer auf mich.

Als Dankeschön für meine Rettung – die nebenbei bemerkt gar nicht notwendig gewesen wäre, wenn ›Mann‹ etwas umsichtiger gewesen wäre – durfte ich zusammen mit Markus zum Ufer zurückpaddeln. Ricky ließ sich derweil die Sonne auf den Bauch scheinen und beteuerte, dass er von der Inselmitte schlecht helfen könnte und ein Platztausch sehr wahrscheinlich das Ding nur zum Kentern bringen würde.

Abgekämpft plumpste ich auf mein weiches, warmes Handtuch und schloss die Augen.

»Na, auch wieder da? Habt ihr alles bekommen?«, hörte ich kurz darauf eine bekannte Stimme seltsam dumpf. Ich scannte die Umgebung. Niemand stand bei mir.

»Klar.« War das Andy?

»Super. Ich hab schon einen Bärenhunger.« Das musste Markus gesagt haben. Nochmal sah ich mich um.

»Dass dir das Essen schmeckt, ist ja nicht zu übersehen«, schoss Ricky zurück.

Wo steckten die Männer nur? Oder halluzinierte ich schon? Hatte ich vielleicht einen Sonnenstich?

»Und ihr? Was ist denn das?« Das war Elias. Endlich begriff ich, dass die vier scheinbar auf der anderen Seite des Schilfgrases sitzen mussten. Es mochte höchstens einen Meter breit sein und war lediglich zur Zierde gepflanzt worden, stand es doch wie eine kleine grüne Grasinsel inmitten der Sandfläche und nicht am Wasser. Das hatte ich heute Mittag bei meinem Rundgang gesehen.

»Eine Insel«, gähnte Ricky.

»Deine?« Elias klang mehr als amüsiert. »Bist du dafür nicht schon etwas zu alt?«

»Hm. Die hat mir meine letzte Freundin zum Abschied geschenkt. Sie meinte, eine einsame Insel wäre der Ort, an dem ich am besten aufgehoben wäre.«

Die Männer lachten und auch ich musste ein Glucksen unterdrücken.

»Was hast du ihr getan?«, fragte Andy.

»Na, wenn er mit ihr genauso umgegangen ist wie mit Annabell heute …«, meinte Markus und ich spitzte die Ohren. Was sprachen die da über mich? Ich rutschte ein paar Zentimeter weiter ans Gras.

»Annabell? Ist sie auch da?« Elias wirkte interessiert.

»Er hat sie fast mit der Insel unter Wasser gedrückt«, erklärte Markus.

»Du meinst wohl ›wir‹! Aber bevor du wieder den Ehrenmann rauskehrst, Elias, es geht ihr gut. Wir haben sie sogar mit zurück an Land genommen. Sie hat übrigens ziemlich tolle Kurven. Muss man schon sagen.«

Ein Ball rollte auf mein Handtuch und streifte mein Bein. Ich zuckte zusammen.

»Tschuldigung«, sagte ein kleiner Junge.

»Kein Problem.« Ich lächelte und gab ihm das Geschoss zurück. Leider hatte ich dadurch Elias' Antwort verpasst. Angestrengt versuchte ich den Faden wieder aufzunehmen, hörte aber nur Rascheln und sich entfernende Stimmen. Vielleicht waren sie im Begriff, nochmals gemeinsam ins Wasser zu gehen. Unwirsch schüttelte ich über mich selbst den Kopf.

Man lauschte schließlich auch nicht. Meine Mutter würde mahnend den Finger heben und mich nach meiner guten Erziehung fragen. Aber es war schon interessant, was die Männer so sprachen.

4

Mit vollem Körpereinsatz betätigte ich die Luftpumpe, um meine Matratze für die Nacht vorzubereiten. Der Verkäufer hatte mir so ein Ding angedreht, auf das man die Füße links und rechts der Pumpe positionieren konnte, um die Pumpleistung mit Armarbeit zu generieren. In regelmäßigen Zügen tat ich das nun seit einer kleinen Ewigkeit, aber die Wirkung setzte nur langsam ein. Die Matratze sah noch immer ziemlich platt aus. Sie war aber auch schön groß. Dafür spürte ich bereits die Wirkung in meinen Oberarmen. Das erfrischende Gefühl, das ich nach meinem Badestopp empfunden hatte, war innerhalb kurzer Zeit gänzlich dahin, obwohl die Sonne fast verschwunden war. Nicht weit entfernt hatte die Zeltlagergruppe zwischen ihren Behausungen einige Bierbänke aufgebaut. Das Kindergeplapper war unüberhörbar, obwohl sie sich scheinbar zum Essen versammelt hatten. Mein Magen knurrte. Verbissen vollführte ich weiter meine Auf- und Abwärtsbewegungen.

»Bist du sicher, dass du das richtig machst? Ich habe dich beobachtet«, sagte Merle und ließ mich zusammenfahren. Konnte das Mädchen nicht einmal normal an mich herantreten, anstatt immer ›wie aus dem Nichts‹ hinter mir aufzutauchen? Ich atmete tief durch und strich mir eine widerspenstige Haarlocke, die sich aus meinem Zopf befreit hatte, hinters Ohr zurück.

»Du weißt schon, dass man mit solchen Pumpen sowohl Luft in etwas hineinpumpen, aber auch wieder herauspumpen kann, oder?«, dozierte sie ungerührt weiter. Wie auch bei den letzten Begegnungen hielt sie den kleinen Stoffhund fest in ihrem Arm. Er sah richtig echt aus, wie mir jetzt auffiel.

»Das ist mir durchaus bekannt. Keine Sorge, ich mache das schon richtig«, antwortete ich geduldig. »Aber danke für den Hinweis.«

»Hm. Mein Vater ist ein hohes Tier in der Campingartikelbranche, Wohnmobile und so. Da gehört sowas zum kleinen Einmaleins.«

»Ach wirklich?« Kraftvoll pumpte ich weiter.

»Schon. Er steht einfach auf so Zeugs. Aber meine Mami und ich fliegen lieber und gehen shoppen.« Das überraschte mich nicht. Ich warf dem Mädchen einen Blick über die Schulter zu. »Mal ehrlich. Wer will denn schon im Nirgendwo zwischen Käfern und Stechmücken schlafen?«

»Und warum bist du dann hier?«

»Weil mein Vater unbedingt darauf bestanden hat. Er war es auch, der das Zeltlager überhaupt ins Leben gerufen hat.« Der abfällige Unterton war unüberhörbar.

»Wie meinst du das?« Schnaufend legte ich eine Pumppause ein und schaute zu meinen Nachbarn. Dass die Gruppe ziemlich klein war, fiel mir bereits auf. Ich schätzte sie auf höchstens zwanzig Kids.

»Das ist ein Ferienprogramm meiner Schule. Mein Vater hatte die Idee, dass sowas doch toll wäre, und hat unsere Sportlehrer so lange belabert, bis sie begeistert dabei waren. Kannst du dir das vorstellen? Die Ausstattung hat mein Vater gestiftet, also Zelt und so. Und natürlich haben sich echt welche gefunden, die sich dafür angemeldet haben.« Ich ging mal davon aus, dass sie Mitschüler meinte.

»Na, ist doch toll.«

»Ja, vielleicht für Leute, die kein Geld haben, um richtigen Urlaub zu machen. Ich hätte mit Mama nach Mailand fliegen können. Aber nein! Ich muss als seine Tochter zusammen mit denen hier in der Pampa sitzen.« Merle zog eine Schnute und schüttelte ungläubig den Kopf. Ich runzelte die Stirn. Allmählich verstand ich die Beweggründe ihres Vaters. Sie war ein richtiger kleiner Snob. Ich konnte, zu ihrem Besten, nur hoffen, dass ihr die Tage hier etwas mehr Bodenständigkeit vermitteln würden.

»So schlimm wird es schon nicht sein, oder? Hattest du noch keinen Spaß?«, fragte ich aufmunternd und nahm meine Arbeit wieder auf.

Sie grummelte etwas Unverständliches, aber bevor ich nachhaken konnte, rief Tina nach ihr. Auch recht, so konnte ich mich wieder vollends meiner Aufgabe widmen.

Ich verstöpselte gerade zufrieden meine Matratze, da nahm mit Schwung Ricky darauf Platz. Er musste regelrecht Anlauf genommen haben, so wie die Matratze rutschte und mich, völlig unvorbereitet, umwarf. Mit einem geschickten Handgriff umfasste er mich jedoch und zog mich ebenfalls auf das weiche Velours.

Er grinste süffisant. »Echt bequem. Und schön breit.«

Unwirsch schob ich seinen Arm von mir und setzte mich auf. »Was soll das?«, rief ich gereizt und versuchte das seltsame Gefühl zu unterdrücken, das sich in mir ausbreitete. Ich war es eindeutig nicht gewöhnt, so viel Körperkontakt mit einem Mann zu haben.

»Störe ich etwa?«

»Darauf kannst du Gift nehmen!«

Er schnitt eine Grimasse. »Und ich dachte, du freust dich über Gesellschaft, so ganz allein wie du bist.«

Um Worte ringend sah ich ihn fassungslos an. Er war wie ein großes Kind. Triezte er mich mit Absicht oder hatte er einfach nichts Besseres zu tun?

»Hey Mann, steh auf und lass Annabell zufrieden«, meinte da Elias, den ich erst jetzt bemerkte und der sich offenbar die gleiche Frage stellte. Dankbar für die Unterstützung blickte ich zu ihm auf. Elias lächelte und dieses Blau zog mich schon wieder magisch an. Ein leichtes Kribbeln durchfuhr mich. Vielleicht sollte ich ihm einfach nicht mehr in die Augen schauen.

»Warum? Hat sie gerade keine Sprechstunde oder möchtest lieber du hier liegen?«, konterte Ricky frech, machte aber immerhin Anstalten, sich zu erheben.

Elias kratzte sich, immer noch lächelnd, am Hinterkopf und ich hätte gerne gewusst, was er dachte. Natürlich war Rickys Frage rein flapsiger Art, dennoch hatte sie ungewollt meine Fantasie angeregt. Ich biss mir auf die Lippe und zwang mich woanders hinzuschauen. Glücklicherweise kam Markus geradewegs auf uns zu.

»Da seid ihr. Wolltest du nicht die Grillzange holen, Ricky?«

»Stimmt.« Mit einem Satz schloss der Angesprochene zu seinem Freund auf. »Du entschuldigst mich bitte, Annabell. Ich muss gehen. Es wartet ein teures, saftiges Steak auf mich, und wenn ich nicht aufpasse, lassen diese Banausen es verkohlen. Das geht gar nicht. Ein Steak muss medium sein, alles andere ist unverzeihlich.« Schon machten sich die Männer auf den Weg. Einigermaßen erleichtert griff ich nach meiner Matratze und stellte fest, dass der Zelteingang augenscheinlich etwas zu klein war, um das monströse Ding da durchzukriegen. Seufzend ließ ich die Arme wieder sinken.

Elias, der in einigem Abstand zu den anderen hinterherlief, blieb stehen. »Ich glaube, du könntest Hilfe gebrauchen«, bemerkte er und kam wieder zurück.

»Glaubst du, zu zweit schaffen wir das?« Ich war nicht überzeugt, aber keinesfalls bereit aufzugeben.

»Du hättest sie gleich im Zelt aufblasen sollen.«

»Ich habe nicht gedacht, dass sie so groß ist.«

Jeder eine Seite fassend bogen wir sie so gut wie möglich nach oben, damit wir sie durch die Öffnung bekamen. Es war knapp, aber es klappte gerade so. Als wir uns schräg gebeugt durch den Eingang zwängten, befanden sich unsere Köpfe zwangsläufig ziemlich nahe beieinander.

Eine Sekunde lang sahen wir uns an. Ich konnte seinen Atem spüren, und mein Herz klopfte schneller als gewöhnlich. Irritiert von der Reaktion meines Körpers musste ich meinen Griff etwas gelockert haben, denn plötzlich fuhr die Matratze auf meiner Seite auseinander und drückte mich ins Innenzelt und mit dem Rücken gegen den Reißverschluss des Einganges, also praktisch gegen den Rahmen meiner Haustür. Mir blieb die Luft weg. Elias reagierte und schob das luftgefüllte Ungetüm mit einem Ruck vollständig in meine Behausung. Augenblicklich breitete sich die Matratze zu ihrer ganzen Größe aus, mit dem Resultat, dass jetzt Elias den Halt verlor und schlussendlich auf ihr lag. Das Monstrum bot kaum mehr Platz zum Stehen, und auch ich geriet nochmal ins Wanken. Dann spürte ich ein Ziepen. Ich japste auf. Einige meiner widerspenstigen Locken mussten sich in dem Reißverschluss verfangen haben. Elias schaute verwirrt drein. Kein Wunder, wie ich mich so seltsam verkrümmt präsentierte. Auf einmal war es um mich geschehen. Ich lachte. Erst leise, dann immer lauter, vermischt mit einigen zischenden Lauten, wegen der vermaledeiten ziependen Haare. Er musste glauben, ich wäre übergeschnappt, das ließ sein Gesichtsausdruck jedenfalls vermuten. Ich versuchte mich zusammenzureißen und zeigte auf meinen Haarschopf.

»Kannst du mich vielleicht befreien?«, bat ich.

Erst jetzt begriff er, wo mein Problem lag. Ohne ein Wort zu sagen, rappelte er sich hoch, aber ein kleines Lächeln umspielte seine Mundwinkel. Ricky hätte bestimmt schon wieder einen flotten Spruch auf den Lippen gehabt. Doch dass Elias gar nichts von sich gab, verunsicherte mich. Aus irgendeinem Grund wollte ich nicht, dass er mich für meschugge hielt. Dann war er ganz nah. Seine Finger wühlten sich durch meine Locken und arbeiteten sich zu dem Haarknoten im Reißverschluss vor. Weil kein Platz war, rückte er näher an mich heran. Sein Oberkörper presste sich gegen meinen. Die warme Luft im Zelt war plötzlich aufgeheizt, mein Blick stur auf sein rotes T-Shirt geheftet. Der Duft von Aftershave erfüllte meine Nase. In meinem Magen rumorte es. Eine Haarsträhne flog mir ins Gesicht und kitzelte mich, aber ich traute mich nicht mich zu bewegen.

»So, ich glaube, das war's. Versuch mal deinen Kopf zu drehen«, forderte mich Elias auf.

Das tat ich und befand mich Nase an Nase zu ihm. Auf einmal trafen sich unsere Lippen. Ich bemerkte die sanfte Berührung und schloss die Augen. Es fühlte sich gut an. Sein Mund war fest und sinnlich. Er zog mich an sich, und wir kullerten rücklings auf die Matratze. Seine Arme wanderten über meinen Rücken, was mir die Möglichkeit gab, meine um seine Taille zu legen. Ich spürte die Muskeln seines Körpers und erkannte, dass er stärker war, als ich vermutet hatte. Unsere Zungen umkreisten sich und begannen einen wilden Tanz. Mein Unterleib zog sich in süßlichem Schmerz zusammen. Dieses Gefühl war schon viel zu lange her …

»Was treibt ihr da?« Merles Stimme drang wie ein Geschoss an mein Ohr. Ich fuhr zusammen und stieß Elias aus einem Impuls heraus von mir.

»Entschuldige«, murmelte ich und schenkte ihm einen, wie ich hoffte, bedauernden Blick, bevor ich mich an meinen ungebetenen Gast wandte.

»Gehst du immer einfach in anderer Leute Häuser, ohne zu klingeln?«

Merle stand in meinem kleinen Vorzelt und zog die Augenbrauen nach oben.

»Du bist noch nicht ganz klar im Kopf. Verstehe. Hormonrausch, oder? Denn wenn es nicht so wäre, wüsstest du, dass wir uns hier in einem Zelt befinden und nicht in einem Haus.«

Angesäuert setzte ich mich auf und stemmte die Hände in

die Matratze. »Das tut doch nichts zur Sache. Auch ein Zelt ist privat. Ich habe dich nicht hereingebeten.«

Merle blinzelte zuckersüß. »Die Tür stand aber offen«, folgerte sie ungerührt. »Und eine Klingel habe ich auch nirgends gesehen.«

Ich unterdrückte den Drang, sie am Kragen zu packen und auf die grüne Wiese zu verfrachten. Stattdessen atmete ich einmal tief durch, stand auf und brachte sie allein durch meine körperliche Präsenz dazu, nach draußen zu treten. Bei meiner Minibehausung blieb ihr schlichtweg keine andere Wahl.

»Merle, ich habe dich schon gesucht.« Merles Freundin Lena rannte zu uns herüber, kaum dass ich aufrecht stand. Hinter mir erschien Elias, aber im Gegensatz zu Merle interessierte sich Lena nicht dafür.

»Warum? Ich hab doch gesagt, dass ich keine Lust auf das doofe Spiel hab«, gab diese zurück. Dann drehte sie sich zu mir um. »Bei Annabell ist es viel interessanter.«

Ich runzelte die Stirn und Elias gluckste. »Ich geh dann mal. Mein Steak ist bestimmt schon durch«, meinte er knapp und überließ mich den Mädchen. Nachdenklich sah ich ihm hinterher und fuhr mir mit der Zunge über die Lippen.

Die Stille des Abends war Balsam für meine Seele. Niemals hätte ich erwartet, dass ich bei meinem Single-Urlaub mit so vielen Menschen in Kontakt treten würde. Und das schon am ersten Tag! Dann war da noch meine Behausung. Endlich hatte ich Zeit, die vielen neuen Eindrücke zu verarbeiten.

Gemütlich kuschelte ich mich in mein Nachtlager. Mein Daunenkissen und der Schlafsack hätten auch auf einer halb so großen Luftmatratze ausreichend Platz gefunden, dafür passten mein Trolley und mein Rucksack gerade noch in den schmalen Streifen daneben, bevor die komplette Fläche ausgenutzt war. In dem minimalistischen Vorzelt hatte ich meine Kühlbox und Schuhe verstaut. Auch der kleinste Winkel war ausgenutzt. Trotzdem – oder vielleicht gerade deshalb – fühlte ich mich richtig eingekuschelt. Zuerst hatte ich geglaubt, dass der Verkäufer mir versehentlich eine zu große Matratze aufgeschwatzt hatte. Aber nun, als ich so dasaß und mein Sandwich aß, das ich mir aus meinen mitgebrachten Einkäufen zurechtgemacht hatte, sah ich ein, dass der Mann vermutlich gewusst hatte, was er tat.

Der orange Zeltstoff warf ein angenehmes warmes Licht ins Innere. Mein Blick fiel auf die weiche Veloursfläche neben mir. Ich dachte an Elias. Augenblicklich fühlte ich die verheißungsvolle Berührung seiner festen Lippen noch einmal und ein kleiner wohliger Schauer durchlief mich. Der Mann konnte küssen, das stand fest. Er hatte etwas in mir ausgelöst, was ich so noch nie empfunden hatte. Eine Mischung aus Verlangen und Zärtlichkeit. Und wer weiß, was passiert wäre, wenn Merle uns nicht unterbrochen hätte. Nachdenklich fuhr ich mir durchs Haar.

Vielleicht war es sogar gut so gewesen, dass sie einfach aufgetaucht war. Ich war nicht der Typ, der sofort mit einem Mann ins Bett ging. Aber wenn ich ehrlich zu mir selbst war, musste ich gestehen, dass ich in diesem Moment für nichts hätte garantieren können. Es war, als würde außer uns nichts existieren. Sowas war mir überhaupt noch nicht passiert. Und das mit einem Mann, den ich gerade erst kennengelernt hatte. Es musste an seinen tollen blauen Augen liegen. Sie erinnerten mich an klares Gebirgswasser, und wenn ich zu lange in sie hineinschaute, bekam ich das Gefühl, darin zu ertrinken. Der einzige Mensch mit ebensolchen, war Terence Hill, wie mir nun einfiel. Wie oft hatte ich als Kind zusammen mit meiner Familie die Westernparodien angeschaut und war immer wieder fasziniert von diesen Augen gewesen. Ja, nickte ich, daran musste es wohl liegen. Ansonsten hatte Elias wenig Ähnlichkeit mit dem Westernhelden. Wobei, von der Statur her … Ich versuchte ihn mir im passenden Outfit vorzustellen, schüttelte dann aber über mich selbst den Kopf. Es war ja nicht so, dass ich auf Cowboys stand. Was war nur in mich gefahren? War die immer noch leicht stickige Luft hier drin schuld daran, dass ich plötzlich wirr fantasierte?

Allmählich wurde es dunkel, und ich zog meine Campingleuchte hervor, nur um festzustellen, dass ich sie zu Hause am Stromnetz hätte aufladen müssen. Mir blieb also nichts anderes übrig, als sie nun per Handbetrieb aufzuladen. Kurbelnd saß ich im Schneidersitz da und sinnierte weiter vor mich hin. Ich überlegte, was ich wohl in diesem Moment tun würde, wenn ich meine Zypernreise angetreten hätte. Säße ich vielleicht an der Cocktailbar? Allein? Oder hätte ich auch dort schon Bekanntschaften geschlossen? Wäre ich auf Zypern heute ebenfalls geküsst worden? Ich konnte es mir nicht vorstellen. Wieder dachte ich an Elias. Er roch so gut und besaß eine besonders anziehende Wirkung auf mich. Das konnte man von seinem Freund Ricky nicht unbedingt behaupten, auch wenn er sich nicht scheute mich anzubaggern. Kein Wunder, dass ihn seine letzte Freundin auf eine einsame Insel verbannen wollte, wenn ich das beim Lauschen am Nachmittag richtig verstanden hatte. Einen gewissen – wenn auch ruppigen – Charme konnte ich ihm jedoch nicht absprechen. Vielleicht lag es an dem Bad-Boy-Touch, den er mit seiner Art verkörperte. Ich hielt in der Bewegung inne und überlegte, ob ich zu den Frauen gehörte, die für diese Art empfänglich waren, denn ein kleines bisschen geschmeichelt fühlte ich mich schon bei seinen Flirtversuchen.

Die Männer, mit denen ich mich dank meiner Freundinnen zuletzt getroffen hatte, erschienen vor meinem inneren Auge. Da war nichts dabei, was ich als besonders spannend oder aufregend bezeichnen konnte. Allerdings würde ich auch keine Wörter wie ›besonders charmant‹ oder ›besonders witzig‹ für diese Bekanntschaften verwenden. Gekribbelt hatte jedenfalls bei mir nie was, selbst wenn es tatsächlich zu einem Gutenachtkuss gekommen war. Und das war mir heute sogar gleich zweimal passiert: Als ich mit Ricky Haut an Haut auf der Insel gesessen hatte und so zwangsweise mit ihm auf Tuchfühlung gewesen war und natürlich während des Kusses mit Elias. Was sagte das also über mich aus?

Stöhnend kurbelte ich weiter. Ich wollte keine psychologische Analyse über mich selbst anfertigen. Ich hatte Urlaub! Sicherlich war das auch der Grund für meine empfängliche Gemütslage. Die monotone, regelmäßige Bewegung hatte etwas Beruhigendes an sich. Als die Lampe endlich brannte, schlief ich ein.

Das Wasser hatte sich über Nacht abgekühlt und war zuerst etwas frisch, weckte aber meine Lebensgeister. Voller Elan schwamm ich zu dem näher gelegenen Ufer, das dank eines Arms des Sees für einen passablen Schwimmer gut erreichbar war, und nach einer kurzen Verschnaufpause zurück. Als ich bei meinem Platz ankam, füllte sich ringsum der kleine Sandstrand bereits mit weiteren badehungrigen Menschen. Wohlig erschöpft genoss ich die Sonne. Es versprach wieder ein heißer Sommertag zu werden.

»Morgen Annabell!« Detlef setzte sich auf den freien Teil meines übergroßen Badehandtuchs.

Gegen die Sonne blinzelnd sah ihn an. Am frühen Vormittag hatte ich mich im Sand ausgebreitet und war schwimmen gegangen. Ich hatte den perfekten Platz, mit freier Sicht auf den See und die weit entfernten Häuser am anderen Ufer.

»Na, wie war die erste Nacht? Hast du gut geschlafen?«, fragte er fröhlich.

»Überraschenderweise echt gut.« Ich dachte an meine wirren Träume, in denen Elias und Bud Spenser vorgekommen waren, aber das erzählte ich ihm nicht.

»Duschen, WC und so, alles gefunden? Ist mir später eingefallen, dass ich dir die gar nicht gezeigt habe.«

»Ja, auch wenn mich der Wasserhydrant neben meinem Zelt daran hindern wollte.« Ich grinste und Detlef sah mich verwirrt an. »Ich bin am frühen Morgen aufgestanden und glatt dagegengelaufen«, erklärte ich.

»Autsch!«

»Nichts passiert. Aber dann war ich wach.«

»Und bist gleich zum See marschiert«, schlussfolgerte er zwinkernd.

»Nacktbaden im Mondschein? Sag mir das nächste Mal Bescheid. Ich bin dabei.« Ricky ließ seine zusammengerollte Bastmatte samt Rucksack neben mir auf den Boden fallen. Als ich zu ihm hochsah, lächelte er verschmitzt auf mich hinab. Ein leichtes Prickeln durchfuhr mich, auch wenn ich mit den Augen rollte.

»Klar, ich nehme dich beim Wort«, erwiderte ich salopp, ohne darüber nachzudenken, frei nach dem Motto: Gib dem Affen Zucker. Gespannt wartete ich auf seine Reaktion. Ich war es nicht gewöhnt, so dreist angebaggert zu werden. Aber es machte mir allmählich Spaß und schmeichelte mir auch ein wenig, wobei ich darauf wetten könnte, dass das, was Ricky von sich gab, vermutlich nur heiße Luft war.

Immerhin zog er nun eine Augenbraue nach oben und grinste breit. »Fein.«

Hinter ihm erkannte ich die anderen drei. Andy und Markus hoben grüßend die Hand, Elias' Blick war auf Rickys Rücken geheftet. Erst Sekunden später rang er sich ein Lächeln ab und sagte Hallo zu mir. Mein Magen zog sich zusammen.

»Wie ich sehe, hast du bereits Freunde gefunden«, mischte Detlef sich nun auch wieder ein. Fast hätte ich vergessen, dass er neben mir saß.

»Das ist Ansichtssache«, meinte ich schulterzuckend und versuchte den doofen Schmetterling, der bei Elias' Anblick in meinem Bauch zu tanzen begonnen hatte, zu ignorieren. Zum Glück war es nur einer und ich hoffte mal, dass er keine

Freunde einlud, denn dann hätte ich echt ein Problem. Andererseits: So ein kleiner Urlaubsflirt? Da sprach doch nichts dagegen, oder? Ich wischte den Gedanken beiseite.

»Tja, wenn das so ist. Marion und ich wollten dich eigentlich heute Abend zum Grillen einladen«, unterbrach Detlef meine Gedankengänge und schickte sich an aufzustehen. »Überleg's dir. Zusammen ist es doch schöner als allein. Unser Neffe Dirk kommt auch.«

»Da soll jemand verkuppelt werden«, gluckste Ricky gerade so laut, dass ich ihn noch verstehen konnte, während die anderen über den passenden Liegeplatz diskutierten. Ich warf ihm einen bösen Blick hinterher.

»Lieben Dank. Ich komme gern«, hörte ich mich dabei zu Detlef sagen.

5

Das Männerquartett hatte sich wieder an die gleiche Stelle wie gestern verzogen. Zumindest glaubte ich das, weil ich sie nirgends sonst entdecken konnte. Mir war das ganz recht, so fühlte ich mich weniger beobachtet. Denn wenn ganz besonders Ricky eins gut konnte, dann die Ohren spitzen und einen Kommentar von sich geben. Immerhin hatte er mich derart aus dem Konzept gebracht, dass ich die Einladung von Detlef angenommen hatte. Ob Ricky recht damit behielt, dass Detlef mir seinen Neffen schmackhaft machen wollte?

So ein Quatsch, schalt ich mich selbst. Detlef war lediglich ein supernetter Kerl, der Gemeinschaftssinn besaß. Seinen Neffen erwähnte er wahrscheinlich nur deshalb, weil er mir sagen wollte, dass auch andere in meinem Alter da wären. Oder etwa nicht? Ohne Rickys blöden Spruch würde ich mir darüber sicher nicht den Kopf zerbrechen.

Verdrossen schaute ich mich um und erspähte Elias, der gerade dabei war, ins Wasser zu gehen. Seine Rückenansicht konnte sich sehen lassen. Er besaß eine schöne Sommerbräune und einen ziemlich knackigen Po, wie ich feststellte. Prompt überlegte ich, auch noch mal ins kühle Nass zu hüpfen.

Meine direkten Nachbarn, die Zeltlagergruppe, marschierten mit Badesachen bepackt in halbwegs geordneter Reihe vorbei und entschieden sich für das Rasenstück neben der Hecke, unweit von mir. Das gut gelaunte Kindergeplapper erfüllte sofort die Luft. Ich winkte Tina zu und erhaschte zum ersten Mal einen kompletten Blick auf ihren Kollegen Florian. Er schien etwas älter als sie, war mittelgroß und machte einen sportlichen Eindruck. Aber das sollte man von einem Sportlehrer auch erwarten dürfen? Trotz seines jugendlichen Alters war sein Haar schon ziemlich licht, weshalb er es wohl gerade mal fünf Millimeter lang trug.

Zehn Minuten später war die Meute im Wasser und mischte die Schwimmer dort auf. Von Elias war nichts mehr zu sehen. Ich zog mein Handy hervor und checkte meine Nachrichten.

Meine Freundinnen hatten mir geschrieben und wünschten einen schönen Urlaub. Einige Newsletter waren in meinem Emailfach eingetrudelt sowie eine Nachricht von Petra. Sie wolle mich im Urlaub nicht stören, suche aber Unterlagen, die unser Chef dringend haben wollte, und finde sie nicht. Ich rollte verdrossen mit den Augen und versuchte mich zu erinnern, wo ich die verstaut hatte. Nachdem ich Petra geantwortet hatte, zeigte der Akku nur noch wenige Prozent an. Ich zog die Stirn kraus. Wenn ich das Ding aufladen wollte, würde ich mich wohl doch mit meinem supertollen und superteuren Campingkocher beschäftigen müssen. Mit Wehmut hatte ich diesen Morgen auf meinen Kaffee verzichtet, weil ich, unausgeschlafen wie ich war, keine Lust hatte, herauszufinden, wie der funktionierte.

Als wenig später das Wasser tatsächlich sprudelte, freute ich mich wie ein Kind. Ich hatte es geschafft! Wie Springteufelchen hüpfte ich vor meinem Zelt auf und ab.

»Hast du im Lotto gewonnen?«, riss mich Markus aus meinem Freudentanz und kam zu mir.

»Nein. Die Kunst ist, sich über die kleinen Dinge des Lebens zu freuen, oder?« Ich strahlte. »Willst du einen Kaffee?«

»Warum nicht.«

»Du siehst aber nicht gerade wie ein glücklicher Urlauber aus«, stellte ich fest und holte die beiden Plastikbecher hervor, die ich mitgebracht hatte.

Markus zuckte mit den Schultern und setzte sich neben mich ins Gras.

»Man sollte die schönsten Tage im Jahr doch genießen. Der Urlaub geht sowieso immer so schnell vorbei«, dozierte ich und kam mir vor wie ein Sprüchekalender.

»Eigentlich schon. Ist aber nicht so einfach, wenn man weiß, dass die Alltagsprobleme auf einen warten, und man keine Ahnung hat, wie man die lösen soll.« Seine letzten Worte waren lediglich gemurmelt.

Ich reichte ihm einen gefüllten Becher. Das schwarze Gebräu roch einfach himmlisch. Ich hoffte, dass es ebenso gut schmeckte. Das tat es. Ich schloss einen Moment genießerisch die Augen. Als ich sie wieder öffnete, bemerkte ich, wie Markus auf die dampfende Flüssigkeit starrte.

»Oh. Du brauchst bestimmt Milch und Zucker.« Ich verzog den Mund. »Habe ich leider beides nicht. Ich trinke meinen Kaffee schwarz.« Entschuldigend blinzelte ich ihn an.

»Macht nichts.« Er nahm einen Schluck und ich befürchtete, dass mein Kaffee seine Laune nun auch nicht heben würde.

»Willst du darüber reden?«

Er schwieg. Offenbar wollte er nicht.

»Ach, ich hätte überhaupt nicht mit herkommen sollen«, begann er dann doch.

»Du meinst zum Campen mit deinen Freunden?«

»Hm-hm. Ich dachte, es wäre gut, mal rauszukommen. Als Jugendliche hatten wir viel Spaß zusammen. Wir sind miteinander zur Schule gegangen, weißt du? Aber wir haben uns alle verändert im Laufe der Zeit. Jeder schleppt sein Päckchen mit sich rum. Das Ergebnis sind jede Menge schlauer Sprüche, die auch nicht weiterhelfen.«

»Meinst du im Allgemeinen oder im Speziellen?«, hakte ich nach. Denn dass es Ricky an schlauen Sprüchen nicht mangelte, war mir in kürzester Zeit klar geworden.

Statt einer Antwort vorzog Markus das Gesicht und versuchte eine bequemere Sitzposition einzunehmen. Aber das Stückchen Gras vor meinem Zelt blieb eben einfach nur Gras. Wäre mein Luftbett nicht so sperrig, hätte ich es nach draußen holen können. So jedoch konnte ich froh sein, es mit Elias' Hilfe überhaupt hineinbekommen zu haben. Prompt blieben meine Gedanken bei Elias hängen, wie er mich mit seinen …

»Eheprobleme«, sagte da Markus.

»Eheproblemen?« Wer sprach da gleich von Eheproblemen? Wir kannten uns noch nicht einmal vierundzwanzig Stunden! Ich riss den Kopf hoch. Ach so! Natürlich wusste Markus nicht, was ich gedacht hatte, folglich war sein Einwurf auch nicht darauf bezogen. Aber hieß das dann … »Elias hat Eheprobleme?«, quiekte ich. Die Vorstellung, dass er eine Frau zu Hause sitzen hatte, behagte mir so gar nicht.

Verwirrt schüttelte Markus den Kopf. »Elias? Nein, wie kommst du darauf? Der hat nicht mal eine Freundin. Und wenn er weiterhin so mit sich hadert, wird das wohl auch nix mehr. Ich habe Eheprobleme.«

»Ach sooo.« Erleichtert atmete ich aus. Ich war doch etwas überspannt, wie ich mir selbst eingestehen musste. Hoffentlich setzte der zu erwartende Urlaubserholungseffekt bald ein. Dann fiel mir auf, wie taktlos meine Reaktion Markus erscheinen musste.

»Ich meine: Tut mir leid, wollte ich sagen«, versuchte ich mich zu verbessern. »Und deshalb dachtest du, ein wenig Abstand würde nicht schaden, und bist mit deinen Freunden zelten gegangen.«

Markus nickte. »Nur glaube ich inzwischen, dass das nicht die beste Entscheidung von mir war. Ich, sie …« Er brach ab und blickte tiefgründig in seinen Kaffeebecher, als ob er darin etwas lesen könnte. »Na ja, immerhin bringen mich die Jungs auf andere Gedanken.«

»Wo sind die überhaupt?«

»Elias ist schwimmen.« Das wusste ich bereits. Ein Lächeln glitt über mein Gesicht. »Ricky ist einkaufen. Auf der Suche nach dem perfekten Steak.«

»Ach, hat es gestern nicht geschmeckt?«

Markus zuckte mit den Schultern. »Der Herr ist noch Besseres gewöhnt.« Ich nickte wissend, obwohl ich das in Wirklichkeit nicht tat. »Und Andy ist wandern gegangen. Erkundet die Gegend. Er ist ständig draußen unterwegs. Jede freie Minute verbringt er an der frischen Luft.«

»Ist auf jeden Fall gesund.«

Markus lachte. »Stimmt. Sieht man ihm auch an. So lang und dürr wie er ist. An dem ist ja nix dran.« Er schaute auf sein Bäuchlein. »Das da müsste natürlich auch nicht sein, aber wenn man halt den ganzen Tag im Auto oder am Schreibtisch sitzt … Ich bin im Außendienst für eine Computerfirma tätig, musst du wissen. Hast du noch einen Schluck Kaffee?«

»Lass mich raten, das Lebenselixier für einen Außendienstler.« Lächelnd schüttete ich den Rest aus der kleinen Kanne in seinen Becher.

Markus zwinkerte. »So ungefähr.«

»Dann macht jeder sein Ding«, stellte ich fest. »Und du?«

»Ich trinke Kaffee mit dir. Du hast mich sozusagen gerettet, aus meinen trüben Gedanken und mit deinem Kaffee.«

Ich lachte. »Freut mich. Aber das ersetzt doch keine Männergespräche, oder?«, neckte ich ihn.

»Von wegen. Meine Probleme können die sowieso nicht verstehen. Andy ist eingefleischter Junggeselle. Es ist vermutlich auch schwer, eine Frau zu finden, die seine Leidenschaft für das Naturleben teilt. Und Ricky, … du hast ihn kennengelernt. Der liebt die Abwechslung.«

Und was war mit Elias? Unschlüssig sah ich ihn an. Hatte Elias den Kuss erwähnt? Sagte er deshalb nichts? Wobei, vorhin hatte er immerhin erzählt, dass Elias ungebunden sei. Wusste er also davon? Und wenn schon? Warum dachte ich darüber überhaupt nach? Im Grunde war es unwichtig.

»Wo drückt bei Ricky der Schuh?«, fragte ich stattdessen.

»Job. Medien, Filmbranche. Seine Firma verlagert seine Ab-

teilung ins Ausland. Entweder er geht mit oder er muss sich
was Neues suchen.«

»Das ist hart. Wohin denn? Weit weg?«

»Amerika.«

»Oh.«

»Hm. Und soweit ich weiß, hat er einen echt guten Job.
Nicht leicht einen vergleichbaren zu finden.« Er drehte seinen
Kaffeebecher in der Hand. »Vielleicht sollte ich mir ja einen
neuen Job suchen. Einen, bei dem ich nicht so viel unterwegs
bin. Meinst du, das würde helfen? Beziehungstechnisch und
so?«

»Warum? Ich meine, Computerbranche … Kommst du da so
spät nach Hause?«

Markus lachte abschätzig. »Da gehen schon einige Abende
drauf. Ohne die liebe Technik geht doch heutzutage fast nix
mehr. Wenn da was hakt, muss eben auch schnell mal eine
Nachtschicht eingelegt werden. Das Zeug muss laufen.«

Von dieser Seite hatte ich das noch nie betrachtet. Aber er
hatte recht. Nichts war beruflich gesehen schlimmer als ein
Ausfall. Ich nickte zustimmend. »Ist das denn ein Streitpunkt?
Deine Arbeitszeiten?«

»Auch«, lautete die karge Antwort. »Corinna, also meine
Frau, hat deshalb sogar schon mal gedacht, dass ich ihr untreu
wäre …«

»Oh! Und was schwebt dir als Alternative vor?«

»Keine Ahnung. Mir gefällt, was ich tue. Das ist ja das
Problem. Aber wenn es unserer Ehe hilft …«

Ich konnte regelrecht spüren, wie sich Markus' Laune wieder dem Tiefpunkt näherte, und hatte Mitleid. Aber was sollte
ich sagen? Ich kannte seine Probleme nicht einmal richtig.
Außerdem war ich nicht gerade eine Koryphäe in Beziehungs-
angelegenheiten, war ich doch selbst seit vielen Monaten Single. Mitfühlend legte ich ihm meine Hand auf den Arm.

»Na, mal der, mal der.« Der schneidende Tonfall in Kombination mit Elias' angenehm warmer Stimme ließ mich erschrocken aufblicken.

Er stand neben dem Hydranten und starrte Markus und mich an. In seinen dunklen Haaren glänzten noch vereinzelt Wassertropfen in der Sonne. Er sah einfach zum Anbeißen aus. Mein Herz machte einen Hüpfer. Sein Handtuch hing leger über seinen Schultern, wohingegen seine Körperhaltung ganz und gar nicht als lässig zu bezeichnen war.

»Hi Elias.«

»Man muss seine Möglichkeiten sondieren, was?«

Wie bitte? Perplex stierte ich ihn an. Was war denn in den gefahren?

»Was ist los, Annabell? Du siehst aus wie eine Prinzessin, der man das Krönchen geklaut hat«, stichelte er weiter und mein Herz sackte mir in den Magen.

Markus räusperte sich. »Wir haben uns nur ein wenig unterhalten«, gab er Auskunft. »Danke für den Kaffee, Annabell.«

»Jederzeit gerne.« Ich lächelte übertrieben freundlich, ohne Elias eines weiteren Blickes zu würdigen, was ihm offenbar nicht passte.

»Du weißt aber schon, dass Markus nicht mehr zu haben ist? Aber was geht mich das an.« Damit drehte er sich um und stapfte davon.

Verwirrt sah ich ihm hinterher. »Was war das denn?«

Markus stand auf. »Keine Ahnung. Seit seine letzte Beziehung in die Brüche gegangen ist, hat er irgendein Problem. Ich weiß nicht, was ihn dann zwischendurch reitet. Er redet nicht darüber. Eigentlich ist er ein echt netter Kerl.«

»Ist wohl noch ganz frisch?«, vermutete ich.

»Nein. Das ist schon ein Stück her.«

Wie ein Brathähnchen lag ich auf meinem Badelaken zwischen all den Menschen und brutzelte in der Sonne. Um mich herum wurde sich gutgelaunt unterhalten und getobt. Trotzdem konnte ich mich nicht wirklich entspannen und genießen. Elias ging mir nicht aus dem Kopf. Als ich ihn vorhin sah, fühlte ich wieder so ein Kribbeln, auch wenn es aufgrund seines muffigen Verhaltens ziemlich schnell abgeflaut war. Er war mir auf Anhieb sympathisch gewesen, mit seinem gewinnenden Lächeln … Was war der Grund, dass er sich plötzlich so bescheuert aufführte? Dachte er wirklich, dass ich mich für Markus interessieren würde? Oder für Ricky?

Mir fiel ein, wie er am Vormittag reagiert hatte, als Ricky andeutete, dass er gerne mal mit mir nackt baden würde. Bildete ich mir da was ein? Bei dem Gedanken an Rickys Vorschlag konnte ich mir ein Grinsen nicht verkneifen. Das war doch mal ein Angebot. Optisch war er ein echtes Schnittchen. Vielleicht sollte ich es ja annehmen. Es wäre schließlich nichts weiter als ein kleiner, heißer Urlaubsflirt. Was machte es da schon, dass Ricky mit seiner Art – sagen wir mal – nicht gerade auf meiner Wellenlänge lag? Und wenn Elias sich schon wie ein Blödian aufführen musste, konnte ich ihm auch noch weiteren Zündstoff liefern. Oder?

Irgendwann musste ich während meiner Überlegungen eingeschlafen sein. Als ich aufwachte, brannte mein Gesicht von der glühend heißen Sonne. Selbst hinter meiner dunklen Sonnenbrille hatte sich schon ein feuchter Schweißfilm um meine Augen gebildet. Da half nur eine Abkühlung im See. Mit angehaltenem Atem steckte ich meinen Kopf so lange wie möglich unter Wasser. Himmlisch! Es war so angenehm, dass ich das Spielchen gleich etliche Male wiederholte.

»Geht es dir nicht gut?«, vernahm ich beim Auftauchen und spürte einen Finger, der mich an der Schulter antippte.

»Doch.« Ich schob mir die tropfend nassen Haare aus dem Gesicht, mit dem Ergebnis, dass sie sich kreuz und quer verhakt hatten, und stand Lena gegenüber.

Das Mädchen hatte eindeutig die bessere Frisur zum Baden gewählt. Mit ihren ordentlich geflochtenen Zöpfen sah sie

nach einem Tauchgang sicher nicht aus wie eine Wetterhexe –
im Gegensatz zu mir. Das bestätigte mir Lenas Gesicht, das
sich bereits zu einem Lachen formte. Während ich noch darüber philosophierte, ob ich für geflochtene Zöpfe schon zu alt
war, hörte ich Merle.

»Was soll Annabell schon haben? Sie ist eben eine komische Frau.«

Mein Kopf wanderte anhand dieser Personenbeschreibung
ein wenig nach rechts. Hatte Lena bereits zu lachen begonnen,
stimmte Merle nun schlagartig mit ein.

»Siehst du! Ich sag's doch!«, rief sie glucksend und deutete
mit ausgestrecktem Zeigefinger auf meinen Kopf.

Hatte diesem Kind noch nie jemand gesagt, dass eine solche
Geste unhöflich war? Was war aus Verhaltensregeln geworden
wie: Man zeigt nicht mit dem Finger auf andere Leute? Ich
zumindest war damit noch großgeworden. Die Mädchen lachten jetzt lauthals, sodass sich andere Leute zu uns umdrehten.
Einen Moment lang war ich versucht einfach wieder abzutauchen, aber irgendetwas an der Reaktion der beiden hielt mich
zurück. Verstrubelte Haare waren doch nicht so außergewöhn-
lich, dass sie Anlass zu einem derartigen Lachanfall gaben!

»Bist du unter die Streifenhörnchen gegangen?«, brachte
Merle schließlich hervor.

Argwöhnisch sah ich von einer zur andern.

»Oder ist das ein Versuch, dich zu tarnen, damit Merle dich
nicht nervt?«, setzte Lena obendrauf und erntete dafür umge-
hend einen Boxhieb von ihrer Freundin auf den Oberarm.

»Was soll das denn bitte heißen!«, blaffte Merle.

Es spritzte, als sie die Hand aufs Wasser klatschen ließ. Auf
ihrem eben noch lachenden Gesicht zogen Gewitterwolken
auf. Mürrisch drehte sie sich um und watete davon.

Ohne die geringste Ahnung, wovon die zwei redeten, strich
ich mir ein paar der Wassertropfen aus dem Gesicht und merkte, wie meine Haut spannte.

Lena sah ihrer Freundin kurz hinterher, zuckte dann jedoch nur mit den Schultern. »Aber sie nervt dich schon, oder? Stimmt doch?«

»Passt schon«, antwortete ich lahm, aber Lena schenkte mir einen wissenden Blick. Ich konnte es ihr nicht verübeln. Selbst in meinen Ohren klang ich nicht besonders überzeugend. Wie auch? Merles Aussagen waren ganz schön pfeffrig. Trotzdem tat es mir leid, dass sie nun missmutig von dannen zog. Es hatte sie wohl wirklich getroffen. Andererseits: Wer austeilte, sollte auch einstecken können.

Auch Lena war jetzt bedrückt. »War wohl nicht gerade nett von mir.«

Ich nickte und wollte die Stirn runzeln, merkte aber, dass das nicht recht funktionierte. Sie fühlte sich wie ein Stück Leder an. Ich war eindeutig zu lange in der Sonne gelegen.

»Aua«, zischte ich.

»Tut bestimmt weh. Entschuldige, dass ich gelacht hab. Es ist nur«, Lenas betretener Gesichtsausdruck wechselte wieder zu einem Grinsen, »du siehst echt komisch aus.«

»Warum denn?« Ich verstand es nicht. Klar, ich hatte zu lange in der Sonne geschmort. So wie sich mein Gesicht anfühlte, könnte ich einen kleinen Sonnenbrand davongetragen haben. Aber was war daran so lustig?

»Na, hast du dich noch nicht gesehen? Du bist knallrot im Gesicht, nur um deine Augen herum ist ein großer heller Streifen«, klärte mich das Mädchen auf.

Mir klappte der Kiefer herunter. »Meinst du das im Ernst?«, hauchte ich und befühlte mit den Fingern mein Gesicht.

»Schon.« Lena nickte. Hinter ihr winkte mir Elias aus einiger Entfernung zu.

Eine gefühlte Ewigkeit begutachtete ich fassungslos mein Gesicht im Spiegel der Duschräume. Ich sah aus … Unbeschreiblich! Genau wie Lena gesagt hatte, war mein Gesicht von einer tiefen Röte überzogen und spannte höllisch. Jegliche Regung war schier unmöglich. So mussten sich Menschen fühlen, die dank Schönheits-OPs und Botox zu keiner Mimik mehr fähig waren. Aber das Schlimmste an der Sache war der Bereich um meine Augen. Während meines Sonnenbads – das ich wohl doch ausgedehnter genossen hatte, als ich gedacht hatte – hatte ich meine Sonnenbrille getragen. Warum nur hatte ich sie nicht abgenommen? Es war ein relativ breites Modell, das ich mir im vergangenen Jahr gekauft hatte. Und so zierte meinen roten Kopf nun ein heller, breiter Streifen von einem Ohr zum anderen, direkt über beide Augen hinweg. Wie zum Teufel sollte ich mich so der Öffentlichkeit präsentieren? Ich würde zum Gespött der Leute. Schon wieder! Erst rollte ich mit Trolley und Co. an und nun das. Aber konnte ich es den Leuten verübeln? Sowas hatte ich selbst auch noch nie gesehen. Wahrscheinlich würde ich ebenso ungläubig blinzeln, bei so einem – bei meinem! – Anblick, und könnte mir ein Grinsen nicht verkneifen. Warum passierte sowas immer mir? Immerhin konnte ich ohne Probleme die Augen öffnen, schließen und blinzeln. Das war doch schon mal was. Man musste immer das Positive sehen, oder?

Nach einer ausgiebigen Dusche, bei der ich feststellte, dass ich sonst kaum Sonnenbrandspuren am Körper aufwies – klar, ich hatte mich ja auch eingeschmiert, nur das Gesicht, das hatte ich vergessen –, trug ich den halben Tiegel meiner Gesichtscreme auf, in der Hoffnung, den Schaden damit zügig beheben zu können. Abgesehen davon, dass ich damit ausschaute, als wäre ich einer Beautyfarm entlaufen, blieb der erhoffte Effekt jedoch äußerst spärlich. Dafür besaß mein neues Zelt nun ein paar Fettflecken. Es war gar nicht so einfach, nirgends hinzukommen, auf so beengtem Raum.

Merle, die sich inzwischen wieder gefangen hatte und ganz die Alte war, tauchte bei mir auf. Also, im Heranschleichen war die Kleine wirklich gut.

»Du hast die Gurkenscheiben vergessen«, teilte sie mir großzügig mit.

Weil ich gerade meine Klamotten für den Abend anzog und darüber nachgrübelte, was meinem verbrannten Gesicht sonst noch helfen konnte, schreckte ich hoch und hinterließ eine Cremespur an dem Shirt, das ich soeben im Begriff war, vorsichtig überzustreifen.

»Ach ja?«, knurrte ich. Wer hatte ihr erlaubt mein ›Zimmer‹ zu betreten? Und woher wusste sie, dass ich mein Gesicht zentnerweiße mit Creme vollgekleistert hatte? Beobachtete sie mich heimlich?

»Ja. Mama legt immer Gurken auf die Augen. Das verhindert Tränensäcke.«

»Die sind momentan aber nicht mein Problem.« *Außer ich verfiel wegen meines lädierten Aussehens in einen Heulkrampf, schon klar.* Aber diese Gedanken behielt ich lieber für mich. Ich dachte an Elias. Ich wollte nicht, dass er mich so sah und über mich lachte. Doch vielleicht war das schon geschehen. Schließlich hatte er mir vorhin im Wasser von Weitem zugewunken. Trotz seines harschen Auftritts mochte ich ihn immer noch. Vielleicht war ihm einfach eine sogenannte Laus über die Leber gelaufen, und als er Markus und mich Kaffee trinken sah, hatte er deshalb gereizt reagiert. Das war immerhin eine Möglichkeit. Die SMS, die ich von Petra bekommen hatte, versetzte mich schließlich kurzzeitig auch nicht gerade in Hochstimmung. Oder redete ich mir das alles nur schön? Sprachen da meine Hormone zu mir? Es war schon echt lange her, dass ich Sex hatte …

»Na ja, so jung bist du auch nicht mehr. Und Mama sagt, man kann nie früh genug anfangen«, erklärte mir derweil Merle.

Ich brauchte eine Sekunde, um gedanklich wieder bei den Tränensäcken anzukommen. Mit solchen Komplimenten fühlte ich mich doch gleich viel besser.

6

Ohne jeglichen Elan schlurfte ich zu Detlefs Stellplatz. Der Hunger war mir gründlich vergangen. Nachdem ich die noch übrige Cremeschicht abgewischt hatte, spannte die Haut zwar nicht mehr ganz so sehr, dafür glänzte ich wie eine Speckschwarte, wodurch das Rot noch deutlicher hervortrat. Merles ungenierter, schonungsloser Kommentar lautete: »Du leuchtest bestimmt jetzt auch im Dunkeln.« Ihr Glück, dass Tina gerade in diesem Moment suchend nach ihr rief.

Der helle Bereich um meine Augen wirkte dagegen fast ungesund weiß. Die einzige Möglichkeit, die mir einfiel, um zumindest halbwegs ansehnlich zu wirken, war das Tragen meiner Sonnenbrille.

»Hi Annabell!«, begrüßte mich Detlefs Frau Marion und drückte mich herzlich an sich.

Detlef stand bereits hinter dem Holzkohlegrill, von dem kleine Rauchschwaden emporstiegen. »Annabell! Du kommst genau richtig. Wir wollen gerade die erste Ladung Bratwürste auflegen.«

»Lecker.« Ich wollte freundlich lächeln, wurde aber jäh daran erinnert, dass das derzeit ein Ding der Unmöglichkeit war.

»Du kannst dich gern schon mal setzen«, bot Marion an und deutete zum Tisch samt sechs Stühlen. Gleich daneben stand ein weiterer, auf dem ich Salatschüsseln, einen Brotkorb und Grillsoßen entdeckte. Und trotz allem war immer noch genug Platz, um sich angenehm frei bewegen zu können. Für mich ein ganz neues Gefühl, wenn man bedachte, dass ich um mein kleines Zelt gerade mal herumlaufen konnte.

Hier im Gegensatz stand auch noch Detlefs Wohnwagen samt geräumig großem Vorzelt, einem Wäscheständer, an dem die Badesachen trockneten, und einem riesigen Sonnenschirm.

Vor jedem Sitzplatz befanden sich Teller und Besteck. Offenbar war ich also nicht der einzige Gast. Ein weiterer trat soeben mit einer Schale Grillfleisch aus dem Wohnwagen. Der junge Mann war lang, schmal und, abgesehen von seinem Gesicht, recht blass für diese Jahreszeit. Zumindest wirkte er so in seinem giftgrünen T-Shirt und den dunkelblauen Shorts. Nicht einmal Ricky war so käsig. Seine Füße steckten in weißen Tennissocken und Sportschuhen. Aber das war ja gerade wieder im Kommen. Ich jedenfalls konnte mich nicht an diesen Sockenlook gewöhnen.

Sein schmales Gesicht samt Segelohren trug ein hageres Kinn zur Schau, das die Brille, die er aufhatte, zusätzlich hervorhob. Sein kurzes Haar war durchschnittlich und langweilig braun. Zielstrebig lief er zum Grill.

»Das ist Dirk, mein Neffe«, rief Detlef gutgelaunt hinter mir und gab dem jungen Mann einen Klaps auf die Schulter, während Marion ihm das Grillfleisch abnahm. Dirk lächelte schüchtern.

»Dirk ist angehender Steuerberater und für ein paar Tage hier. Also, wenn du mal Hilfe brauchst …« Detlef zwinkerte mir zu und schob seinen Neffen in meine Richtung.

Zuerst etwas unschlüssig, gab der sich einen Ruck und kam näher.

Mein Gesichtsausdruck blieb – wie könnte es anders sein – versteinert. »Hallo. Ich bin Annabell«, sagte ich und merkte, dass selbst das Reden ein schmerzlich ziehendes Gefühl hervorrief.

Trotz meiner relativ kühlen Begrüßung, die mehr meinem Sonnenbrand geschuldet war als einer persönlichen Abneigung, grinste Dirk plötzlich wie ein Honigkuchenpferd, als er sich mir gegenüber setzte.

»Detlef hat schon viel von dir erzählt. Wie nett du bist und ganz allein hier ...«, begann er.

Misstrauisch sah ich ihn an. Ich wollte die Stirn runzeln, hatte aber das Gefühl, dort ein Lederband zu tragen, weshalb ich sicherheitshalber mal nachprüfte. Und dann bemerkte ich es. Ich war nicht nur warm, ich glühte regelrecht. Merles Prophezeiung, ich würde im Dunkeln leuchten, bewahrheitete sich allmählich. Und dann ging mir ein Licht auf. Dirk glaubte, ich würde anhand seiner Bekanntschaft erröten! Oh mein Gott! Sollte auch Ricky mit seiner Vermutung rechtbehalten, und Detlef wollte mich verkuppeln? Mit ... mit ... ihm? Ich blinzelte. Immerhin schien Detlef schon mal die Werbetrommel für mich gerührt zu haben. Aber ... Dirk? Ernsthaft? Er war so gar nicht mein Typ. Was machte ich jetzt nur?

»Na ja, ich bin erst seit Kurzem hier. Da hat dein Onkel bestimmt etwas übertrieben.«

»Ach, ich habe das Gefühl, wir kennen uns schon viel länger«, rief der mir zu. »Du erinnerst mich an die Enkeltochter unserer Nachbarin. Das ist auch so ein duftes Mädel wie du. Stimmt´s, Marion? Die Katja –«

»Ja. Die ist aber verheiratet und hat jetzt einen kleinen Sohn. Wie heißt der noch gleich?«

»So oder so, ich finde, mein Onkel hat recht. Du bist echt bezaubernd«, sagte Dirk zu mir und rückte dabei zwinkernd seine Brille gerade, während die Eheleute am Grill weiterdiskutierten.

Baff blickte ich ihn an. Normalerweise hätte ich das Gesicht verzogen. Aber das ging heute Abend ja nicht. Vielleicht war das ganz gut so. Schließlich wollte ich nicht unhöflich erscheinen. Aber ›bezaubernd‹? Ich? Woher wollte der Mann wissen, ob ich das war? Wir hatten kaum einen Satz miteinander gesprochen. Er hatte mir noch nicht einmal in die Augen schauen können, da ich die hinter meiner Sonnenbrille versteckt hielt. Und die machte es mir – nebenbei bemerkt – nun, da keine Sonne mehr schien, zunehmend schwerer, alles so deutlich wie sonst zu sehen. Aber ich würde sie keinesfalls abnehmen und mich selbst bloßstellen. Die würde ich erst abnehmen, wenn die rabenschwarze Nacht über uns hereinbrach.

So wie Dirk weiterhin grinste, glaubte er wohl, ich würde durch sein Kompliment dauerhaft erröten. Dabei fand ich ihn gar nicht beeindruckend.

»Steuerberater also«, versuchte ich ein Gespräch zu beginnen.

Er nickte. »Ja. Das wollte ich schon als Kind werden. Und ich habe es geschafft. War nicht einfach, aber …« Wieder lächelte er, dabei waren Steuern doch ein trockenes und langweiliges Thema. Es war mir unbegreiflich, aber wer bitte schön träumte als Kind schon davon, Steuerberater zu werden?

»Und du? Was machst du beruflich?«

»Controlling.«

»Oh, das geht ja in die gleiche Richtung.« Erfreut richtete Dirk sich in seinem Stuhl auf. »Große Firma?«

»Kann man sagen.«

»Detlef hat erzählt, du würdest allein zelten?«

»Stimmt. Eine neue Erfahrung.«

»Bist du … Single? Oder hat dein Freund keine Zeit gehabt?« Aufmerksam sah er mich an, und wenn ich mich nicht täuschte, schielte er dabei auf meine Hände. Doch ich trug keinen Schmuck.

Ich zögerte. Wenn ich ihm anvertraute, dass ich ungebunden war, wäre das dann ein Fehler? Aber warum sollte ich lügen?

»Ja«, antwortete ich schließlich. Auf welche seiner beiden Fragen sich das bezog, ließ ich offen.

Dirk wirkte entsprechend unsicher, sodass ich mir nur mit Mühe ein Lachen verkneifen konnte. So ein Sonnenbrand im Gesicht hatte durchaus seine Vorteile, wie ich nun feststellte.

»Schwimmst du gerne?«, fragte er mich jetzt.

»Klar, deshalb bin ich hier.«

Ich merkte selbst, dass meine Antworten karg waren. Aber ich war so überhaupt nicht interessiert, und wenn ich ehrlich war, würde ich diese Unterhaltung lieber mit Elias führen. Was der wohl gerade machte? Bestimmt saß er mit seinen Freunden zusammen.

»Badeurlaub also«, stellte Dirk derweil fest. »Interessierst du dich auch für Wassersport?«

»Was meinst du? Tretboot fahren oder mit dem Ruderboot über den See schippern?« Ein idyllisches Bild zeichnete sich in meinen Gedanken ab, bei dem ich mich auf einem kleinen Ruderboot entspannt zurücklehnte, während die Sonne unterging und die Wasseroberfläche mit ihrem goldgelben Licht zum Glitzern brachte. Ich konnte mir die romantische Szene richtig gut vorstellen, wie Elias' Hand sanft über meinen Arm nach oben strich. Moment mal, oder saß da Ricky neben mir im Boot? Ich hörte Dirks Stimme und mit einem Mal erkannte ich, dass er es war, der mit an Bord war. Perplex schüttelte ich den Kopf. Tagträume hatte ich seit meiner Teenagerzeit nicht mehr gehabt und wollte jetzt nicht wieder damit anfangen. Wo kamen die so plötzlich her? Hatte ich möglicherweise doch einen Sonnenstich?

»… eigentlich Wasserski. Ich fahre seit einigen Jahren Wakeboard. Wenn du Lust hast, könnte ich dir …«, gab Dirk indessen von sich.

Ich starrte ihn an und bemühte mich den Faden wieder aufzunehmen. Weiterhin mit Sonnenbrille und ohne jegliche Gesichtsmimik machte ich es ihm nicht gerade leicht mich einzuschätzen. Ich merkte, dass er etwas sagen wollte, aber er wirkte unschlüssig.

»Ich bin über's Wochenende hier. Was hältst du davon, wenn ich dir morgen die Wasserskianlage zeige? Oder einen anderen schönen See, wenn dir das lieber wäre? Es gibt einige, die gar nicht weit entfernt liegen«, stieß er hervor.

»Ähm …« Der ging ja ganz schön ran. Hätte ich ihm auf den ersten Blick hin gar nicht zugetraut.

»Hier riecht's ja gut!«, dröhnte in diesem Moment Bernds kräftige Stimme über uns hinweg und sein beleibter Körper schob sich an unseren Tisch. Dankbar sah ich dem Campingplatzbetreiber zu, wie er neben Dirk Platz nahm und einen Sechserpack Bier vor sich abstellte. Es hätte keinen passenderen Zeitpunkt für sein Erscheinen geben können. Ich hätte ohnehin nicht gewusst, was ich Dirk hätte antworten sollen.

»Bist du nicht die Kleine, die wir gestern beim Hydranten einquartiert haben?«, fragte Bernd und lehnte sich zu mir vor.

»Ganz recht.«

»Und, hast Platz? Ich will keine Klagen!« Warnend hob er den Zeigefinger.

»Perfekt«, antwortete ich genau das, was er hören wollte. »Ich kann mich sogar vor mein Zelt setzen.«

Einen Augenblick starrte er mich an, dann lachte er schallend. »Du bist echt gut. Die eiserne Lady. Alle Achtung. Wäre ich doch fast drauf reingefallen.«

Meine fehlende Mimik wurde allmählich wirklich zum Problem. Zum ersten Mal in meinem Leben fiel mir auf, wie sehr doch jedermann darauf achtete und wie unterschiedlich das Gesagte wirken konnte – je nachdem, wie man dazu dreinschaute.

»Ich meine das im Ernst. Ich kann mich entspannt auf die Wiese setzen. Das ist toll«, bestätigte ich deshalb noch und brachte es fertig, wenigstens die Mundwinkel etwas zu heben.

»Wie? Du sitzt auf der Wiese?«, fragte Dirk und zog damit sofort Bernds Argwohn auf sich.

»Das passt schon.« Ich zuckte mit den Achseln und dachte an meinen Kaffeeklatsch mit Markus. War doch ganz okay gewesen. Natur pur eben. »Vielleicht kaufe ich mir noch eine Luftmatratze. Mal sehen. Mit der könnte ich dann nicht nur ins Wasser, die würde bestimmt auch noch vors Zelt passen.«

»Hallo Bernd«, mischte sich nun Marion ins Gespräch und legte vertraut eine Hand auf seine Schulter. »Na, wie ich sehe, bist du schon versorgt. Und ihr? Was trinkt ihr?« Dabei blickte sie erst mich, dann Dirk an. Der sprang sofort auf.

»Ich mach das schon. Annabell?«

»Ach, weißt du was, Dirk? Mach doch die Flasche Sekt auf, die im Kühlschrank ist. Wir stoßen gleich mal an, was, Annabell? Wo bleibt denn nur …« Marions Blick glitt über die Umgebung. »Ah, da ist sie ja!«

Wie bestellt trat eine Frau in unser Blickfeld, die in schillernden Farben gekleidet war. Kaftan nannte man das gute Kleidungsstück, wenn ich richtig informiert war. Es war weit, lila-grün und reichte bis zum Knie. Darunter trug sie eine schwarze Caprileggins. Ihr langes rötliches Haar hatte sie zu einem Dutt geformt, der über ihrem Kopf thronte und sie damit bestimmt zehn Zentimeter größer machte. Nicht nur figurtechnisch ähnelte sie Bernd, sie waren auch ungefähr in der gleichen Altersklasse.

»Meine Liebe!«, flötete die Fremde und pustete Marion sogleich links und rechts ein Küsschen auf die Wange.

»Schön, dass du da bist.« Marion erwiderte das Begrüßungsritual und stellte uns den Neuzugang vor. »Das ist Renate«, sagte sie lächelnd und dirigierte sie auf den freien Platz neben Bernd. »Und das sind Annabell und Bernd. Detlef kennst du ja bereits. Dirk? Bringst du den Sekt?«

»Wir bleiben lieber beim Bier, oder Männer?«, brummte der Platzwart und öffnete gekonnt drei Flaschen, sodass es ploppte.

»Ja, ja.« Marion nickte und schnappte sich zwei Sektgläser, kaum dass Dirk sie gebracht hatte. Sie drückte mir und Renate eines in die Hand, dann griff sie nach ihrem eigenen und stieß mit uns an. »Auf einen schönen Abend in netter Gesellschaft!«

Das Steak und die Bratwürste samt Marions selbstgemachtem Kartoffelsalat schmeckten göttlich. Mir war gar nicht bewusst gewesen, wie ausgehungert ich war. Aber wenn ich recht überlegte, hatte ich am Tag kaum etwas gegessen, somit war das auch nicht verwunderlich. Die Zeit war einfach nur so verflogen.

Als ich mich satt und zufrieden in meinem Stuhl zurücklehnte, wusste ich, dass Marion und Detlef hier schon seit fünfzehn Jahren ihren festen Standplatz hatten. Der Wohnwagen wurde nur abgebaut, wenn es doch einmal woanders hinging. Mit Bernd waren sie seit dem ersten Tag befreundet. Er war geschieden, und so wie ich die Situation verstand, wollte Marion ihn gerne mit ihrer neuen Freundin Renate verkuppeln.

»Die Renate habe ich zufällig beim Einkaufen kennengelernt. Sie übernimmt den kleinen Laden unten an der Ecke. Da habe ich sofort gedacht, dass ihr euch austauschen müsst«, erzählte Marion gutgelaunt und warf Bernd einen tiefsinnigen Blick zu. Der aber brummte nur etwas und schob sich eine Wurst in den Mund. »Das heißt, ihr habt künftig öfters miteinander zu tun«, plapperte Marion weiter. »Schließlich beliefert sie dich, also den Campingplatz, dann mit frischen Brötchen. Das bleibt ja so, auch wenn der Besitzer wechselt. Übrigens ist Renate alleinstehend und kann bestimmt hin und wieder mal männliche Hilfe gebrauchen. Stimmt´s?« Sie sah von Bernd zu Renate.

Interessiert verfolgte ich das Gespräch. An Renates Stelle würde ich jetzt wahrscheinlich rot werden, angesichts Marions plumper Bemühungen. Aber abgesehen davon, dass ich im Moment dauerhaft errötet war und auch nicht im Fokus stand, störte es Renate nicht, dass ihre neue Freundin derart die Werbetrommel für sie rührte.

Sie nickte lächelnd. »Könnte durchaus vorkommen. Ich kenne noch kaum Leute hier. Find ich klasse, dass du mir ab und an helfen willst, Bernd.«

Der stellte seine Kaubewegung ein und blickte zu der drallen Frau auf. »Ach, will ich das?«

»Wusst' ich doch, dass du der Richtige bist. Bist ja auch ein guter Kerl«, jubilierte Marion. »Genau darum habe ich Renate auch gleich eingeladen. Hier bei uns kennt man sich und hilft einander.«

»Wo kommst du denn überhaupt her?«, fragte Bernd.

»Aus dem Ruhrgebiet. Die Lotte ist meine Tante. Mit über achtzig wird ihr der kleine Laden nun doch zu viel. Deshalb bin ich jetzt da. Um sie ein wenig zu unterstützen und den Laden weiterzuführen.«

»Aha«, mampfte Bernd.

»Oh, da fällt mir was Tolles ein«, rief Marion. »Was hältst du davon, wenn du Renate ein wenig die Gegend zeigst, Bernd? Weißt du, Renate, der Bernd, der ist nämlich ein echter Einheimischer und kennt jede Ecke hier.«

»Super. Gern«, willigte Renate gleich ein und schenkte Bernd einen gekonnten Augenaufschlag.

»Äh, ja also …« Aus der Nummer kam der Arme so schnell nicht heraus. Leise glucksend nippte ich an meinem Sekt, der inzwischen leider etwas warm geworden war. Wie froh ich doch war, dass nicht ich im Mittelpunkt dieses Gesprächs stand.

»Und ich zeige dir morgen die Wakeboardanlage«, stimmte Dirk ein und prostete mir euphorisch zu.

Ich verschluckte mich an dem Schlückchen Prickelwasser und stellte keuchend mein Glas beiseite.

»Äh, ja also …«, begann ich ebenso wie Bernd gerade. Oh Mann, Schadenfreude zahlt sich einfach nicht aus. Das hatte schon meine Oma gesagt. Wie recht sie hatte.

»Na, das ist ja nett«, meinte Detlef an meiner Stelle und grinste.

Ich klappte den Mund auf und wieder zu.

7

»Du siehst aus wie ein Indianer. Na, jedenfalls würdest du das, wenn du noch unter deinen Augenringen ein oder zwei schwarze Streifen aufmalen würdest«, meinte Merle. Sie stand, wie immer mit ihrem Stoffhund bewaffnet, neben mir und meinem Zelt und leistete mir bei meiner morgendlichen Tasse Kaffee Gesellschaft.

»Danke für den Tipp. Ich gehe gleich los und besorge mir Faschingsschminkstifte«, gähnte ich. Das Mädchen war mit ihrer aufmunternden Art wirklich herzallerliebst, und ich hatte es aufgegeben, an ihren guten Absichten zu zweifeln. Vermutlich meinte sie es tatsächlich nicht böse. Es gab eben Menschen, die kein Taktgefühl besaßen. Und Kinder sagten angeblich sowieso nur die Wahrheit.

Nun, die Wahrheit sah so aus, dass meine Gesichtsfärbung über Nacht nur unbedeutend besser geworden war. Eigentlich gar nicht, wie ich wenig später beim Blick in den Spiegel feststellen musste. Mürrisch schob ich mir meine Sonnenbrille auf die Nase und hoffte, dass mir wenigstens die Wetterlage wohlgesonnen war und es an diesem Tag nicht bewölkt sein würde.

Als ich aus den sanitären Anlagen trat, lief ich geradewegs Elias in die Arme. Er trug eine Papiertüte, in der sich vermutlich frische Brötchen befanden.

»Guten Morgen«, begrüßte er mich lächelnd.

»Morgen«, murmelte ich nur, weil ich nicht wusste, was ich sonst hätte sagen sollen.

In meinem Bauch tanzten sofort Schmetterlinge und meine

Augen leuchteten, gut versteckt hinter meiner Sonnenbrille. Zu einer Gesichtsregung nach wie vor unfähig, fühlte ich mich gleichzeitig absolut dämlich, weil ich so unmöglich aussah.

Während ich noch darüber sinnierte, wie es mir ausgerechnet jetzt passieren konnte, mir einen so saublöden Sonnenbrand zu holen, gingen Elias' Gedanken scheinbar in eine gänzlich andere Richtung.

»Du, wegen gestern …«, begann er und nahm die Papiertüte von der einen in die andere Hand, »ich hätte nicht so unfreundlich sein sollen. Es geht mich nichts an, was du –«

»Lass mal.« Ich winkte ab.

Ich wollte keine aufwendigen Entschuldigungen, sie machten nur alles kaputt. Und schließlich waren wir kein Paar. Erklärungen, die so anfingen, hatte ich von Karsten mehr als genug erhalten, als wir noch zusammen waren, und lösten in mir ungute Erinnerungen aus. Ich war im Urlaub, nicht auf Partnersuche. Sicherlich wäre ein kleiner Urlaubsflirt ganz nett, und Elias käme dafür durchaus in Betracht, aber nur wenn alles locker zwischen uns bliebe.

Elias musterte mich verwundert. Hatte er jetzt erst meine Rothaut entdeckt? Ich kniff die Lippen zusammen. *Na wunderbar, Annabell!,* dachte ich. *Ausgerechnet jetzt, wo ich gerne gut ausgesehen hätte.*

»Scheint aber nicht so«, meinte er nun grimmig.

Ich verstand nicht. Meinte Elias, dass ich gar nicht so schlimm wirkte, oder was? Ob ich ihn auf einen Kaffee in mein bescheidenes Heim einladen sollte? Aber dort würde sicherlich immer noch – oder schon wieder – Merle herumlungern. Traute Zweisamkeit sah anders aus.

»Dann eben nicht«, giftete Elias plötzlich und setzte sich wieder in Gang.

In mir schrie alles, dass ich etwas sagen müsste. Aber irgendwie hatte ich gerade das Gefühl, als wäre ich im falschen Film. Ich freute mich doch, ihn zu sehen! Merkte er das nicht?

Natürlich nicht! Er konnte meine Freude nicht erahnen, weil ich zu allem Überfluss auch noch die Lippen zusammenkniff. Wie sollte er auch wissen, was in meinem sonnenverbrannten Köpfchen vor sich ging? Ergo konnte er meine Mimik nur falsch deuten. Doch bevor ich mich durch all das Wirrwarr meiner Gedanken gewühlt hatte, um endlich einen passenden Satz zu formulieren, war er schon etliche Schritte von mir entfernt. Das hatte ich ja fabelhaft hinbekommen! Missmutig starrte ich ihm nach, bis sich eine gänzlich andere Gestalt in mein Blickfeld schob.

»Hi Annabell! Bist du schon startklar?«, trällerte Dirk, kaum dass er bei mir ankam.

»Wie bitte?« Blinzelnd versuchte ich meine Aufmerksamkeit auf ihn zu richten.

»Unser Ausflug«, half er mir auf die Sprünge.

Ach ja, da war ja was. Hatte ich gestern Abend wirklich zugestimmt mitzukommen? Dirk ging jedenfalls davon aus. Das war eindeutig.

»Ich wollte gerade Brötchen fürs Frühstück holen. Wollen wir in etwa einer Stunde los? Früher ist die Wasserskianlage sowieso noch nicht geöffnet.«

»Äh, ja. Gut«, erklärte ich, froh über eine kleine Galgenfrist. Wasserski – ich konnte es mir überhaupt nicht vorstellen auf Wasserskiern zu stehen! Aber da ich nichts Besseres vorhatte und meine Flirtaussichten mit Elias bei null zu liegen schienen, nickte ich.

Dirk hatte nicht gelogen, der See samt Wassersportanlage befand sich nur unweit entfernt. Obwohl es erst Vormittag war, standen auf dem zugehörigen Parkplatz schon jede Menge Autos.

»Samstag«, murmelte Dirk, »da ist immer viel los. Aber unter der Woche muss ich arbeiten.«

»Begeisterst du dich schon lange für diesen Sport?«

»Vor drei Jahren habe ich damit begonnen. Zuerst nur mal

so, inzwischen komme ich so oft wie möglich her. Macht riesigen Spaß, wirst schon sehen.«

»Da bin ich mir nicht so sicher.« Skeptisch runzelte ich die Stirn und hatte dabei das Gefühl, als würde ein breiter Klebebandstreifen darauf festpappen.

»Du musst auch nicht wakeboarden, wenn du nicht willst. Man kann auch einfach nur baden und zuschauen. Zu sehen gibt es hier immer was«, beruhigte er mich und stieg aus dem Wagen. Er sah überraschend sportlich aus in seinem enganliegenden anthrazitfarbenen Neoprenanzug. Gestern Abend hätte ich mir das nicht vorstellen können. Aber immerhin wusste ich jetzt auch, warum er so blass war, wenn er überwiegend in dem Anzug herumlief.

Wir liefen zu einer Kiesfläche, die sich unterhalb eines am Hang liegenden Gebäudes befand und wie eine kleine Landzunge in den See ragte. Es gab einige Holzliegeflächen mit Sonnenschirmen, ansonsten konnte man sein Handtuch auch einfach auf dem Kiesstrand ausbreiten. Links und rechts der Minilandzunge befanden sich zwei überschaubare Wasserbereiche, die für Badegäste vom großen See abgetrennt worden waren. Gleich dahinter standen drei Liftanlagen.

»Da hinten ist der Übungslift für Anfänger. Du kannst zwischen Wasserski und Wakeboard wählen«, informierte mich Dirk. »Und dort oben kannst du dir eine Liftkarte kaufen und Board oder Skier mit Schwimmweste – die ist Pflicht – ausleihen.«

Ich sah zu dem Gebäude auf, in dem sich zum größten Teil ein Restaurant befand. Klar, wer sich hier sportlich verausgabte, bekam sicherlich auch Hunger und Durst.

»Ich schlage vor, weil die Holzliegeflächen schon besetzt sind, legen wir unser Zeug da rechts zum See hin. Die abgetrennte Wasserfläche ist zum Erfrischen und Schwimmen besser geeignet, die andere dort drüben ist nicht so tief und vorwiegend für die Kids. Außerdem nutzen auf dieser Seite des Sees die schon erfahreneren Wassersportler den Lift. Da kannst du zuschauen, wie manche über die Rampen springen, wenn du es selbst nicht versuchen willst.«

»Gut«, stimmte ich zu. Dirk überraschte mich immer mehr. Ich musste zugeben, dass ich den Mann am Vorabend offensichtlich falsch eingeschätzt hatte. Es mochte an Rickys Sprüchen liegen, dass Detlef mich mit seinem Neffen verkuppeln wolle, an Dirks Art im Zusammenspiel mit meinem leicht überspannten Nervenkostüm und meinem Sonnenbrandgesicht oder einfach daran, dass ich durch meine Freundinnen schon genug Kuppelversuche über mich ergehen lassen musste. So oder so, ich hatte wirklich gedacht, dass Dirk zu der schüchternen Sorte gehörte, die es nicht fertigbrachte – wie sollte ich es nur ausdrücken? –, ihren Singlezustand zu beenden, um es vornehm zu sagen. Ein Bücherwurm eben. Oder in seinem Fall ein Steuerwurm.

Ich kicherte bei dem Wort in mich hinein, während ich mein überdimensionales Handtuch ausbreitete. Dirks Handtuch wirkte neben meinem unscheinbar. Aber er ließ sich nicht davon beeindrucken. Er wirkte wie jemand, der fest im Leben stand, und überzeugte mich durch sein Wissen. Das bestätigte sich umso mehr, als erst ein junger Mann, dann eine Frau bei ihm stehen blieb und ihn herzlich begrüßte. Mir wurde schnell klar, dass er hier nicht unbekannt war.

Die Sonne knallte bereits vom Himmel und ich hielt es für mehr als ratsam, mich zu allererst dick einzucremen. Dirk übernahm das freundlicherweise an dem Teil meines Rückens, den ich selbst nicht erreichte. Der Mann löste nach wie vor nichts in mir aus, aber ich fand ihn immer sympathischer und entspannte mich zunehmend in seiner Gegenwart. Wider meine Befürchtungen unterließ er ungeschickte Flirtversuche. Er war einfach – ein Freund. Jetzt war ich richtiggehend froh über den Ausflug. Hier konnte ich abschalten und mich endlich erholen, so wie es sich im Urlaub gehörte. Ich musste mir keine Sorgen machen, dass mich Merle mit neunmalklugen Bemerkungen bombardierte oder ich auf das Männerquartett stoßen könnte. Auf Rickys reißerische Sprüche oder das Gefühlschaos, das Elias in mir auslöste, hatte ich schon gleich zweimal keine Lust. Ob sich die Lage zwischen uns wieder entspannen würde? Ich schob die lästigen Gedanken beiseite. Das war doch egal. Nach den paar Tagen würden wir uns nie mehr begegnen, und ein heißer Flirt war nicht ausschlaggebend für einen gelungenen Urlaub. Ehrlich gesagt, hatte ich nicht einmal damit gerechnet.

»Hey, wenn ich das gewusst hätte, wäre ich schon früher hier aufgetaucht, um deinen Rücken einzuschmieren«, tönte es vergnügt hinter mir. Verwirrt drehte ich mich um, gerade als Dirk meinte: »Fertig.«

»Danke.« Ich nahm die Cremetube, die er mir zurückreichte. Erst jetzt erkannte ich Ricky, der nun direkt vor mir stand. Trotz Sonnenbrille musste ich blinzeln.

»Du hast mich nicht erkannt? Jetzt bin ich aber enttäuscht, wie schnell du mich vergessen hast.« Er zog einen gekünstelten Schmollmund, sodass ich lachen musste.

»Dabei dachte ich, ich hätte einen bleibenden Eindruck bei dir hinterlassen.«

»Scheinbar nicht bleibend genug«, erwiderte ich und dachte an Rickys interessante Fahrweise, mit dem Auto wie auch beim Paddeln. Als ob ich ihn vergessen könnte!

Weitere Gestalten schlossen hinter ihm auf. Der Lichteinfall war so ungünstig, dass ich sie nicht richtig erkannte, aber ich tippte mal darauf, dass es sich um den Rest des Männerquartetts handelte.

»Du lässt ja wirklich nichts anbrennen«, kam es da auch schon von Elias.

Ich schob meine Sonnenbrille etwas nach oben, um besser sehen zu können. Täuschte ich mich oder guckte er schon wieder kariert? »Wenn du meinen Rücken meinst, dann hast du recht. Auf weitere Sonnenbrände kann ich verzichten«, maulte ich zurück.

Im gleichen Moment gluckste Ricky. »Ein Brillenbär!«, rief er aus. »Was sagt man dazu?«

Abrupt ließ ich mein schwarzes Brillengestell zurück auf die Nase fallen. Böser Fehler! Warum hatte ich nur nicht nachgedacht, bevor ich meine absonderliche Gesichtstönung zur Schau stellte? Jetzt war es eindeutig zu spät. Ricky wieherte, und selbst Elias' Züge ließen durchaus den Schluss von Belustigung zu. Ich versuchte die beiden zu ignorieren und sah zu dem restlichen Gespann. Markus und Andy, die den Grund für das Freudengeschrei ihrer Kumpels nicht mitbekommen hatten, winkten grüßend. Das war ein Ansatz, auf den ich aufbauen konnte. Ich räusperte mich und stellte die Männer Dirk vor.

»Dirk, das sind Ricky, Elias, Markus und Andy. Das ist Dirk, Detlefs Neffe.«

Die Männer nickten einander zu.

»Tja, ich geh mir mal mein Zeug besorgen«, informierte mich Dirk.

»Du fährst Wakeboard oder Wasserski?«, fragte Andy sofort begeistert. Augenblicklich vertieften sie sich in ein Gespräch, bis alle miteinander verschwanden. Mir war das nur recht, übte ich mich sowieso in vornehmer Zurückhaltung. Dass die vier nun ausgerechnet hier aufgetaucht waren, musste ich erst einmal verdauen.

Über einen längeren Zeitraum hinweg genoss ich tatsächlich meine Ruhe. Dirk ging seiner Lieblingsbeschäftigung nach, und das Spaßvogelquartett hatte seinen Platz offenbar weit weg von mir gefunden. Wo genau, wusste ich nicht, aber es interessierte mich auch nicht sonderlich. Ich schätzte, dass sie auf der Wiese untergekommen wären, die abfallend zum See noch freie Liegefläche bot. Ich genoss es, nichts zu tun und mich in der Sonne zu räkeln. Etwas, das ich in meiner Zeit mit

Karsten so gut wie nie hatte tun können. Jedenfalls nicht ohne zwischenmenschliche Missklänge. Karsten war ein Mann mit *Hummeln im Arsch* gewesen. Er hatte nie einfach mal nur ruhig dasitzen und genießen können. Immer brauchte er Beschäftigung, je spektakulärer, desto besser. Die Wakeboardanlage hätte ihm gefallen.

Ich schloss die Augen und atmete tief durch. Warum grübelte ich über meine vergangene Beziehung nach? Das alles lag schon über ein Jahr hinter mir. Sollte ich nicht längst damit abgeschlossen haben?

Aber so einfach war das Leben leider nicht immer. Die gemeinsame Zeit hatte mich geprägt und Spuren hinterlassen. Es hatte Wochen gedauert, bis ich es gewagt hatte, den Gedanken an Trennung in die Realität umzusetzen. Nicht früh genug, denn als ich endlich den Schritt machte, hatte Karsten einen Teil meiner Ersparnisse noch schnell in einen neuen waghalsigen Adventureurlaub investiert.

Rückblickend war vielleicht genau das der Tropfen gewesen, der bei mir das Fass zum Überlaufen gebracht hatte. Es genügten nicht nur immer wiederkehrende Auseinandersetzungen über unsere unterschiedlichen Auffassungen von Lebens- und Freizeitgestaltung, nein, ich sollte sein Treiben auch noch mitfinanzieren. Dabei hatte mir Karsten bereits vorher mit seinen Aussagen zugesetzt. Ich hatte schon lange – zu lange – in der ständigen Bemühung gelebt, mithalten zu müssen. Ein nervenaufreibender Prozess, wenn man sich immer wieder überwinden sollte etwas zu tun, obwohl man oft schlichtweg Angst davor hatte. Aber so war es gewesen: Entweder zog ich mit oder die Alternative waren Streit und Endlosdiskussionen.

Karstens Wunschpartnerin war eine Frau, die ebenso für den Nervenkitzel brannte wie er. Rücksicht und Kompromisse seinerseits kamen in seiner Vorstellung kaum vor. Dinge, die mir gefielen, waren während unseres Zusammenlebens fast gänzlich aus meinem Alltag verschwunden. Hinzu kam meine ständige Sorge, ob ich ihn überhaupt gesund und wohlbehalten wiedersehen würde.

Wenn ich früher gedacht hatte, Karsten würde mich lieben, musste ich heute aus gebührendem Abstand heraus einsehen, dass das Einzige, was er wirklich liebte, der nächste Kick war. Wahrscheinlich bestieg er jetzt gerade, während ich hier einfach nur die Sonne genoss, den Himalaja. Das würde jedenfalls zu ihm passen.

Ich hingegen hatte mir selbst das Versprechen gegeben, nie wieder etwas zu tun, was ich nicht wollte. Und nachdem ich mich in den letzten Monaten in die Arbeit vergraben hatte, war ich nun endlich so weit mein Leben wieder aufzunehmen und durchzustarten. Ich konnte meinen neugewonnenen Enthusiasmus regelrecht in mir spüren.

Mitten im Resümee meiner Vergangenheit piepte mein Handy. Eine SMS. Ich angelte danach. Sie kam von meiner Freundin Julia.

Julia [12:57]: Hey, wie liegt es sich unter der Sonne Zyperns?

Einen Moment stierte ich auf die Nachricht. Ich hatte niemandem von meinem Zypern-Flop erzählt. Da es nur mich alleine betraf, hatte ich die Neuigkeit für nicht wichtig oder verbreitungswürdig befunden. Außerdem brauchte ich die Zeit, um die schlechte Nachricht, dass mein Urlaub baden gegangen war, zu verdauen. Doch nun saß ich hier … Ich sah mich um. Leute lachten, die Sonne schien, die großen roten Schirme waren fröhliche Farbtupfer, das Wasser war klar – ich hatte mein Urlaubsfeeling gefunden.

Ich [13:02]: Weiß nicht, wie es auf Zypern ist, aber hier im Oberpfälzer Seenland ist es perfekt.

Julia [13:05]: ??? Wo bist du?

Ich machte ein Foto und schickte es ihr samt Ortsangabe.

Julia [13:11]: Ist ja cool. Wie das?

Ich [13:14]: Eine längere Geschichte. Aber ich bereue es nicht. Ich zelte!

Julia [13:15]: Du?

Ich [13:17]: Jep! Habe auch schon Leute kennengelernt.

Julia [13:20]: Hört sich nach Spaß an. Könnte ich auch gebrauchen. Sitze hier – allein – und schwitze.

Meine Augenbrauen zogen sich zusammen. Julia war allein? Es war Wochenende. Wo war Ralf, ihr Mann?

Ich [13:22]: Alles gut bei dir?

Julia war die Dritte von uns fünf Mädels und aktuell schwanger. Carolin und Theresa waren bereits junge Mütter, Alina arbeitete noch daran und ich war diejenige, die weder Mann noch Kind im Kopf hatte.

Weil keine Antwort zurückkam, knipste ich ein paar weitere Fotos und schickte gleich mal zwei davon an Petra. Die würde vielleicht Augen machen. Und da kam auch prompt die Rückmeldung. *»Das gibt's ja nicht!«*, war die erste Kurznachricht. Wir schrieben ein bisschen hin und her, und Petra wünschte mir von Herzen viel Vergnügen. Julia meldete sich derweil nicht. Ich wollte gerade ein weiteres Foto machen, da schob sich etwas vor meine Linse.

»Na, so allein?«

Ich wusste auch so, wer das fragte. Diese Stimme, die ich seit unserem ersten Gespräch unter hunderten wiedererkennen würde, gehörte Elias.

Er war im Begriff, neben mir auf meinem großen Badetuch Platz zu nehmen. Freudig sah ich ihn an. Es war das erste Mal, dass ich ihn aus der Nähe in Badeshorts begutachten konnte. Beim Anblick seiner nackten gebräunten Haut, seiner drahtigen Arme und dieses Lächelns im Gesicht breitete sich sofort ein warmes Kribbeln in meinem Bauch aus. Das Highlight für mein Auge aber waren die Brustmuskeln, die sich deutlich hervorhoben und durch einen sichtbaren Strich getrennt wurden, der am Brustbein entlangführte. Darunter war der Hauch eines Waschbrettbauchs zu erkennen.

Für meinen Geschmack perfekt! Nicht zu viel und einfach sexy. Schmachtend nahm ich sein Bild in mich auf.

»Deine Begleitung – Dirk? – ist aber kein guter Gesellschafter, was?«, meinte Elias.

Ich zuckte mit den Schultern. »Das ist okay. Ich komme gut allein zurecht.«

»Stimmt. Du verreist ja auch allein. Viele bleiben lieber zu Hause, als dass sie ohne Begleitung eine Urlaubsreise antreten.«

Ich musterte ihn. »Und zu welcher Sorte gehörst du?«

»Hab ich noch nicht drüber nachgedacht. Bisher stellte sich die Frage nicht.«

Ich ließ meinen Blick über das glitzernde Seewasser vor mir schweifen, hinüber zu der grasbewachsenen Liegefläche.

»Wo sind denn die anderen?«, erkundigte ich mich.

Es dauerte einen kurzen Moment, bis Elias begriff. »Markus sieht sich die Baustelle da oben an. Die bauen dort eine riesengroße Holzkugel. Hast du das gesehen?«

Ich nickte. »Ist auch kaum übersehbar. Dirk hat erzählt, dass sie vierzig Meter hoch und damit die größte weltweit sein wird. Es soll fünfundzwanzig Erlebnisstationen darin geben, wenn sie fertig ist, und natürlich eine Aussichtsplattform. Eine Art Abenteuerspielplatz für Jung und Alt.«

Beide betrachteten wir das überdimensionale Holzgestell, das sich hinter den Bäumen der Liegewiese erhob und bereits Form annahm.

»Und wo sind die anderen beiden?«, wollte ich schließlich wissen, um die Stille, die sich ausbreitete, zu unterbrechen. Nicht, dass es mich ernsthaft interessierte, aber nach Elias' ruppigem Verhalten mir gegenüber war ich doch ein wenig gehemmt einfach draufloszuplappern. Jedenfalls schien er sich wieder gefangen zu haben, und das freute mich. Vielleicht sogar mehr als ich mir selbst eingestehen wollte.

»Andy und Ricky sind mit deinem Dirk abgezogen und probieren Wakeboarden aus«, beantwortete Elias meine Frage.

»Das ist nicht *mein* Dirk«, stellte ich sofort klar.

»Ach nein?« Er lächelte süffisant und ich merkte, dass ich in eine Falle getappt war. Er wollte mich mit Absicht triezen.

»Nein. Aber wer weiß, was nicht ist, kann ja noch werden«, meinte ich lapidar.

Seine Augen verengten sich und ließen damit den Schluss zu, dass ihm die Aussicht nicht besonders gefiel, wie ich befriedigt feststellte. Ich drehte mich um, damit er mein Schmunzeln nicht sehen konnte, und blickte prompt in Rickys lachendes Gesicht. Mit seinem Brett unter den Arm geklemmt hielt er an und ging auf Augenhöhe in die Hocke.

»Hey Brillenbärchen. Wie ist die Lage?« Bevor ich wusste, wie mir geschah, hob er ungeniert meine Sonnenbrille nach oben und begutachtete mich. »Du hast dir hübsche weiße Ringe um die Augen zugelegt. Eine interessante Art, um auf sich aufmerksam zu machen«, foppte er mich.

Unwirsch schob ich seine Hand beiseite, und meine Brille glitt zurück an ihren angestammten Platz. Ricky lachte auf.

»Wenn dir dein sonniges Make-up nicht gefällt, kannst du ja mal Ringelblumensalbe ausprobieren.« Ich kräuselte die Nase. »Hast du das Wortspiel nicht verstanden? Ringe um die Augen – Ringelblumensalbe«, gluckste er.

»Alles klar. Danke für den Tipp.«

»Jederzeit gern. Jetzt muss ich aber weiter. Ich bin auf einer Mission. Du verstehst?« Damit erhob er sich und blieb neben Elias stehen. »Und nicht zu viel flirten. Die Lady da ist heiß. Da kann man sich schnell die Finger verbrennen.« Er zwinkerte.

Elias rollte mit den Augen. »Zisch ab.«

»Schon dabei. Oh Mann, diese Wortspielchen könnte ich den ganzen Tag machen«, hörten wir ihn noch gutgelaunt brabbeln, während er sich von uns entfernte.

Ich schüttelte unmerklich den Kopf. Der Kerl war unmöglich, dennoch konnte ich ihm aus irgendeinem Grund nicht böse sein.

Elias erging es wohl ähnlich. Wir lächelten einander an.

»Nimm ihn nicht zu ernst. So ist Ricky eben. Er macht aus allem einen Witz.«

»Ich weiß.«

»Und so schlimm, wie er tut, ist es gar nicht. Mit Sonnenbrille fällt es überhaupt nicht auf.«

»Wirklich?« Belustigt zog ich besagtes Gestell ein wenig über die Nase nach vorne. »Und jetzt?«

»Was meinst du? Ich kann kaum einen Unterschied entdecken«, versuchte er mich zu beruhigen. Doch ich konnte eindeutig erkennen, dass es in seinem Mundwinkel verdächtig zuckte.

Ich biss mir auf die Lippe, um nicht lauthals loszulachen, und bemühte mich verzweifelt darum, ernst zu bleiben. Elias interpretierte meine Reaktion entsprechend falsch. »Also, ich finde dich ziemlich hübsch.« Sein Tonfall war samtig und schmeichelnd. Auch wenn seine Aussage eine glatte Lüge war, ging sie mir doch runter wie Öl.

»Muss ich jetzt rot werden?«, fragte ich mit dem letzten Rest Selbstbeherrschung, den ich gerade noch aufbringen konnte.

Stumm sahen wir uns in die Augen. Elias rang nach Worten. Da war es um mich geschehen, und ich brach in schallendes Gelächter aus. Erleichtert stimmte er mit ein.

»Ein roter Teint kann durchaus auch reizvoll sein«, erklärte er dann mit verwegenem Blick. Täuschte ich mich oder saßen wir plötzlich näher beieinander? Mein Mund wurde trocken, und ein Schwarm Schmetterlinge flatterte aufgeregt in meinem Bauch umher. Ich schluckte. Er musste wirklich näher zu mir gerutscht sein. Ich konnte seinen Atem spüren. Dann berührte mich seine Hand.

Mein Handy piepste. Der Moment war vorbei. Ich sah auf das beleuchtete Display. Julia hatte sich wieder gemeldet. Die hatte ich ganz vergessen.

Julia [14:32]: Keine Ahnung.

Verwirrt starrte ich auf die zwei Worte und hatte keinen Schimmer, was das bedeuten sollte.

»Etwas Wichtiges?«, erkundigte sich Elias.

»Keine Ahnung«, wiederholte ich wahrheitsgemäß. Worüber hatten Julia und ich uns nochmal unterhalten? Ich überflog die letzten Nachrichten. Ach ja, ich hatte wissen wollen, ob bei ihr alles in Ordnung war. Sie wusste es also selbst nicht genau. Nun, Julia war schwanger. Vielleicht lag das an den Hormonschwankungen, die sie immer wieder plagten. Musste ich mir Sorgen machen?

Elias räusperte sich. »Ich geh dann mal wieder.«

»Warum?« Mein Kopf schnellte zu ihm herum. »Ich meine, musst du nicht.« Ich schob mein Handy tief in meine Tasche zurück. »Wir könnten den Wakeboardern zuschauen. Ist schon cool, welche Sprünge da manche über die Rampen machen.« Ich deutete unnötigerweise auf die Liftanlage und die unterschiedlichen Hindernisse, die geradeaus vor uns lagen und aus dem Wasser ragten.

Elias runzelte leicht die Stirn. Hatte ich etwas Falsches gesagt? Aber was hätte das sein sollen? Unwirsch schob ich meine übertriebenen Gedanken beiseite. Sicherlich hatte ich mir das nur eingebildet.

»Vielleicht sehen wir auch Ricky und Andy«, ermunterte ich ihn zum Bleiben. Die freudige Aufregung, die ich an den Tag legte, war etwas übertrieben, aber ich wollte einfach nicht, dass er ging.

Doch Elias stand trotzdem auf. »Ich muss mal nach Markus sehen«, verabschiedete er sich, und weg war er.

8

Mit geschlossenen Augen genoss ich mein Sonnenbad. Abschalten und Entspannen war das Motto. Leider spukten mir ständig wirre Gedanken im Kopf herum. Da war Elias. Er besaß eine ziemlich anziehende Wirkung auf mich, auch wenn ich überhaupt nicht schlau aus ihm wurde. Mal war er nett, witzig und einfach nur zum Anbeißen, dann wieder verschlossen und irgendwie angepisst. Ein Wort, das ich nie verwendete, aber es traf Elias' seltsames Verhalten auf den Punkt. Welche Probleme schleppte er nur mit sich herum? Ich kam zu dem Schluss, dass ich mich besser von ihm fernhalten sollte. Ein Urlaubsflirt sollte spaßig sein – und heiß! Nicht problembehaftet.

Mir kam Julia in den Sinn. Wo drückte bei ihr der sprichwörtliche Schuh? Aber auch dafür war ich momentan nicht die richtige Ansprechpartnerin. Ich war im Urlaubsmodus, rief ich mich selbst zur Räson. Um Julia sollten sich die anderen Mädels kümmern. Die waren schließlich vor Ort.

Ich setzte mich auf und sah den Wassersportlern zu. Mir fiel auf, dass deutlich mehr Wakeboarder als Wasserskiler unterwegs waren. Viele trugen einen Helm, aber nicht alle. Das war offenbar jedem selbst überlassen. Nicht dagegen die Schwimmweste, die trugen alle. Die Profis waren zumeist sofort erkennbar, wie ich feststellte. Schon ihr Outfit unterschied sie von den »Normalos«, und manche waren richtig gut. Sie wirbelten über Hindernisse durch die Luft und landeten schwungvoll und ohne Probleme wieder auf der Wasseroberfläche.

Dann gab es die, die das noch üben mussten. Das endete immer mal wieder mit dem Fall ins Wasser. Ich sah in die Ferne. Wer aus dem Lift flog, musste schwimmen. Mit etwas Glück passierte das in annehmbarer Nähe zum Ufer oder dem hölzernen Steg, der sich etliche Meter um die Liftanlage im Wasser zog. Im ungünstigsten Fall musste man eine – für meine Begriffe – stattliche Entfernung zurücklegen.

Schließlich gab es noch die Anfänger, die hier und da nicht einmal den Lifteinstieg schafften und gleich beim Start ins Wasser plumpsten. Doch egal zu welcher Gruppe man gehörte, alle hatten ihren Spaß. Selbst ich als Zuschauerin hatte mein Vergnügen. Dirk behielt recht, es gab hier immer etwas zu sehen. Nur dass ich bisher weder ihn noch Ricky oder Andy entdeckt hatte. Es würde mich schon interessieren, wie die drei sich so anstellten. Aber die Seilbahn, auf die ich schauen konnte, schien diejenige mit dem höchsten Schwierigkeitsgrad zu sein. Als Anfänger waren Ricky und Andy wahrscheinlich auf einer der beiden anderen Anlagen unterwegs. Doch was war mit Dirk?

Ein beleibter Mann zog auf einem Wakeboard vorbei. Er hing an dem Seil, hielt sich passabel, erinnerte mich aber ein wenig an eine Ente, wie er so sein Hinterteil von sich schob. Ich sah genauer hin. Ein wenig erinnerte er mich an jemanden. Bis ich mir allerdings sicher sein konnte, hatte ihn der Lift schon in weite Ferne gezogen. Ich musste abwarten, bis er seine Runde gedreht hatte und aufs Neue vorbeikam.

Ich sah zu dem Häuschen, an dem gestartet wurde. Eine beachtliche Menschentraube hatte sich dort versammelt und wartete geduldig, um an die Reihe zu kommen. Ein großgewachsener Mann stach mir ins Auge. War das nicht Dirk? Ich dachte daran, dass ich noch vor wenigen Stunden geglaubt hatte, er würde Tag und Nacht im stillen Kämmerlein seine Nase in dicke Wälzer stecken. Unvorstellbar, wenn man ihn jetzt so im Getümmel beobachtete. Der erste Eindruck konnte eben täuschen. Die kraftvolle Sonne brachte mich allmählich ins Schwitzen und so beschloss ich mich kurz abzukühlen. Dank unseres Liegeplatzes in der ersten Reihe musste ich lediglich ein paar Schritte über den Kies zurücklegen, und schon stand ich im Wasser. Es war glasklar und angenehm erfrischend. Genüsslich planschte ich ein wenig herum.

»Juhu! Ich bin´s!«, rief plötzlich eine helle Frauenstimme. Da ich diesen Klang schon gehört hatte, sah ich mich um. Ich überlegte noch, wem ich diese Tonlage zuordnen sollte, da fiel mein Blick auf die Seilbahn – nun parallel neben mir.

Ungläubig blinzelte ich mir ein paar Wassertropfen aus den Augen. Eine füllige Frau im schrill-bunten Badeanzug und mit knallroten Lippen, die ich bis hierher sah, hing auf Skiern an einem Liftbügel, den Po weit nach hinten gestreckt, und winkte mit einer Hand aufgeregt dem Fahrer vor sich zu. Die Frau erkannte ich unschwer als Renate. Und jetzt registrierte ich auch den Mann vor ihr. Es war derjenige, der mir vorhin schon bekannt vorgekommen war, und niemand anderes als Bernd, der Campingplatzbetreiber.

Lachend beobachtete ich die Szene, die sich mir bot. Da schien jemand mächtig angetan. Bernd hatte offenbar bei Renate durchaus Eindruck schinden können. Na, Marion würde sich freuen, dass ihr Kuppelversuch erfolgsgekrönt war.

Renate rief erneut: »Juhu!« Sie war so laut, dass selbst Bernd aufmerksam wurde und nun schräg über die Schulter blickte. Ein seltsam anmutender Ruck durchfuhr ihn, ob Renates Anblick geschuldet oder durch die Gewichtsverlagerung, vermochte ich nicht sagen.

Renate strahlte – soweit ich es erkennen konnte –, winkte nochmals, dann war es um sie geschehen. Mit einem *Plumps* landete sie im Wasser. Der Liftbügel wippte fröhlich durch die Luft und Bernd, der sich tapfer und vielleicht etwas fester als nötig an seinem Bügel festklammerte, wurde weitergezogen. Renates Kopf tauchte japsend an der Wasseroberfläche auf.

Schmunzelnd beendete ich das Wassertreten und schwamm noch einige Züge. Am Rückweg traf ich unmittelbar auf die extravagante Frau.

»Hi! Annabell, richtig?«, röchelte sie und kam geradewegs zu mir. »Du warst gestern beim Grillabend, stimmt's? Das ist ja ein Zufall.«

»Finde ich auch.«

Ihre Skier schob sie auf der Wasseroberfläche unkoordiniert vor sich her. Nur mit Mühe konnte ich einem unbeabsichtigten Hieb ausweichen. Dann ertasteten meine Füße den Untergrund und ich kam zum Stehen, was die Sache etwas erleichterte. Mit einem Griff zog ich die Bretter an mich und half ihr damit ein wenig.

»Das ist ja ein Ding. Dass ich gleich so viele Bekannte treffe, wo ich doch hier gar keinen kenne«, plapperte sie wild drauflos. Das Haar klebte nass an ihrem Kopf und ließ ihren Körper noch ein bisschen wuchtiger aussehen, aber ihr Make-up saß perfekt. Das musste wirklich erstklassige wasserfeste Mascara sein. »Gerade habe ich Bernd getroffen«, erklärte sie mir, als ob ihren Jubelschrei nicht jeder im Umkreis mitbekommen hätte.

»Ach wirklich?«

Sie nickte ernsthaft. »Ja, er fährt Wakeboard. Ist das nicht ein Ding? Der Mann steckt voller Überraschungen. Ein echter Teufelskerl.« Ihre Augen glänzten und ich tippte, dass nicht das Wasser dafür die Ursache war. Die Gute schien sich tatsächlich in den beleibten brummigen Campingplatzbetreiber verguckt zu haben. Die Frage war nur, wie er das fand. Ein bisschen verkrampft hatte er schon gewirkt, als er Renate hinter sich entdeckt hatte. Ich grinste.

»Dann seid ihr nicht zusammen hergekommen?«

»Nein. Um ehrlich zu sein, hat mir Marion erzählt, dass Detlef und Bernd hier zu finden sind. Da dachte ich, ich schau mir das mal an. Und du? Warum bist du allein? Wo ist Dirk?«

Ich sah mich um. »Der ist schon irgendwo.«

Markus und Elias spazierten auf dem Steg entlang. Ich erkannte Andy, der sich soeben aus dem Wasser hievte. Für einen kurzen Moment glaubte ich, Elias würde zu mir herüberschauen.

»Guck mal, da ist Detlef, und dort fährt Bernd«, kreischte mir Renate ins Ohr. Dann hob sie den Arm und winkte ausladend in die angezeigte Richtung.

Ein bisschen überdreht war die Frau schon. Sie erinnerte mich an ein aufgeregtes Groupie einer Boyband. Auffälliger ging's nicht mehr. Leider gehörte ich zu der Sorte der Fremdschämer. Ich konnte nichts dagegen machen, es lag einfach in meiner Natur. Deshalb wandte ich mich schnellstmöglich ab und rettete mich auf mein Badelaken.

Renate dagegen bekam nicht einmal mit, dass sie mit ihrer Art ziemlich schnell im Mittelpunkt stand. Oder ihr war es schlichtweg egal. Strahlend und äußerst zufrieden watete sie hinter mir her. Bei mir angekommen, ließ sie ihre Skier fallen und entledigte sich der Schwimmweste. Vom Wasser aufgesogen klatschte die schwere Jacke zu Boden. Ein kunterbunter Badeanzug kam in leuchtenden Farben zum Vorschein und brachte ihre Rundungen ausgezeichnet zur Geltung. Diese Frau besaß definitiv Selbstbewusstsein. Die meisten Frauen würden vermutlich an ihrer Stelle einen schlichten schwarzen Einteiler bevorzugen, nicht so Renate.

»Ach«, schnaufte sie, »das ist ganz schön anstrengend.«

»Machst du das heute zum ersten Mal?«

»Oh ja. Ich wollte Bernd beeindrucken«, verriet sie mir. »Deshalb habe ich die Zähne zusammengebissen und mein Bestes gegeben. Wenn ich meiner Tante erzähle, dass ich Wasserski fahre, fällt die glatt um. Weißt du, ich bin eigentlich nicht der sportliche Typ.«

Nun, das hätte ich offen gestanden auch nicht vermutet, dachte ich bei mir, sagte es aber nicht. »Dann muss ich dich umso mehr bewundern. Der Lift, an dem du gerade gefahren bist, ist, glaube ich, nicht gerade leicht. Also für Anfänger.«

»Hm. Aber was tut man nicht alles für die Liebe.« Ein schwärmerisch verträumter Ausdruck legte sich über ihr Gesicht. »Wenn du mal in mein Alter kommst, wirst du vielleicht verstehen, was ich meine«, fügte sie noch hinzu.

Ich nagte an meiner Unterlippe. So alt musste ich nicht werden, um zu wissen, wovon sie sprach. Bereits jetzt war ich in Liebesdingen nicht besonders erfolgreich. Das Thema war wohl in keinem Alter einfach. Automatisch suchte mein Blick Elias. Er hatte mich etwas fühlen lassen, das ich so noch nie erlebt hatte. Warum war er zwischendurch nur immer so abweisend? Aber von einer Urlaubsbekanntschaft konnte man nicht erwarten, dass sich daraus was Ernsteres ergeben würde.

Das Knirschen im Kies ließ mich zur Seite schauen. Dirk war gekommen.

»Auch wieder da?«, fragte ich.

»Ich dachte, du fühlst dich eventuell doch ein wenig einsam. Aber du hast Gesellschaft gefunden, wie ich sehe. Hallo Renate.« Lächelnd schüttelte er seinen Kopf und unzählige Wassertröpfchen flogen umher.

»Hi Dirk. Du weißt nicht zufällig, wo dein Onkel und Bernd ihr Zeug liegen haben?«, schoss sie sogleich in die Vollen.

Verwirrt runzelte Dirk die Stirn. »Ich glaube da drüben.« Er deutete in die schräg gengenüberliegende Richtung.

Renate grinste ein Tausend-Watt-Lächeln. Freudig wippte sie auf ihren verhältnismäßig winzigen Füßen auf und ab. »Super. Dann schaue ich mal, ob ich dort noch ein Plätzchen finde«, meinte sie und raffte ihre Sachen. »Man sieht sich.«

»Hab ich da was verpasst?«, fragte Dirk und streckte sich auf seinem ausgebreiteten Handtuch aus. »Das tut gut.«

»Marion scheint ein Gespür für Menschen zu haben. Bei Renate lag sie jedenfalls richtig, was Bernd betrifft«, informierte ich ihn.

»Ach ja?« Er grinste und rollte sich auf die Seite, um mich besser sehen zu können. »Und wie sieht es bei –«

Plötzlich überfiel mich ein ungutes Gefühl. Wollte er etwa gerade fragen, wie gut Marions Einschätzung auf ›uns‹ zutraf? Oh nein! Diesen Gesprächsverlauf wollte ich unbedingt vermeiden.

»Ich wusste gar nicht, dass sich Detlef auch fürs Wakeboarden begeistert«, fiel ich ihm ins Wort.

Dirk ging glücklicherweise auf mein Ablenkungsmanöver ein. »Schon lange. Er hat mich überhaupt erst zu dem Sport gebracht.« Erleichtert atmete ich aus. »Was ist mit dir? Willst du es nicht auch einmal probieren?«

Ich schüttelte den Kopf. »Ich glaube nicht. Zusehen macht auch Spaß.«

»Wie du meinst.«

Dankbar sah ich ihn an. Das war ja einfach. Mit Karsten hätte es jetzt vermutlich endlos lange Diskussionen mit miesen Untertönen gegeben, was letztendlich meistens damit endete, dass ich eben doch mitmachte. Es ging nicht darum, dass ich ein Sportmuffel war, ich vertrat lediglich die Ansicht, dass man nicht zwangsläufig jede freie Minute aktiv nutzen musste. Faulenzen war eben auch schön.

Genau das tat ich den restlichen Tag. Während Dirk weiter seinem Hobby frönte, las ich. Ich hatte mir einen dicken Wälzer eingepackt, den mir mein Bruder zum Geburtstag geschenkt hatte. Ein Thriller, wie schon das Cover unschwer verriet. Möglicherweise nicht unbedingt die passende Urlaubslektüre, aber das Buch wartete schon seit Monaten darauf, gelesen zu werden. Vielleicht wusste mein Bruder nicht, dass in meinem Bücherregal nichts dergleichen zu finden war. Aber er hatte mir den Roman geschenkt und wärmstens empfohlen, also ließ ich mich überraschen. Der Anfang gestaltete sich jedenfalls schon einmal interessant.

Das Männerquartett hatte ich nicht mehr gesehen. Sie mussten irgendwann gegangen sein. Auch Renate ließ sich nicht mehr blicken, sie war vermutlich zu sehr damit beschäftigt, Bernd zu umgarnen. Und so gestaltete sich der Nachmittag himmlisch ruhig. Selbst der Sonnenbrand in meinem Gesicht hatte sich entspannt, sodass ich mir im Spiegel wieder selbst zulächeln konnte, als ich am frühen Abend bei meiner Zeltbehausung eintraf. Ich fühlte mich einfach großartig.

Die Sonne näherte sich dem Horizont, und ich beschloss einen Abendspaziergang am See zu machen. Die Liegewiesen leerten sich bereits. Aus dem Restaurant drangen Stimmgemurmel und Geräusche von klapperndem Besteck zu mir herüber. Der Tag ging zur Neige und ich hatte das Gefühl, als würde sich alles entschleunigen.

Ich setzte mich auf eine der großen Steinstufen und genoss das Schauspiel des grandiosen Sonnenuntergangs. Im Wasser tobten zwei Hunde. Deren Besitzer saßen auf den Sandsteinen am Ufer und ließen die Beine ins Wasser baumeln. Einige Vögel vollführten wagemutige Saltos in der Luft. Vereinzelte Badegäste packten ihre Sachen zusammen, andere saßen, ebenso wie ich, zu zweit oder in kleinen Grüppchen den Hang hinauf verteilt auf den massiven geschwungenen Treppenstufen. Pizzaduft zog mir in die Nase und ließ mir augenblicklich das Wasser im Mund zusammenlaufen. Ich sah über die Schulter nach oben zu dem Kiosk. Und tatsächlich trugen einige Leute die unverkennbaren flachen Pappschachteln von dort weg.

»Suchst du jemanden?«

Ich drehte mich um und fand Elias neben mir sitzend vor.

»Du hast dich angeschlichen«, stellte ich fest.

Er zwinkerte schelmisch. »Ist mir gut gelungen, nicht wahr?«

»Allerdings«, stimmte ich lächelnd zu.

»Jahrelange Übung.«

»Du machst sowas also öfter?«

»Nur bei sonnenbrandgeschädigten Frauen, die sich niemand anzusprechen traut.«

Entrüstet guckte ich ihn an. »Sehe ich wirklich so schlimm aus?«

Elias schüttelte den Kopf. »Überhaupt nicht. Das war nur ein Scherz. Aber ich finde wirklich, dass es schade wäre, wenn du den herrlichen Sonnenuntergang allein bewundert müsstest.«

Ich überlegte. »War das jetzt im Allgemeinen oder im Speziellen gemeint? Im Speziellen wäre mir zugegebenermaßen lieber.«

»Ach wirklich?«

Unsere Blicke trafen sich. In meinem Bauch herrschte Aufruhr. Und das hatte nichts mit meinem Hunger zu tun. Als Elias seine Hand ausstreckte und mir eine Locke aus dem Gesicht strich, fühlten sich meine Knie plötzlich an wie Wackelpudding. Zum Glück saß ich.

Ich dachte an den Kuss in meinem Zelt und fragte mich, wie es wäre, das zu wiederholen. Vielleicht war dieses ganz spezielle Verlangen, das Elias seither in mir ausgelöst hatte, nur reine Einbildung. Vielleicht würde ich feststellen, dass an dieser ganzen Gefühlskiste gar nichts dran war. Schließlich war es bloß ein Kuss gewesen. Ich war eine erwachsene Frau, warum sollten meine Hormone wegen eines einzigen Kusses derart verrücktspielen? Plötzlich hatte ich das dringende Bedürfnis, dem auf den Grund zu gehen. Doch bevor ich die kurze Distanz zwischen uns überwinden konnte, lehnte Elias sich etwas zurück und betrachtete den Himmel.

»Atemberaubend. Findest du nicht?«, murmelte er andächtig.

Ich tippte mal, dass er damit den goldorangen Sonnenball meinte und nicht mich. »Stimmt.«

Ich riss mich zusammen, obwohl mein ganzer Körper schrie:

Tu es einfach! Doch ich küsste ihn nicht. Der Moment war vorbei und so nötig hatte ich es nun auch wieder nicht. Also lehnte ich mich stattdessen ebenfalls zurück und bemühte mich das Naturschauspiel zu genießen. Allerdings war Elias' Nähe meinem Körper nur allzu bewusst, was die Sache mit der Entspannung nicht ganz so einfach machte.

Ein Großteil des Sees leuchtete jetzt golden, hinzu kam das fast hypnotische Glitzern der Wasseroberfläche.

»Richtig romantisch …« Ich seufzte und erschrak über mich selbst. Hatte ich das jetzt wirklich laut gesagt? Was sollte er nur von mir denken?

Doch statt einer Erwiderung spürte ich nur, wie seine Schulter sanft meine berührte. So saßen wir nebeneinander, bis der Feuerball kaum mehr zu sehen war.

9

»Wollen wir uns eine Pizza holen?«, sprach Elias meine Gedanken aus.

Nachdem ich meine aufmüpfigen Hormone in ihre Schranken gewiesen hatte, bombardierte mich mein gefrusteter Körper mit Heißhungerattacken.

»Unbedingt!«, rief ich deshalb wie aus der Pistole geschossen und sprang auf. Die Stelle meines Armes, die die ganze Zeit seine Haut berührt hatte, kribbelte noch. Verstohlen strich ich darüber.

Der große Andrang am Kiosk war erfreulicherweise vorbei, denn wir konnten direkt unsere Bestellung an dem Ausgabefenster aufgeben.

»Einmal Salami- und einmal eine Thunfischpizza«, orderte ich hungrig.

Die Frau verzog die Mundwinkel. »Die sind aus.«

»Wie?«

»Kindchen, wir schließen jetzt. Schau mal auf das Schild da. Um acht ist Schicht im Schacht.«

»Aber …«, jaulte ich und betrachtete entsetzt Elias. Ich hatte mir das spontane Abendessen mit ihm am See schon so schön ausgemalt, außerdem kam ich um vor Hunger!

»Ihr könnt höchsten die da haben«, teilte uns die Frau mit und präsentierte eine große Pizza, die bereits in einem Karton verpackt lag. »Eine extra Spezial. Wenn ihr die haben wollt. Die ist noch übrig.«

»Und was heißt ›extra Spezial‹?«, wollte Elias wissen.

»Extra scharf. Das ist doch genau das Richtige für zwei Turteltauben wie euch.« Die Frau lachte und sah von Elias zu mir.

Angestrengt betrachtete ich die buntbelegte runde Teigscheibe vor mir. Waren meine Gefühle für Elias etwa derart offensichtlich? Ich kannte den Mann doch kaum! Und bisher war es mir gut gelungen, mich da in nichts zu verrennen. Aber ein Körnchen Wahrheit …

»Wir nehmen sie«, entschied Elias, griff nach der Schachtel und bezahlte.

»Hier, die könnt ihr wahrscheinlich gut dazu gebrauchen«, erklärte die Frau und drückte Elias eine Flasche Rotwein in die Hand.

»So scharf?«, echote ich.

Sie zwinkerte uns zu. »Das kommt ganz auf euch an.« Dann schloss sie das Verkaufsfenster.

»Da hatten wir ja gerade noch Glück.« Elias lief gutgelaunt neben mir zurück zu den großen Steintreppen. Inzwischen waren wir fast allein. Nur noch wenige Menschen saßen großzügig verteilt auf den warmen Steinen, im Sand oder direkt am See.

Die Sonne war verschwunden und ein schummriges Dämmerlicht an ihre Stelle getreten. Die Luft war vom heißen Sommertag noch aufgeheizt. Der Pizzaduft stieg mir verführerisch in die Nase. Jeder von uns nahm eines der großen Stücke.

»Lecker!«, befand ich. Elias nickte kauend. Ich fühlte mich rundum wohl. Es lag an der Art, wie wir miteinander umgingen. Die Chemie stimmte einfach. Auch ohne viele Worte passte es. Wie oft traf man Menschen, bei denen sich bereits nach kurzer Zeit eine unangenehme Stille ausbreitete und man das Gefühl hatte, unbedingt etwas sagen zu müssen. Nicht so mit Elias.

»Wirst du von den anderen nicht schon vermisst?«, fiel mir plötzlich ein.

Elias winkte ab. »Glaube ich nicht. Ricky hat nach seinen

sportlichen Höchstleistungen erst mit sich selbst und dann noch mit Markus ein Bier gezwitschert und schläft jetzt«, erklärte er kauend.

»Sport, Sonne und Bier, eine gefährliche Kombination.«

»Er ist umgefallen wie eine Primel.«

Ich lachte auf.

»Markus führt gerade ein längeres Telefonat mit seiner Frau und Andy fachsimpelt mit Dirk übers Wakeboarden. Das kann dauern.«

»Dann bin ich also dein Lückenfüller?«, fragte ich kess.

»Könnte man so sagen«, erwiderte Elias schmunzelnd, aber seine Augen verrieten etwas anderes. Wieder spürte ich diese Anziehungskraft zwischen uns. Leicht abwesend biss ich in das Pizzastück, um mir nichts anmerken zu lassen. Mühsam kaute ich, dann …

»Haaaa!«, zischte ich und schlug mir die Hand vor den Mund.

Elias guckte irritiert.

Tränen traten mir in die Augen und ich blinzelte. »Schaaarf!«

»Hast du etwa auf die rote Pepperocini gebissen?«

Mit offenem Mund wedelte ich mir wild Luft zu und nickte. »Ich dachte, das wäre ein Paprikastreifen.«

Elias schenkte großzügig einen der Plastikbecher voll und reichte mir den Wein. »Hier, trink!« Es war unübersehbar, dass er sich bemühen musste ernst zu bleiben.

Ohne zu überlegen, nahm ich den Becher und trank ihn in einem Zug leer. Als ich ihn absetzte, gluckste Elias nun doch.

»Geht's wieder?«, fragte er.

»Glaube schon«, winselte ich. »Ein Wunder, dass ich überhaupt noch sprechen kann, so wie das brennt.«

»Dafür hast du jetzt einen süßen kleinen Rotweinschnurrbart.« Bevor ich mich versah, wanderte seine Hand zu meinem Gesicht. Er strich mit dem Finger sanft über meine Oberlippe.

Diese zarte Geste löste etwas in mir aus, meine Gefühle brachen sich Bahn, und ohne zu zögern küsste ich ihn heiß und leidenschaftlich. Elias erwiderte den Kuss sofort. Er zog meinen Kopf noch näher an sich. Unsere Zungen tanzten wild, spielerisch umkreisten sie einander. Die kleinen Härchen in meinem Nacken stellten sich auf, als Elias' Hände über meinen Rücken strichen. Ich spürte jede Faser seines muskulösen Oberkörpers, der sich gegen meine Brüste presste. Sein Aftershave stieg mir in die Nase und benebelte meine Sinne. Das Blut rauschte mir durch die Adern. Ich hatte jegliches Raum- und Zeitgefühl verloren.

Als Elias sich von mir löste, brauchte ich eine Minute, um mich zu sammeln. Schwer atmend strich ich mir meine Lockenmähne zurück. Was war nur los mit mir? Es war mit mir durchgegangen, genau wie beim ersten Kuss. Wenn Elias unser Tête-à-Tête nicht unterbrochen hätte, ich wüsste nicht, wie das eben hätte enden sollen. Wir waren hier schließlich in der Öffentlichkeit, um Gottes willen! In Gedanken schüttelte ich über mich selbst den Kopf. Ein derartiges Verlangen hatte ich noch nie gespürt, und ein solches Verhalten passte auch gar nicht zu mir. Hatte ich wirklich sexuellen Notstand? Nein. Es lag an ihm. An Elias! Etwas an ihm verursachte, dass ich nicht mehr klar denken konnte. Vielleicht lag es an seinem Geruch oder seinen blauen Augen. Egal was es auch war, in Momenten wie diesen konnte ich mich kaum dagegen wehren.

Verwirrt schielte ich zu ihm hinüber. Prompt trafen sich unsere Blicke. Ich räusperte mich und strich mir unnötigerweise nochmals durchs Haar.

»Deshalb hast du also die roten Streifen zur Seite geschoben«, meinte ich und deutete auf die kleinen giftig scharfen Dinger – bei denen es sich um Pepperocini handelte, wie ich nun wusste – und die Elias fein säuberlich am Rand der Pizzaschachtel gestapelt hatte.

Er grinste wieder. »Oh ja. Ich bin so schon scharf genug.«

Ich biss mir auf die Lippe. Das war er allerdings!

»Dich haben sie scheinbar zum Glühen gebracht.«

»Nicht nur die«, gab ich verschmitzt zu.

Eine kurze Weile sagte keiner von uns etwas. Also griff ich nach einem weiteren Pizzastück – ohne roten Gemüsebelag! Der Becher Wein tat allmählich seine Wirkung und löste meine Zunge. Ich erzählte Elias von mir, von meinem Job und meinem in letzter Zeit eher langweiligen Leben. Von Karsten und seinem extravaganten Lebensstil erwähnte ich aber nichts. Wer wollte schon Geschichten vom Ex-Freund hören? Außerdem war ich selbst nicht im Mindesten daran interessiert, die schöne Zeit mit Elias zu verplempern, indem ich an Karsten dachte. Elias war so anders, genau das Gegenteil. Das gefiel mir. Ich fühlte mich wohl mit ihm. Irgendwann drehte sich das Gespräch und ich erfuhr etwas über ihn. Wir stellten fest, dass wir nur eine gute Autostunde voneinander entfernt wohnten und beide gerne ins Kino gingen. Wir redeten und lachten bis in die späte Nacht hinein. Als die Flasche Wein geleert war, stand der Mond schon hoch am Himmel und ich war zugegebenermaßen beschwipst. Ob das allerdings allein am Wein lag oder auch ein wenig an Elias' Anwesenheit, konnte ich nicht ausmachen.

Beschwingt streckte ich mich. Ein Windstoß kam auf und wehte mir einige lockige Strähnen ins Gesicht. Elias' blaue Augen verdunkelten sich. Mitten in der Bewegung hielt ich inne. Wenn er mir jetzt die Haarsträhne hinters Ohr schob und mich damit genauso berührte wie schon am frühen Abend, wäre es garantiert um mich geschehen. Ich sah mich um. Kein Mensch weit und breit. Wir waren mutterseelenallein. Trotzdem traute ich mir selbst nicht. War es das, was ich wollte? War es das, was er wollte? Doch bevor er oder ich die Situation in irgendeiner Weise ausnutzen konnten, frischte der Wind weiter auf. Wolken zogen über den Himmel und schoben sich vor den Mond.

»Das könnte bald ungemütlich werden«, meinte Elias mit Blick nach oben.

»Ein Gewitter?«

»Mit Regen müssen wir zumindest rechnen, ja.«

»Begleitest du mich noch zu meinem Zelt?«, fragte ich ihn, obwohl ich nicht der ängstliche Typ war.

Seine Augen funkelten. »Aber klar.«

Noch auf dem Weg zu meinem Zelt hörten wir Donnergrollen. Am Campingplatz war es ruhig. Alle Anwesenden, die noch wach waren, hatten sich bereits in ihren Behausungen in Sicherheit gebracht. Ein Windspiel, das an dem Wohnwagen eines Dauercampers hing, klirrte aufgeregt in der Zugluft.

Mein oranges Zeltlein war auch im Dunkeln gut zu erkennen. Ein niedlicher kleiner Farbtupfer inmitten der Wohnwagen, Wohnmobile und den beiden Mannschaftszelten der Jugendfreizeit. Ein weiteres Poltern wurde laut. Der kühle Wind streifte meine nackten Arme. Fröstelnd fuhr ich mir mit den Händen darüber. Dass der Abend so abrupt enden würde, damit hatte ich nicht gerechnet. Unschlüssig verlangsamte ich meinen Schritt.

»Möchtest du noch auf einen Kaffee mit reinkommen?«, platzte es aus mir heraus.

Elias blieb amüsiert neben mir stehen.

»Ein abgetakelter Spruch, ich weiß.« Ich nickte grinsend. »Aber ich kann wirklich Kaffee kochen. Also hier im Zelt, meine ich.«

Seine linke Augenbraue wanderte nach oben. »Das will ich sehen«, antwortete er interessiert.

»Dann treten Sie ein«, forderte ich ihn frohgemut auf und deutete auf den Zelteingang. Der Abend war also doch nicht zu Ende.

Elias griff mir um die Taille und zog mich an sich. Nur zu gern schmiegte ich mich an ihn. Wir sahen uns tief in die Augen. Die Welt stand still.

Leider traf mich genau in diesem Augenblick ein Regentropfen auf die Nase. Ich blinzelte und wischte den Störenfried weg. Doch wie auf Kommando folgten weitere in rascher Folge.

»Wir sollten vielleicht lieber reingehen«, flüsterte Elias.

»Du meinst wahrscheinlich eher krabbeln, aber ja.« Lachend löste ich mich von ihm.

»Hey Mann, da bist du!«

Ich drehte mich um. Markus lief geradewegs auf uns zu, gleich hinter ihm Andy. Mein Herz sackte mir wie ein Stein in den Magen. Es war klar, was ihr Auftauchen für diesen Abend bedeutete.

»Wir haben dich schon gesucht. Du warst auf einmal wie vom Erdboden verschwunden«, redete Markus weiter.

Elias warf mir einen entschuldigenden Blick zu. »Ich habe zufällig Annabell getroffen, und wir haben uns verquatscht.«

»Sehen wir«, glaubte ich Andy sagen zu hören, aber das erneute Donnern, das gleichzeitig laut vom Himmel widerhallte, verschluckte seine Worte fast vollkommen. Der Regen wurde stärker.

»Hätte aber auch was passiert sein können«, erklärte Markus. »Ein Gewitter zieht auf. Gleich geht die Post ab. Nicht dass du bei dem Wetter unter irgendeinem Busch liegst.«

»Na, jetzt habt ihr mich ja gefunden. Alles in Ordnung.«

Die Männer nickten. Kurzes betretenes Schweigen folgte. Offenbar wusste nun keiner so recht, wie es weitergehen sollte.

Ich klatschte in die Hände. »Also, dann wünsche ich euch eine gute Nacht«, sagte ich, um die komische Situation zu überspielen, und trat einen Schritt nach vorn. »Hoffentlich hält mein Zelt dem Gewitter stand«, äußerte ich meine Bedenken. Zelten war immerhin neu für mich, vor allem bei einem Gewitter. Mir wurde doch ein wenig unbehaglich.

»Das hält«, versprach Andy sofort.

Markus nickte. »Wenn Andy das aufgebaut hat, dann kannst du dich drauf verlassen. Er ist Profi, sozusagen«, beruhigte er mich.

»Okay.«

»Wenn dir nicht wohl allein ist …«, setzte Elias nun an, doch ich schüttelte den Kopf. Natürlich würde ich sehr gerne weiter seine Gesellschaft genießen und das nicht nur wegen des aufkommenden Unwetters, aber das Letzte, was ich wollte, war mich als ängstliches Mädchen zu präsentieren.

Elias sah von seinen Freunden zu mir. Die Himmelsschleusen öffneten sich und es prasselte auf uns herab.

»Los, geht schon«, rief ich und zerrte an dem Reißverschluss meines Zelteingangs.

Als ich endlich in meinem orangen Domizil saß, war ich pitschnass. Ich hörte den Wind von draußen pfeifen und suchte nach meiner Campingleuchte. Mit ein wenig Licht sah es hier drin schon kuscheliger aus. Ich dachte an den Abend mit Elias und rubbelte geistesabwesend meine Haare mit dem Badehandtuch vom Nachmittag trocken. Dann ging die Lampe aus. So ein Mist. Wahrscheinlich war der Akku leer, doch ich hatte keine Lust, mich jetzt hinzusetzen und stundenlang an der kleinen Kurbel zu drehen. Lieber verkroch ich mich in meinen wärmenden Schafsack. Genau in dem Moment erleuchtete ein Blitz die Umgebung. So richtig wohl war mir nicht. Aber es war definitiv eine neue Erfahrung. Und immerhin saß ich im Trockenen. Kein Tropfen drang ins Innere und ich flog auch nicht damit davon. Andy hatte klasse Arbeit geleistet und es gut verankert. Was für ein Glück, dass er mir beim Aufbau geholfen hatte. Hätte ich das allein bewerkstelligt, würde ich mich sicherlich nicht so entspannt auf meine Matratze kuscheln können. Obwohl ich müde war, war an Schlaf trotzdem nicht zu denken. Deshalb angelte ich nach meinem Handy. Vielleicht könnte ich über die Radioapp noch ein wenig Musik hören und würde mich nicht so allein fühlen.

Das Display leuchtete hell und zeigte mir fünf Nachrichten von Julia an. Doch bevor ich sie öffnen und lesen konnte, verabschiedete sich mein Handy und schaltete sich eigenständig aus. Auch der Akku leer! Murrend schob ich es zur Seite. Dann eben keine Musik.

Ich dachte an Elias. Wenn er wie geplant mit reingekommen wäre, würden wir jetzt hier aneinandergekuschelt liegen und den Naturgeräuschen von draußen lauschen. Die Vorstellung gefiel mir ausgesprochen gut und weckte in mir ein heimeliges Gefühl, und irgendwann fielen mir dann doch die Augen zu.

10

Am nächsten Morgen war von dem Unwetter nichts mehr zu sehen. Lediglich hier und da gab es noch feuchte Stellen im Gras. Die Sonne schien, und die Vögel zwitscherten fröhlich. Ich dehnte und streckte mich, atmete tief die vom Regen gereinigte Luft ein. Ich hatte richtig gut geschlafen – trotz Gewitter – und freute mich auf den neuen Tag.

»Na, hast du dich vor Angst zusammengerollt und musst jetzt deine Knochen wieder an die richtigen Stellen rücken?«, begrüßte mich Merle in lieblichem Ton. Wobei es sich bei genauerem Hinhören weniger nach einer Frage als nach einer Feststellung anhörte. »Das ist normal in dem Alter«, fügte das Kind noch hinzu und bestätigte damit meine Interpretation. »Meine Oma muss sich nach dem Aufstehen auch erst mal in Position bringen, bevor sie bewegungsfähig ist.«

Mir klappte der Kiefer nach unten. Verglich mich das kleine Gör tatsächlich mit ihrer OMA? Ich konnte es nicht fassen!

»Du hast echt Glück, dass du noch gute zehn Jahre hast, bis es bei dir so weit ist«, antwortete ich ebenso zuckersüß. »Wenn du mich jetzt bitte entschuldigst, ich muss mein Gebiss suchen und mich ein wenig frischmachen. Meinen Rollator hast du nicht zufällig irgendwo stehen sehen?«

Merle zog nachdenklich die Augenbrauen zusammen. Entweder verstand sie nicht, wovon ich redete – aber damit könnte ich leben –, oder sie überlegte ernsthaft, ob sie einen Rollator gesehen hatte. In letzterem Falle würde ich echt aus den Schuhen kippen!

Hinter ihr, zwischen den beiden großen Jugendzelten,

herrschte emsiges Treiben. Der Frühstückstisch wurde bereits abgeräumt.

»Merle? Kommst du bitte und hilfst auch mit beim Aufräumen?«, rief Tina und winkte mir zu.

Die Kleine verdrehte die Augen.

»Geh nur«, forderte ich sie auf. »Ich komme schon klar. Aber danke, dass du nach mir gesehen hast.«

Merle guckte mich unentschlossen an. Jetzt rief Florian nach ihr. Der Nachdruck in der männlichen Stimme war unüberhörbar. Brabbelnd drehte sich das Mädchen um und ergab sich ihrem Schicksal, während ich mich meinem Campingkocher zuwandte. Kaffeezeit!

Mit einem Fünfsternehotel und dessen Frühstücksbuffet war Campen wirklich nicht vergleichbar. Bis ich endlich mein Badelaken am See ausbreiten konnte, hatte es doch eine Weile gedauert. Wasser holen, den Kocher zum Laufen bringen – allein dafür war eine halbe Stunde draufgegangen. Meine kleine Ration Miniholzpellets, die ich von dem ›Campingartikelverkäufer des Monats‹ als kostenlose Zugabe bekommen hatte, war nun aufgebraucht. Somit hieß es vor der nächsten Benutzung Zweige und Zapfen sammeln, aber das verschob ich erst mal auf unbestimmte Zeit. Für diesen Morgen hatte ich genug Kaffee getrunken und meinen Handyakku konnte ich auch ausreichend aufladen. Das war schon eine tolle Erfindung, dieses Teil mit thermoelektrischem Generator. Für meine Campingleuchte reichte der allerdings dann doch nicht mehr aus, aber die Lampe besaß auch eine Kurbel. Also kurbelte ich vom Koffeingehalt aufgekratzt wie eine Wilde, damit ich in der Nacht nicht wieder im Dunkeln saß. Nun tat mir allerdings mein Handgelenk weh und ich konnte nur hoffen, dass ich keine Sehnenscheidenentzündung davontrug.

Ich blickte auf den See, der von der Sonne angestrahlt in silbrigen Schlieren glitzerte. Ob sich das Wasser durch das

Unwetter der vergangenen Nacht sehr abgekühlt hatte? Ich würde es einfach testen. Eine Erfrischung wäre zumindest für mein kurbelgereiztes Handgelenk nicht schlecht.

Während ich ein paar Bahnen zog, schob sich am Ufer eine Plastikpalme in mein Blickfeld. Ihre knallgrünen Wedel wippten über den Köpfen der Badegäste fröhlich auf und ab, dabei wanderte sie von rechts nach links den kleinen Sandstrand entlang. Das konnte nur eines bedeuten. Das Männerquartett – allen voran Ricky – war im Begriff, sich am Strand niederzulassen. Das letzte Mal, als ich mit der bunten Insel in Berührung gekommen war, hatte ich es, dank Inselkapitän Ricky, nur knapp geschafft, mit meinem Leben davonzukommen. Zeit für mich, an Land in Sicherheit zu flüchten.

Bis ich meine Decke erreichte, hatte die Inselpalme ihren Platz in einiger Entfernung von mir gefunden. Schmunzelnd setzte ich mich auf mein Handtuch, das von den Sonnenstrahlen herrlich aufgewärmt war, und reckte den Hals, um einen Blick auf die vier erhaschen zu können.

Sie waren gerade dabei, sich an einem der Liegewiesenwegen nahe des Sandstrands häuslich einzurichten und darin offenbar nicht ganz einer Meinung. So wie es aussah, redete Andy auf die anderen ein, und Markus zog indessen sein Handtuch von einem Ort zum anderen. Ricky gestikulierte mit den Armen, während Elias seine vor der Brust verschränkt hatte und sich das Ganze einfach nur ansah. Ich gluckste. Tja, auch Männer konnten kompliziert sein.

Nun ja, sie würden sich irgendwann bestimmt einig werden. Ich jedenfalls genoss meine Ruhe. Plötzlich drehte Elias sich um. Eine Sekunde starrte ich ihm geradewegs ins Gesicht, dann tauchte ich erschrocken schnell hinter dem Schilfgras unter, das unweit meines Platzes wuchs. Zumindest hoffte ich, dass es mir Sichtschutz gewähren würde. Sicher war ich mir nicht. Mein Herz klopfte eine Spur zu schnell. Schlagartig schmeckte ich wieder seine Lippen und konnte seinen angenehmen Duft riechen. Die Erinnerung an den vergangenen Abend war mir nur allzu gegenwärtig. Ich sog tief Luft ein und rief mich zur Ruhe. Seit wann führte ich mich denn wegen eines Mannes so auf? Ob er mich auch gesehen hatte? Wenn ja, was würde er jetzt von mir denken? So ein albernes Verhalten von mir!

Ich versuchte nicht weiter darüber nachzugrübeln und zog zur Ablenkung mein Handy aus der Tasche. Julias Nachrichten hatte ich in der Nacht nicht mehr lesen können, weil ja das Telefon vorübergehend seinen Geist aufgegeben hatte. Jetzt war ein guter Zeitpunkt, das nachzuholen.

Julia [20:32]: Ralfs Mutter ist zu Besuch

Also hatte Julia Schwiegermutteralarm.

Julia [21:15]: Sie macht mich wahnsinnig

Julia [21:48]: Genieß den Urlaub. Ich beneide dich!

Julia [23:34]: Ich muss hier raus!

Die letzte Nachricht musste eingegangen sein, kurz bevor ich in der Nacht nach meinem Handy gegriffen hatte. Nachdenklich betrachtete ich das Display und überlegte, was ich ihr Aufmunterndes antworten könnte.

»Hallo Annabell.« Ich schaute hoch. Vor mir stand Detlef mit Marion an seiner Seite. Wie die meisten trugen sie eine große Badetasche und hatten eine Decke unterm Arm gezwickt.

»Hallo ihr zwei. Sucht ihr einen Platz?«

Detlef nickte. »Schon ganz schön voll.«

»Ich habe dir gesagt, wir sollten früher herkommen«, warf Marion an ihren Mann gewandt ein. Dann sah sie zu mir und rollte mit den Augen. »Aber er musste gestern ja stundenlang mit Andy und Dirk übers Wakeboarden philosophieren und kam heute entsprechend schlecht in die Gänge.«

Ich grinste. Das Gespräch war demnach feucht-fröhlich verlaufen.

»Du warst doch auch drüben bei der Anlage am See. Hast du es ausprobiert?«, fragte Detlef. »Ich hab' dich nicht gesehen.«

Ich schüttelte den Kopf. »Ich bin nicht gefahren. Zuschauen war auch ganz schön.«

»Recht hast du. Man muss nicht alles mitmachen, oder?«, stimmte Marion ein.

»Deine Einstellung kenne ich schon. Und es sei dir vergönnt, dass du mal einen Tag Ruhe vor mir hast.« Detlef zwinkerte seiner Frau zu.

»Ganz genau. Es war richtig erholsam …«

»Aber Renate hat es ausprobiert. Sie hat sich sogar ziemlich gut angestellt«, unterbrach Detlef sie.

»Die hatte ja auch einen guten Grund.« Marion zuckte mit den Schultern.

Detlef warf ihr einen verwunderten Blick zu, doch sie ging nicht darauf ein. Stattdessen deutete sie auf einen Fleck etwas entfernt.

»Sieh mal, da hinten ist noch Platz. Geh doch schon mal hin, bevor er weg ist. Ich bleibe noch kurz hier bei Annabell und komme gleich nach.« Sie schob ihren Mann sanft am Arm in die angegebene Richtung. Als er weg war, setzte sie sich zu mir auf mein Badelaken, groß genug für zwei war es ja.

»Hast du Renate gestern gesehen? War sie …, ich meine, wie lief es zwischen ihr und Bernd?«, fragte sie in vertraulichem Ton. »Detlef rückt ja nicht mit der Sprache raus«, sprudelte es aus ihr hervor. »Deshalb wollte ich dich das auch nicht so direkt vor ihm fragen. Er schimpft dann wieder mit mir und sagt, dass ich mich nicht in die Dinge von anderen Leuten einmischen soll. Aber interessieren tut's mich halt schon. Schließlich habe ich sie einander vorgestellt. Und sag mal, die würden doch wirklich gut zusammenpassen, die zwei. Oder?«

Ich dachte an Renates Verfolgungsjagd per Wasserski. Ihr

»*Juhu! Ich bin's*« hallte mir sofort in den Ohren wider. Grinsend zog ich meine Beine an mich und erzählte Marion davon.

»Also, auf mich hat Renate einen durchaus aufgeschlossenen Eindruck gemacht. Wie Bernd das fand, kann ich nicht beurteilen. Er wirkte ein wenig ...«, ich suchte nach dem richtigen Wort, »... irritiert«, fiel mir dann passenderweise ein. »Aber das ist vielleicht nicht so verwunderlich. Es fehlte nur noch, dass sie aus dem Lift ausscherte und in voller Fahrt Küsschen werfend an ihm vorbeigerauscht wäre.« Ich stellte mir das bildlich vor und musste kichern. Auch Marion hatte wohl eine lebhafte Fantasie und fiel in mein Lachen ein. Wir brauchten eine Weile, bis wir uns wieder beruhigt hatten.

»Aber du glaubst schon, dass sich zwischen den beiden etwas anbahnen könnte?«

Ich bemühte mich nicht sofort wieder laut loszuprusten. Allein der Begriff ›anbahnen‹ genügte, um mich schon wieder zum Lachen zu bringen. Wie Renate es nur geschafft hatte, direkt hinter Bernd in den Lift zu kommen, um ihre Bahn zu ziehen?

»Das wäre echt schön«, redete Marion derweil weiter. »Jetzt, wo Renate fest hier wohnt. Und Bernd, der ist schon viel zu lange allein. Eine Frau an seiner Seite würde ihm guttun.«

Ich dachte an das ungleiche Paar. »Und du meinst, Renate ist da die Richtige?« Mit ihrer schrillen Kleiderwahl? Dagegen wirkte Bernd durchschnittlich. »Renate fällt auf, überall, das steht mal fest.«

»Eben«, erklärte Marion inbrünstig. »Ein bisschen frischer Wind für den eingefahrenen Bernd. Genau das, was er braucht.«

»Wer braucht hier was?«, fragte Detlef und stand, ohne dass wir es bemerkt hatten, wieder bei uns.

»Nichts.« Flugs erhob sich Marion und hakte sich bei ihrem Mann ein. »Ich komme schon. Tschüss, Annabell. Wir sehen uns.« Sie zwinkerte mir zu, dann spazierten die beiden davon. »Willst du ins Wasser? Ich muss nur noch schnell …«, hörte ich Marions Geplapper noch im Weggehen. Gähnend streckte ich mich aus. Ein wenig Dösen wäre jetzt nicht schlecht. Schließlich machte man das doch im Badeurlaub.

Kleine, kalte Wassertröpfchen, die auf meinen sonnenerwärmten Körper fielen, ließen mich hochschrecken. Da war ein dumpfes Geräusch. Als ich mich blinzelnd aufsetzte und meine Sonnenbrille auf die Nase schob – diesmal hatte ich sie wohlweislich vor meinem Nickerchen abgelegt –, saß eine aufgeregte Lena neben mir. Die Zöpfe des Mädchens schwangen hin und her und verteilten die Wasserspritzer, während sie ohne Punkt und Komma auf mich einredete. Der Grund für ihre Frustration erschloss sich mir erst allmählich. Neben meinem Badetuch stand Merle und schaute bockig drein.

»Nun komm schon mit ins Wasser«, wiederholte Lena zum bestimmt dritten Mal.

»Ich hab aber keine Lust«, lautete Merles gleichbleibende Antwort.

»Annabell, sag du ihr doch mal, dass sie mit soll«, forderte mich Lena auf.

»Warum hast du denn keine Lust?«, meinte ich wie mir geheißen und lächelte. »Das Wasser ist wirklich toll.«

Ich erhielt keine Antwort. Merle verdrehte lediglich die Augen.

»Sie schwimmt bei der DLRG. Ist Mitglied dort. Und will nicht mit ins Wasser. Kannst du dir das vorstellen?«, fragte mich Lena ohne jegliches Verständnis.

Ich runzelte die Stirn. Merle zog eine bissige Grimasse.

Lena baute sich neben ihrer Freundin auf und stemmte die Hände in die Hüften. »Also, wenn du nicht mitkommst, dann … dann …« Plötzlich breitete sich ein verdächtiges Grinsen auf ihrem Gesicht aus. »Moment«, rief sie und spurtete zu ihrem Platz, kramte in der Tasche und kam kurz darauf mit ihrem Handy wieder. »So, entweder du kommst jetzt mit ins Wasser oder ich mache ein Foto von dir und stelle es auf der Schulwebseite und bei der DLRG rein, mit dem Titel: ›Merle, zehn Jahre, mag kein Wasser, ist aber DLRG-Mitglied.‹ Mal sehen, wie das ankommt.« Auffordernd schwang sie ihr Handy hin und her.

Merle stand der Mund offen. Dann verengten sich ihre Augen zu Schlitzen. »Wehe!«, drohte sie.

Doch Lena ließ sich nicht beeinflussen. »Also, was ist jetzt?«, fragte sie keck und ich musste mich bemühen nicht laut loszulachen.

»Okay, dann geht jetzt Annabell mit ins Wasser und ertrinkt«, kam Lena nun auf die glorreiche Idee.

Mein Kopf schnellte zu dem Mädchen herum. »Bitte was?«

»Dann musst du ins Wasser und sie retten. Das ist doch die Aufgabe von DLRG-Mitgliedern«, redete Lene unbeirrt an Merle gewandt weiter.

»Hey, lasst mich da bitte raus«, warf ich ein.

Lena sah mich an. »Stimmt. Wahrscheinlich ruft sie dir eh nur vom Ufer zu, du sollst bis morgen durchhalten, weil sie gerade keine Lust hat, ins Wasser zu gehen.«

Merle warf den Kopf nach hinten. »Ich bin doch keine Rettungsschwimmerin. Dafür bin ich noch nicht alt genug«, zischte sie.

»Dann wären wir also wieder beim Foto«, stellte Lena ungerührt fest. Sie wollte unbedingt ihre Freundin ins Wasser bekommen und hielt ihr Handy in die Höhe.

Merle drehte sich weg und lief ein paar Schritte davon.

»Lena!«, sagte ich in warnendem Ton.

Die Kleine grinste mich an. »Das würde ich doch niemals im Ernst tun. Ich möchte nur, dass sie mitkommt. Das Mädchen weiß einfach nicht, was Spaß ist«, erklärte sie mir altklug.

Ich runzelte die Stirn. »Trotzdem. Hör auf damit.«

Lena seufzte. »Na gut«, meinte sie und marschierte zurück zu ihrem Platz, um das Gerät zu verstauen.

Ich beobachtete sie kopfschüttelnd. Was für kleine Teufelchen die beiden doch waren, dachte ich amüsiert.

Merle nutzte die Gelegenheit und ließ sich neben mich auf die Decke fallen.

»Ich habe wirklich keine große Lust«, brummte sie. »Du bist doch auch nicht im Wasser. Du verstehst mich.« Wie zur eigenen Bestätigung nickte sie inbrünstig. »Weißt du, manchmal bist du zwar komisch, aber im Großen und Ganzen ziemlich okay«, lobte sie mich überraschend. Ich hob misstrauisch die linke Augenbraue.

»Was hältst du davon, wenn ich mich morgen von denen abseile«, sie deutete mit dem Kinn auf die verlassene Zeltlager-Handtuchfront vor uns, »und wir zusammen einen schönen Stadtbummel machen? Regensburg ist doch nicht so weit weg. Ein bisschen Großstadtluft und Shoppingfieber würde mir echt guttun.«

Völlig überrumpelt von ihren Plänen war ich sprachlos. Glücklicherweise tauchte Lena erneut bei uns auf.

»Los, geht jetzt mit ins Wasser. Tina und Florian vermissen euch beide vermutlich auch schon«, forderte ich Merle auf und Lena zog bereits an ihrem Arm. Langsam stand Merle auf. »Na gut. Wenn's sein muss«, stöhnte sie. »Aber unser Date morgen steht«, rief sie mir noch zu und sprang gleich darauf überraschend beherzt in die Fluten.

Ohne zu wissen, was ich von Merles Auftritt und Angebot halten sollte, drehte ich mich um und kramte in meiner Tasche. Mit ihrer ganz eigenen Art hatte ich die Kleine allmählich ins Herz geschlossen. Aber einen Ausflug mit ihr würde ich garantiert nicht unternehmen. Was stellte sich das Mädchen denn vor? Wir kannten uns kaum. Genau genommen war ich eine wildfremde Person. Die Verantwortung für die Kids trugen ihre Betreuer, Tina und Florian. Die waren dazu da, sich um die Kinder zu kümmern. Ich schaute noch einmal zum See. Inzwischen tobten alle ausgelassen im Wasser herum. Auch Merle! Bis morgen hatte Merle ihre phänomenale Idee hoffentlich wieder vergessen. Mit ein wenig Glück schon jetzt. Sicherlich war ihr das nur im Eifer des Gefechts eingefallen. Entschieden zog ich wieder mein Buch aus der Tasche. Genau als Ricky mit Andy des Weges kam.

»Oh, ein Thriller!«, tönte Ricky sofort. Ihm entging aber auch nichts. »Du gehörst also zur blutrünstigen Sorte«, stellte er aufgrund des auffallenden Covers fest.

Ich bedachte ihn mit süffisantem Lächeln. »An deiner Stelle würde ich schon aufpassen.«

Andy grinste. »Hoho! Da hörst du es.«

»Du meinst, sie könnte mir gefährlich werden?«, meinte Ricky und betrachtete mich eingehend. »Da könnte was dran sein«, stimmte er dann zu, während sein Blick unmissverständlich auf meinem Dekolleté hängen blieb.

Ich zog die Nase kraus und änderte meine Position. Was für ein Prolet!

»Gibt es hier nicht genug andere weibliche Badegäste, die du mit deinem Charme betören kannst?«, fragte ich gehässig.

»Möglich, aber keine ist so a…«

»Amüsant?«

»Eigentlich wollte ich attraktiv sagen, aber amüsant bist du auch.«

»Dir gefällt es also, mich zu nerven?«

»Tue ich das? Jetzt bin ich aber geknickt.« Ricky riss die Augen auf und legte theatralisch seine Hand aufs Herz.

Ich biss mir auf die Zunge, um nicht zu lächeln. Er mochte ein Prolet sein, aber es machte auch durchaus Spaß, mit ihm herumzuplänkeln. Offenbar ging es ihm genauso, denn er setzte sich ungefragt neben mich.

116

»Du musst mir nur eine Chance geben, süße Annabell. Dann wird dir auffallen, was für ein liebenswerter Kerl ich doch bin.« Er schenkte mir einen treuen Hundeblick, der ungelogen die Polarkappen hätte zum Schmelzen bringen können. »Was muss ich tun, um deine Gunst zu gewinnen?«

Ich sah zu Andy auf, der etwas unentschlossen von einem Bein aufs andere trat. Er hatte nicht damit gerechnet, dass sein Freund sich einfach hier niederließ. Es war ihm anzusehen, dass er nun nicht recht wusste, wie er sich verhalten sollte.

»Du kennst ihn schon länger«, meinte ich zu ihm. »Trachtet er allen Frauen, die sein Interesse wecken, nach dem Leben?«

Andy legte den Kopf schief und musterte seinen Freund. »Das wäre immerhin eine Erklärung, warum er keine langfristigen Beziehungen hat.«

»Er bringt sie vorher um die Ecke oder um den Verstand. Verstehe.«

»Hey, ich bin anwesend. Schon vergessen?«, motzte Ricky. »Und im Übrigen, wenn ich eine Frau um den Verstand bringe, dann höchstens mit meiner speziellen Fingerfertigkeit und diversen anderen Tricks, die ich hier in der Öffentlichkeit nicht weiter ausführen möchte. Ein Gentleman … Na, du kennst ja den Spruch.«

Andy und ich prusteten los. Lachend musterte ich den selbstüberzeugten Loverboy neben mir. »Du, ein Gentleman?«

Beleidigt kniff Ricky die Augen zu zusammen. »Annabell, du enttäuschst mich zutiefst! Ich dachte nicht, dass eine Klassefrau wie du meine Qualitäten verkennt.« Zweifelnd zog ich meine Brauen hoch. »Ich sehe, hier ist Überzeugungsarbeit gefragt«, stellte Ricky seufzend fest.

Andy schnalzte mit der Zunge. »Das kann dauern. Ich geh dann mal.«

»Und willst mich mit DEM hier allein lassen?«, rief ich.

»Du schaffst das schon. Viel Glück!« Er zwinkerte mir aufmunternd zu und drehte ab.

Misstrauisch sah ich Ricky an.

»Tja, da wären wir also. Nur du und ich.« Er strahlte und räkelte sich.

»Zum Glück ja wohl nicht. Deine Definition des Alleinseins unterscheidet sich doch ein wenig von meiner.« Wie um mich zu vergewissern, betrachtete ich die Umgebung. Lauter gutgelaunte sonnenhungrige Leute kamen oder gingen, saßen um uns herum, redeten, Kinder tobten ausgelassen umher. Der Geräuschpegel war entsprechend hoch.

»Es war nicht die Rede vom *Alleinsein*«, korrigierte er mich und schenkte mir einen süffisanten und eindringlichen Blick. »Spricht da etwa der Wunsch deiner Gedanken aus dir?«

»Ähm …« Er hatte recht. Verdattert kräuselte ich die Nase. Warum hatte ich seine Bemerkung so interpretiert, als wollte er mit mir allein sein? Stieg mir die Flirterei allmählich zu Kopf? Ich war es nicht gewöhnt, dass mir gleich mehrere Männern Avancen machten. Oder bildete ich mir das alles letztlich nur ein?

Ich starrte in Rickys markantes Gesicht. Nein, der Typ baggerte eindeutig. Zwar mit seinem etwas eigenen ruppigen Charme, aber er baggerte! Bei Dirk hingegen war ich mir nicht ganz so sicher. Mal hatte ich das Gefühl, als würde er mit mir flirten, dann wieder nicht. Und Elias? Ich dachte an die letzte Nacht. Sofort überfiel mich ein ganz besonderes Gefühl. Da musste ich kein Einstein sein, um seine Absichten zu erkennen. Der Kuss sprach für sich selbst.

»Erde an Annabell! Denkst du gerade darüber nach, wie es mit uns beiden so wäre?« Ricky wedelte amüsiert mit seiner Hand vor meiner Nase herum und brachte mich damit wieder in die Wirklichkeit zurück. Ich war tatsächlich abgeschweift. Umso blöder, dass er nun einen Grund für seine Schlussfolgerung bekommen hatte. Gleichzeitig bemerkte ich, wie gut gebaut er doch war, als er so dalag. Seine sonnengebräunte Haut spannte sich über seine Muskeln, die durch die aufstützende Position seiner Arme apart hervortraten. Er besaß kein Gramm Fett zu viel. Vermutlich das Ergebnis unzähliger Fitnessstudiobesuche. Hatte nicht einer der Männer einmal so etwas erwähnt? Mein Blick wanderte weiter und blieb an dem Streifen feiner Härchen hängen, der unterhalb seines Bauchnabels abwärts in Richtung seiner Badeshorts führte.

»Irgendwas Interessantes gefunden?« Rickys Mundwinkel zuckten.

Abrupt sah ich zu ihm auf und lief, verärgert über mich selbst, knallrot an. Ich konnte nur hoffen, dass die Reströte meines Sonnenbrands diesen Umstand noch halbwegs überdecken würde. Fieberhaft suchte ich nach einem passenden Spruch. Leider gähnte absolute Leere in meinem Kopf.

»Ich glaube, ich habe zu viel Sonne erwischt«, erklärte ich nach einer gefühlten Ewigkeit lahm.

»Das wäre eine Möglichkeit, eine andere wäre …«

»Ich muss ins Wasser«, rief ich und sprang so schnell auf, dass ich kurzzeitig um mein Gleichgewicht ringen musste. Ich wollte Rickys Ausführungen keinesfalls hören!

Belustigt rappelte auch er sich hoch. »Soll ich dich auf meine Insel entführen?«, fragte er.

Ich schnappte nach Luft. »Nicht nötig«, quiekte ich und eilte davon, dem kühlen Nass entgegen, das meine wirren Gedanken hoffentlich wieder zur Räson bringen würde.

11

In gleichmäßigen Zügen schwamm ich über den See. Die regemäßige Tätigkeit im Zusammenspiel mit dem klaren kalten Wasser half mir meine aufgewühlte Gefühlswelt wieder in den Griff zu bekommen. Was war nur los mit mir? Seit wann war ich empfänglich für so eine subtile Anmache, wie sie Ricky praktizierte? Es musste an der Sonne liegen, vielleicht hatte ich doch Schäden von meinem extremen Sonnenbrand davongetragen. War mein Gehirn dabei weichgekocht worden? So jedenfalls hatte es sich gerade auf der Decke neben Ricky angefühlt – wie Brei.

Ich holte tief Luft und tauchte unter. Als ich wieder an die Oberfläche kam, sah ich in einiger Entfernung eine treibende Holzplattform, auf der sich die Badenden kurz ausruhen konnten und von der Kinder mit Freude in den See sprangen. Ich nahm Kurs darauf. Um mich vom weiteren Nachdenken abzuhalten, versuchte ich zu kraulen. Mit dieser Schwimmdisziplin stand ich seit jeher auf Kriegsfuß. Ich hatte es nie richtig gelernt und bevorzugte daher das Brustschwimmen. Darin war ich nicht mal schlecht und im Vergleich zu anderen auch relativ schnell. Trotzdem reizte es mich zwischendurch immer mal, so schwungvoll durchs Wasser pflügen zu können, wie es die Kraulschwimmer taten.

Etwas unbeholfen probierte ich nach Gutdünken einige Bewegungen. Aus den Augenwinkeln sah ich einen Mann auf einem gelben Surfbrett liegen. Er paddelte mit den Armen und trieb in meine Richtung. Wenige Minuten später war er auf meiner Höhe angekommen.

Er war jung, muskulös, um nicht zu sagen gutaussehend. Außerdem trug er rote Badeshorts, auf denen seitlich ein Abzeichen blitzte. Ich kniff die Augen etwas zusammen und erkannte ein rotes Kreuz. Wenn mich nicht alles täuschte, gehörte er zur Wasserwacht und trieb deshalb hier auf dem See herum, um für Notfälle einsatzbereit zu sein. Demnach war es auch kein Surfbrett, auf dem er lag, sondern ein Rettungsbrett. Ich hatte mich schon gewundert, was man auf dem relativ stillen Gewässer mit einem Surfbrett anfangen wollte. Hohe Wellen gab es hier jedenfalls nicht.

Die Begutachtung des attraktiven Jünglings – er war schätzungsweise Mitte zwanzig – störte den Ablauf meiner ohnehin mangelhaften Kraulzüge zusätzlich. Zu allem Überfluss musterte auch er mich, wie mir jetzt auffiel. Verunsichert versuchte ich mich auf meinen Bewegungsapparat zu konzentrieren. Wahrscheinlich schüttelte er über meine misslungenen Versuche insgeheim mitleidig den Kopf. Der Typ konnte bestimmt ausgezeichnet kraulen.

»Ist das so richtig?«, fragte ich ihn aus einem Impuls heraus.

Er schwamm mit seinem Brett nun fast parallel zu mir. Er riss die Augen auf und verlor das Gleichgewicht. Wenn ich mich nicht täuschte, hörte ich noch ein »Ja«, bevor er mit einem Plumps ins Wasser rutschte, sodass es nur so spritzte.

Nun restlos aus dem Konzept gekommen beendete ich meine Kraulversuche und schwamm langsam und zögerlich weiter. Das gelbe Rettungsbrett trieb für einen Augenblick herrenlos und fast höhnisch im Wasser.

Wo war der Mann? Musste ich mir Sorgen machen?

So ein Quatsch. Er war Rettungsschwimmer! Was die Situation noch surrealer erscheinen ließ. Es dauerte endlos lange Sekunden, bis ich seinen Haarschopf wieder an der Oberfläche entdeckte. Er schnappte nach Luft und zog das Brett an sich.

Ich atmete auf. Einer der Wassertropfen, die mich getroffen hatten, kullerte mir ins Auge. Ich blinzelte ihn weg, dann lachte ich. Was war denn das bitte schön für eine Aktion gewesen? Hatte ich ihn mit meiner unschuldigen Frage derart überrascht? Eins stand jedenfalls fest, er war vor Schreck vom Brett gefallen. Dass ich so eine Wirkung auf Männer hatte, war mir neu.

»Das schaut sehr gut aus«, rief er mir nun zu.

Baff sah ich zu ihm hinüber. Meinte er mich? Meinen Kraulstil? Das wäre glatt gelogen. Flirtete er mit mir? Grinsend warf ich ihm noch einen Blick über die Schulter zu und erreichte einige Schwimmzüge später die Holzplattform.

Ausgepowert hielt ich mich an der Metallstange fest, die ringsum an den Seiten angebracht war. Neben mir platschte es und Wasser spritzte auf. Jemand war direkt über mich hinweg in den See gesprungen.

Ein Kopf tauchte an der Oberfläche auf. »Hallo Annabell!«

Ich wischte mir das Wasser aus dem Gesicht und erkannte das Mädchen mit ihren geflochtenen blonden Zöpfen. »Hallo Lena.«

Jetzt sah ich auch andere Kids der Zeltlagergruppe um mich herum und auf dem kleinen Floß. Neben mir klatschte erneut etwas ins Wasser.

»Sieh mal, wer auch da ist!«, rief Lena mir zu und Merles Kopf erschien unmittelbar vor mir.

»Na, hast du etwa Spaß?« Gespielt empört schaute ich die Kleine an.

Sie drehte wendig einen Bogen und schwamm zu mir. »Schon möglich«, gab sie zu.

»Willst du auch mal springen?«, fragte mich Lena enthusiastisch und paddelte ein wenig herum.

Ich warf einen Blick auf mein Bikinioberteil und war mir absolut nicht sicher, ob das einem Kopfsprung ins Wasser standhalten würde.

»Ja Annabell, spring auch mal!«, forderte Ricky lautstark.

Verwirrt sah ich mich um. Hatte ich ihn gerade wirklich gehört oder mir das nur eingebildet und litt schon unter Verfolgungswahn? So ein Spruch würde immerhin zu ihm passen, das stand fest. Vor mir auf der Plattform war er schon mal nicht. Zwar blendete mich die Sonne ein wenig, doch mit leicht zusammengekniffenen Augen konnte ich zweifelsfrei behaupten, dass keiner der Anwesenden Ricky war. Auf der Wasserseite, wo Lena und Merle herumplanschten, befand er sich ebenfalls nicht, da hätte ich ihn schon früher bemerkt. Ich glaubte eben, dass meine Fantasie tatsächlich mit mir durchgegangen wäre, als mir im Augenwinkel eine bunte Insel auffiel und meine Aufmerksamkeit erregte.

Also doch!

Rickys anzügliches Lächeln erkannte ich selbst von Weitem. Und auch, dass sein Augenmerk frech meinem Bikinioberteil galt. In gemächlichem Paddeltempo näherte sich die Insel.

Wie konnte er aus dieser Entfernung nur unser Gespräch mitbekommen haben? Der Mann musste Ohren wie ein Luchs haben! Ob er auch hörte, wenn am gegenüberliegenden Seeufer – das wirklich sehr, sehr weit entfernt war – eine Ente schnatterte?

Es gab nur eine Erklärung: Die Insel samt Besatzung war bereits ganz in der Nähe und mir nur deshalb nicht aufgefallen, weil ich mich direkt an der Plattform festhielt und somit mein Sichtfeld eingeschränkt war. Letztlich war es aber egal. Inzwischen war das runde Luftgebilde fast bei uns angekommen. Wieder sprangen Kinder über mich hinweg ins Wasser. Doch zwischen den aufspritzenden Fontänen konnte ich neben Ricky auch Elias erkennen. Sofort beschleunigte sich mein Herzschlag.

»Was ist?«, rief Ricky wieder. »Traust du dich nicht? Komm schon, du machst bestimmt eine gute Figur. Und solltest du etwas verlieren«, ergänzte er anzüglich und seine Augenbrauen wanderten aufreizend nach oben, »wir sammeln gerne sämtliche Stofffetzen ein, die hier herumschwimmen. Stimmt's, Elias?«

Der sah aus, als würde er Ricky gleich eins mit dem schwarzgelben Paddel überziehen, das er in der Hand hielt. Aber ich hatte keine Zeit, mich darüber zu freuen, denn dummerweise schnappte ich angesichts dieser unverhohlenen Äußerung nach Luft und schluckte dabei einen Schwall Wasser. Keuchend krallte ich mich an der Metallstange fest.

»Der hat's wohl auf dich abgesehen«, meinte Lena.

»Depp!«, rief Merle indes Ricky an meiner Stelle zu. »Männer sind doch alle gleich«, sagte sie zu mir, als wäre sie zwei Jahrzehnte älter, als sie tatsächlich war.

»Komm, dem zeigen wir's«, erklärte Lena und ihre Augen funkelten spitzbübisch.

Eilig schwamm sie zu der kleinen Leiter, über die man die hölzerne Plattform erklimmen konnte.

»Merle, wo bleibst du denn? Ihr auch, kommt mal her!«, rief sie den herumschwimmenden Kids zu und wedelte mit einer Hand.

Dann war das Mädchen außerhalb meines Blickwinkels, dafür hörte ich aufgeregtes Stimmengemurmel.

»Los, Annabell, sei kein Frosch!«, plärrte Ricky noch einmal.

Ich sah gerade noch, wie Elias seinen Mund öffnete, um etwas zu erwidern, doch was auch immer er sagte, ging in einem tosenden Wasserklatschen unter. Mindestens drei Kids sprangen auf einmal über mich hinweg, gleich darauf folgte eine weitere Mannschaft und dann noch eine. Es platschte und spritzte nur so um mich herum. Das aufgewühlte Wasser schlug immer größere Wellen. Hinter der Gischtwand, die sich allmählich vor meinen Augen auftürmte, schaukelte die kleine bunte Insel ähnlich wie Boot in einem Unwetter auf hoher See. Ich sah Rickys entsetztes Gesicht, als er beinahe ›über Bord‹ ging. Elias hingegen hielt sich besser. Er saß fest auf dem knallgrünen Kunststoffuntergrund und schwang sein Paddel. Dann drehte die Insel ab.

Die Kindermeute jubelte in Piratenmanier mit lautem Gebrüll. »Sieg!«

»Denen haben wir es aber gezeigt, was?« Hochbefriedigt schwamm Lena zu mir. Sogar Merles Mund umspielte ein zufriedenes Lächeln.

Als sich nach und nach immer mehr meiner tapferen Verbündeten um mich herum versammelten und gegenseitig abklatschten, lachte ich schallend.

»Leute, ihr habt euch ein Eis verdient«, versprach ich und erntete dafür gnadenlose Zustimmung.

Das Versprechen wurde sofort eingefordert. Ich hatte daran gedacht, es am späteren Nachmittag einzulösen, aber daran war offensichtlich nicht zu denken. Die Kinder umringten mich und schwammen mit mir in Formation zum Ufer. Wie eine Herde hungriger Wölfe belagerten sie mich. So blieb mir nichts anderes übrig, als zum Kiosk zu marschieren. Ich konnte nur hoffen auch genug Geld bei mir zu haben.

Auf der kleinen Terrasse vor dem Häuschen herrschte Hochbetrieb. Alle fünf Tische waren besetzt. Manche aßen einen Snack, andere tranken Kaffee. Den könnte ich auch gebrauchen, dachte ich mir und überlegte, ob es auch einen zum Mitnehmen gab. Geduldig wartete ich, bis ich an der Reihe war, und reckte derweil den Kopf nach oben, um die Angebotstafel sehen zu können.

»Vielleicht kann ich dir ja helfen«, sprach mich Bernd an, der hinter mich getreten war.

»Kaffee zum Mitnehmen. Gibt's hier sowas?«

Er nickte. »Klar.« Mit seiner Sonnenbrille, dem blauen, leicht verwaschenen T-Shirt und den bunten Badeshorts wirkte er jünger und richtig sympathisch. Außerdem war er ziemlich gut gelaunt. Ob das an Renates Bekanntschaft lag?

»Ich dachte, Renate übernimmt den Kiosk von ihrer Tante. Aber die Verkäuferin hinter der Theke sieht gar nicht so alt aus«, fiel mir dabei ein.

Bernd lachte. »Renates Tante betreibt den kleinen Laden unten an der Straße. Ein altmodischer Tante-Emma-Laden, bei dem du so gut wie alles kaufen kannst, was du brauchst oder auch nicht. Die Art Laden, die es heutzutage kaum mehr gibt. Umso schöner, dass Lotte eine Nachfolgerin gefunden hat.« Bei seinen letzten Worten glaubte ich einen besonderen Glanz in seinen Augen zu erkennen. Das könnte natürlich an seinem Hang für Tante-Emma-Läden liegen oder ... an der etwas schrillen Nichte von Lotte. Ich grinste.

»Ach so, dann habe ich das verwechselt.«

Er nickte, und da war ich schon an der Reihe.

»Hallo, ich bräuchte zwanzig Stück von dem Capri-Eis«, bestellte ich und deutete auf die hellblaue Tafel mit den verschiedenen Sorten. Da ich die Kids nicht nach ihren Geschmackswünschen gefragt hatte, entschied ich mich für die Wassereisversion. Das sollte hoffentlich jedem schmecken. Außerdem war es nicht ganz so teuer wie die angebotenen Waffeltüten.

Die Verkäuferin zog die Augenbrauen nach oben. »Sie kenn ich doch. Von gestern Abend. Die Pizza extra Spezial. Hat sie geschmeckt? Ist euch beiden heiß geworden?« Ein vergnügter Ausdruck überflog ihr Gesicht.

Automatisch schluckte ich bei dem Gedanken daran. Heiß war mir tatsächlich geworden. Und wie! Aber die Frau redete von der Pizza, oder? »War lecker«, gab ich zu.

Unsere Blicke trafen sich. Ich war mir fast sicher, dass sie mich wortlos fragte, ob ich die Pizza oder den Mann meinte. Aber sie sprach es glücklicherweise nicht aus, sondern beließ es bei einem wissenden Lächeln. Trotzdem merkte ich, dass ich ein wenig rot wurde. Schon wieder! Entschieden räusperte ich mich und wandte meine Aufmerksamkeit dem Eis zu.

»Haben Sie noch zwanzig Stück da?«

»Ich sehe mal nach.«

Sie öffnete eine der großen Kühltruhen hinter sich, wühlte darin herum und beförderte schließlich einen Pappkarton zu Tage.

»Genau einundzwanzig Stück«, ließ sie mich wissen, nachdem sie fertig gezählt hatte.

»Das ist schon fast sowas wie Vorhersehung«, mischte sich Bernd ein und schob sich neben mich an das große Verkaufsfenster. »Da gibt's jetzt aber einen Sonderpreis, bei der Abnahmemenge. Oder, Karin?« Er zwinkerte der Verkäuferin zu.

»Bernd!« Karin, wie die Frau demnach hieß, seufzte gespielt. Dann schweifte ihr Blick zu mir. Ich knipste mein Hundertwattlächeln an. Wenn Bernd mir schon helfen wollte zu sparen, würde ich garantiert nichts Gegenteiliges behaupten.

»Na gut«, meinte sie dann und schob mir den Karton herüber. »Mit Bernd zu verhandeln kann dauern. Dafür hab ich jetzt nicht die Zeit.«

Hinter uns hatte sich schon wieder eine Schlange gebildet. Mir konnte das nur recht sein. Ich bezahlte und schenkte Bernd als Dankeschön das überschüssige Eis. Beschwingt nahm er es, ohne zu zögern.

Meine Arme waren vermutlich gut fünf bis zehn Zentimeter länger, als ich mich schlapp auf meine Decke fallen ließ, nachdem ich das Eis an die kleinen Zeltlager-Piraten verteilt hatte. Der ungeplante Zwischenstopp an der Holzplattform hatte auch mir durchaus Kraft gekostet. Zwar konnte man sich an der Metallstange anhalten und verschnaufen, aber da der feste Untergrund fehlte, waren die Beine zwangsläufig permanent in Aktion. Froh mich nun einfach von den Sonnenstrahlen aufwärmen lassen zu können und einfach nichts tun zu müssen, schloss ich genüsslich die Augen. Leider war die Ruhephase nur von kurzer Dauer.

»Annabell!« Ein spitzer Finger pikste mir in die Seite. »Annabell, schläfst du?«

Marion hatte sich zu mir gesellt und stupste mich wiederholt an. Nun ja, wenn ich gerade gedöst hatte, dann war ich jetzt auf jeden Fall wieder hellwach.

»Ist was passiert?«, fragte ich, verweigerte mich aber noch jeglicher Bewegung.

Marion überlegte. »Nein. Warum?« *Na, weil sie es so eilig hatte, mir etwas zu sagen.* »Ich habe dich vorhin mit Bernd reden sehen. Oben am Kiosk.« Mir schwante schon, worauf sie hinauswollte. »Ihr habt nicht zufällig über Renate gesprochen oder Bernd hat etwas erwähnt?«

Die hübsche zierliche Frau war völlig in ihrem Element. Ihr schulterlanges blondes Haar flog ihr aufgeregt um den Kopf. Der kleine Windstoß, der soeben aufkam, wühlte es noch passend dazu auf. Sie strahlte nicht nur äußerlich, sondern auch einen gewissen Elan von innen heraus aus. Anlässlich dieser geballten Energie rappelte ich mich dann doch hoch.

»Wir haben uns nur zufällig getroffen und unterhalten. Er hat mir ein bisschen Schützenhilfe bei harten Preisverhandlungen gegeben«, erklärte ich und erzählte ihr von meiner Großbestellung Wassereis.

»Ja, ja. Der Bernd! Immer hilfsbereit, wenn er jemanden mag.«

»Und wenn er jemanden nicht leiden kann?«

Marion vollzog eine wegwerfende Handbewegung und kicherte nur. Ich wusste nicht genau, was das bedeuten sollte, war aber froh, dass er mich offenbar mochte.

Sie schaute sich derweil um. »Renate müsste auch bald kommen. Weißt du, wo er sein Handtuch abgelegt hat?«

Ich zuckte mich den Schultern und sah ebenfalls in die Menge der Badegäste, die überall verteilt war. Zumindest hier am kleinen Sandstrand war alles voll.

»Darf ich dich mal was fragen?«, stieß ich hervor. »Warum

bist du so sehr dran interessiert, dass aus den beiden ein Paar wird. Betreibst du so etwas wie eine Partnervermittlung?«

Aprubt schwenkte Marions Blick zu mir. Ich schluckte. War das zu direkt gefragt? Aber ich kam nicht umhin, zu bemerken, wie sehr sich diese Frau auf dieses eine Thema fixierte. Doch dann gluckste sie.

»Eine Partnervermittlung? Ich? Nein, ich bin Krankenschwester. Bernd ist lediglich ein wirklich guter Freund. Er hatte eine unschöne Ehe, wenn ich das so sagen darf.« Sie beugte sich näher zu mir und fuhr in vertraulichem Ton fort. »Seine Ex-Frau hat ihn ständig hintergangen, wenn du verstehst, was ich meine. Er war zu gutmütig. Hat jahrelang die Augen verschlossen, anstatt sie davonzujagen. Irgendwann ist sie mit einem der Kerle durchgebrannt. Verschwunden, über Nacht. Ohne ein Wort. Er hat lange dran geknabbert und ist seitdem allein. Das ist schon eine halbe Ewigkeit her.«

Sie setzte sich wieder aufrecht hin und schob ihre Sonnenbrille gerade. Einen Moment lang schwiegen wir und hingen gedanklich der traurigen Geschichte nach.

»Als ich Renate kennenlernte«, fuhr Marion dann fort, »wusste ich, sie würde perfekt zu Bernd passen. Sie hat mir ein bisschen was über sich erzählt. Ihr Leben war auch nicht gerade einfach, deshalb will sie nochmal neu anfangen und den Laden hier übernehmen. Ihre Tante ist ein Goldstück und Renate scheint mir vom gleichen Schlag zu sein. Der Apfel fällt nicht weit vom Stamm, du weißt schon, was ich meine.«

»Hm-hm.« Das war die beste Antwort, die mir einfiel. Ich kannte weder Bernd besonders gut noch Renate.

»Du glaubst auch, dass ich mich zu sehr da reinsteigere. Stimmt's?«, fragte sie mich plötzlich verunsichert, spielte dabei mit der kleinen Kordel, die den Ausschnitt ihrer leichten weißen Strandtunika zusammenhielt, die sie über ihrem Bikini trug, und sah mich verlegen an. »Detlef schimpft schon dauernd mit mir«, fügte sie erklärend hinzu.

Zaghaft vollführte ich eine unbestimmte Bewegung. Was bitte sollte ich darauf antworten? Ich wollte mich da nicht zu sehr einmischen.

»Ich denke, du hast die beiden einander in bester Absicht vorgestellt. Jetzt heißt es einfach abwarten und Tee trinken, wie man so schön sagt«, versuchte ich es diplomatisch.

Marion blies sich eine verirrte Haarsträhne aus dem Gesicht und lachte. »Na, bei diesen Temperaturen trinke ich vielleicht lieber einen Eiskaffee. Und du? Wie gefällt dir dein Urlaub so ganz allein?«, wechselte sie das Thema.

»Allein bin ich eher selten«, stellte ich fest und sah auf meinen Thriller, der neben mir lag. Wenn ich anfangs noch gedacht hatte, dass ich die gut siebenhundert Seiten sicherlich ruckzuck durchlesen würde und mich geärgert hatte, nicht mehr Bücher eingepackt zu haben, wurde ich allmählich eines Besseren belehrt.

Wir unterhielten uns noch ein wenig. Irgendwann kam die obligatorische Frage nach Dirk. Marion konnte es einfach nicht lassen, die Kupplerin steckte doch mehr in ihr, als sie es selbst wahrnahm. Aber ich lächelte nur und lenkte das Gespräch geschickt auf ein etwas unverfänglicheres Thema: Dirks und Detlefs Fähigkeiten, mit den Wakeboards umzugehen.

12

Kaum war Marion gegangen, dauerte es nicht lange, da kam mich Markus besuchen. »Na, Annabell, wie geht´s?« Er ließ sich neben mich nieder. Ich überlegte, ob ich allmählich Platzgeld verlangen sollte. Das breite XXL-Strandtuch lud die Leute offenbar regelrecht ein sich zu mir zu setzen.

»Ich habe vom Beinahe-Kentern der Insel gehört. Du scheinst wohlgesonnene Verbündete zu haben. Ricky und Elias waren …, sagen wir, leicht übellaunig, als sie von ihrer kleinen Inseltour zurückkamen. Sie hatten eine ziemlich heftige Debatte.«

Augenblicklich wurde ich hellhörig. Die beiden hatten sich gestritten? Etwa meinetwegen?

Markus konnte offenbar meine Gedanken lesen.

»Kein Grund zur Sorge. Die zwei kabbeln sich des Öfteren. Das liegt in der Natur ihrer Freundschaft. Auch kein Wunder, wenn man bedenkt, dass Ricky der Draufgänger ist und Elias der Ehrenmann.«

»So siehst du die beiden?«

»Du etwas nicht? Du hast die zwei doch kennengelernt.«

Das stimmte. Genau so würde ich sie auch einschätzen.

»Und was für Typen sind dann Andy und du?«

Markus musste nicht überlegen. »Andy ist der Naturmensch und ich bin der Durchschnittstyp. Sieh mich doch an.« Grinsend strich er sich erst über seinen Bart, dann über den Bauch.

Ich lachte. »Deshalb funktioniert eure Freundschaft so gut. Ihr ergänzt euch perfekt. Ein bunt gemischter Haufen, von allem etwas.«

»So habe ich das noch nie betrachtet. Vielleicht hast du recht.«

Während er noch darüber sinnierte, brannte mir die Frage auf der Zunge, worum genau es bei Elias und Rickys Streitigkeiten gegangen war. Hatten Elias Rickys anzügliche Bemerkungen zu meinem Bikinioberteil verärgert? Konkret formuliert: Dass Ricky mich gerne oben ohne sehen wollte? Das könnte bedeuten, dass Elias' Gefühle für mich über das, was man üblicherweise für eine Urlaubsaffäre empfand, hinausgingen. Aber ich wollte mir nicht die Blöße geben und nachhaken. Außerdem, warum interessierte mich das überhaupt? Die Ferientage waren gezählt. In nicht allzu langer Zeit würde ich wieder abreisen und den hübschen Elias lediglich als schöne Erinnerung bei mir behalten. Schon komisch, dass der erste Mann, der mich seit Langem wirklich interessierte, so absolut für eine Beziehung ausgeschlossen war. Von Fernbeziehungen hielt ich nichts. Abgesehen davon schien Elias auch gar nicht auf der Suche zu sein. Ich dachte an sein zwischenzeitlich abweisendes, um nicht zu sagen, ruppiges Verhalten. Ich sollte wirklich nicht meine kostbare Urlaubszeit damit verschwenden, mir über Derartiges den Kopf zu zerbrechen.

»Eigentlich bin ich gekommen, um dich auf einen Kaffee oder so einzuladen«, unterbrach Markus meine Gedanken.

Ich blinzelte ihn überrascht an. »Wirklich? Warum?«

»Ich möchte mich gern revanchieren. Unser kleines Kaffeegespräch hat mir wirklich sehr geholfen. Ich habe gestern Abend ein langes Telefonat mit meiner Frau geführt. Weißt du noch, dass ich dachte, ich hätte lieber nicht wegfahren sollen? Es hat sich gezeigt, dass es doch gut war. Der Abstand hat uns beiden Gelegenheit zum Nachdenken gegeben. Corinna und ich haben uns schon lange nicht mehr so gut unterhalten. Ich glaube, wir bekommen das hin.«

»Das freut mich ehrlich«, sagte ich und meinte es auch so. Obwohl mir nicht bewusst war, welche erbaulichen Weisheiten ich Markus gegenüber von mir gegeben hatte, die ihm so geholfen haben könnten. Aber manchmal reichte es ja auch, wenn man einfach jemanden fand, mit dem man reden konnte und der zuhörte.

»So in einer guten Stunde?«, meinte er jetzt und stand auf. »Ich muss erst noch mit den anderen die Verpflegung für heute Abend besorgen. Aber ich komme später vorbei und hol dich ab.«

Ich beschloss die Zeit zu nutzen, um endlich in die verwirrenden Tiefen meines Thrillers abzutauchen. Doch besonders gut konnte ich mich nicht konzentrieren. Zu viele Fragen spukten mir im Kopf herum.

Wohin wollte mich Markus zum Kaffee entführen? Musste ich mich dazu umziehen? Aber ich ging mal davon aus, dass unser »Date« beim Kiosk oberhalb des Steinstufenkreises stattfinden würde. Hatte Elias Ricky wirklich zurechtgewiesen und meine Ehre verteidigt, als Ehrenmann sozusagen? Das wäre ja wirklich süß! Ein wohlig warmes Gefühl breitete sich in mir aus. War er mein Ritter? Bisher hatte ich noch keinen kennengelernt. Wie schade, dass sich unsere Wege in kurzer Zeit wieder trennen würden. Aber so war das wohl mit einer Romanze. Ich träumte ein wenig vor mich hin, spürte erneut seine zärtlichen Berührungen vom Vorabend und seine Lippen auf meinem Mund. Obwohl das alles in diesem Moment gar nicht real war, merkte ich, wie sich ein Feuer in mir entfachte und seufzte laut auf.

Erschrocken über mich selbst blickte ich mich sofort verstohlen um. Ob das jemand mitbekommen hatte? Was sollten die Leute von mir denken?

»Alles in Ordnung?« Es hatte mich doch einer gehört. Ausgerechnet Elias stand plötzlich neben mir und sah besorgt zu mir nach unten. Ich schluckte. Wenn der wüsste! Mein Herz klopfte so laut, dass ich befürchtete, er könnte es mitkriegen.

Dass er mich aufmerksam musterte, machte die Sache nicht gerade besser.

»Ähm. Ja. Klar«, murmelte ich verlegen und setzte mich abermals auf.

Er ging in die Hocke, sodass wir auf Augenhöhe miteinander sprechen konnten.

»Du, wegen vorhin … Ricky übertreibt manchmal …«

»Keine Bange, mit dem werde ich schon fertig. Außerdem hatte ich ja noch meine kleine Hilfstruppe.«

Elias lachte. »Die hatten es echt drauf. Schlaue Aktion. Wir kamen wirklich in Seenot.«

»Och, ihr Armen. Dann hättet ihr schwimmen müssen.« Gespielt entsetzt schlug ich die Hände vor den Mund.

Er zog süffisant die Augenbrauen nach oben. »Das hätte dir gefallen, was?«

Ich zuckte leicht mit den Schultern. »Mindestens genauso, wie es euch gefallen hätte, wenn mein Bikinioberteil beim Sprung ins Wasser davongeflogen wäre.«

Elias biss sich auf die Lippe. Einen Moment lang herrschte schweigender Blickkontakt. Das aufregende Gefühl in meiner Magengegend verstärkte sich wieder.

»Ich gebe zu, dass der Gedanke daran reizvoll ist«, begann er schließlich leise. »Aber nur, wenn wir dabei allein wären. Ich teile nicht gern.« Seine Stimme war lediglich ein heiseres Flüstern. Seine blauen Augen funkelten. Die kleinen Härchen in meinem Nacken stellten sich wohlig auf. Ich merkte, wie mein Mund trocken wurde. Ein Bild erschien vor meinem inneren Auge. Elias und ich, allein und nackt im Wasser. Dieses süße Ziehen durchfuhr schonwieder meinen Unterleib. Ach herrje!

Reglos schauten wir uns an. Er dachte an das Gleiche wie ich, das sah ich ihm an. Ich musste etwas sagen, sollte lachend den Kopf schütteln, irgendetwas tun, um die Situation zu entschärfen. Aber ich konnte nicht. Ich war wie gebannt.

»Annabell! Ich habe dich gesucht.« Wie aus meilenweiter Entfernung hörte ich die Worte.

Der rosa Nebel in meinem Kopf ließ die Information nur wie durch wabernde Schwaden mein Gehirn erreichen. Erst als neben mir etwas Großes zu Boden plumpste, konnte ich mich aus meiner Starre lösen. Verwirrt versuchte ich zu erkennen, was sich da nun neben mir befand. Es war groß, und weiß und aus PVC-Folie, genau wie Rickys Insel.

»Schau mal, gefällt es dir? Ich hab es gesehen und sofort an dich gedacht.« Erwartungsvoll beugte sich Dirk über das große weiße Etwas zu mir herüber. Jetzt erkannte ich auch, worum es sich handelte. Es war eines dieser überdimensionalen Badetiere, die gerade *in* waren. Genauer gesagt, ein Einhorn. Ich stand auf und betrachtete es verblüfft.

Es besaß ein goldenes Horn, eine bunte Mähne und einen ebenso farbenfrohen Schweif. Der restliche Körper des Tieres war schneeweiß. Mit freundlichen Augen blickte es mich an.

»Das ist für mich?«, hauchte ich und konnte es nicht fassen.

Dirk nickte stolz. »Wenn du es haben möchtest? Aber ich glaube, es wäre traurig, falls du Nein sagst.«

»Aber … aber …«

»Falls du mir jetzt mitteilen willst, dass du zu alt dafür seist … Bist du nicht«, erklärte er entschieden. »Du kannst dich damit auf dem See treiben lassen oder es vor deinem Zelt postieren und es dir darauf mit deinem morgendlichen Kaffee bequem machen, anstatt immer auf dem Grasboden sitzen zu müssen. Was meinst du?« Er grinste mich an wie ein kleiner aufgeregter Schuljunge, sodass ich ihm, selbst wenn ich gewollt hätte, keinen Korb hätte geben können. Mein Herz ging auf. Das war so eine nette Geste von ihm!

»Tja, dann: Danke«, antwortete ich gerührt und schenkte ihm ein strahlendes Lächeln.

»Super! Hast du gleich mal Lust auf einen kleinen Ausflug?« Dirks Segelohren glühten richtig.

Elias räusperte sich etwas lauter als notwendig und richtete sich wieder zu voller Größe auf.

»Oh hallo!« Erst jetzt bemerkte Dirk seine Anwesenheit, und auch ich musste ehrlicherweise zugeben, dass es sogar mir kurzzeitig entfallen war, so sehr hatte das niedliche Einhorn Eindruck bei mir geschunden. Dirks Überraschung war ihm wirklich geglückt.

»Ähm …« Ich sah von Elias zu Dirk, dem Einhorn und wieder zurück.

»Lass dich nur nicht aufhalten«, presste Elias schon zwischen den Zähnen hervor. Nichts erinnerte mehr an den charmanten Kerl, der mir eben noch elektrisierend in die Augen gesehen hatte.

»Aber du musst doch deshalb nicht …«, versuchte ich die Situation zu retten, doch Elias setzte sich bereits in Bewegung.

»Die anderen warten. Dann viel Spaß«, murrte er im Weggehen und hob die Hand, ohne sich noch einmal umzudrehen.

Etwas niedergeschlagen schaute ich ihm nach.

»Tut mir leid, wenn ich da in was reingeplatzt bin«, beteuerte Dirk und brachte mich dazu, meine Aufmerksamkeit wieder ihm zuzuwenden.

Halb abwehrend, halb bedauernd schüttelte ich den Kopf. »Wir haben uns nur flüchtig unterhalten. Keine Ahnung, was er auf einmal hat.«

Dirk schenkte mir einen schrägen Blick. Glaubte er mir etwa nicht?

Na ja, vielleicht war das auch nicht ganz die Wahrheit, die ich da von mir gab. Aber sei´s drum. Ich würde bestimmt nicht mit ihm über Elias reden! Außerdem verhielt der sich schon wieder so doof. Wo lag sein Problem? Hatte er noch nicht bemerkt, dass ich mich – wenn überhaupt – für ihn interessierte? Das musste er doch spüren! Oder etwa nicht?

Dann kam mir ein Gedanke, der mir so gar nicht gefallen wollte. Dachte er etwa, ich würde mehrgleisig fahren? Ein

Kloß bildete sich in meinem Hals, doch der Gedanke nistete sich regelrecht in meinem Kopf ein.

Die Jungfernfahrt mit dem Einhorn lenkte mich glücklicherweise etwas ab. Dirk hatte sogar ebensolche Paddel mitgebracht, wie sie Ricky auch für seine Insel besaß. Zu Anfang hatte ich noch ein mulmiges Gefühl Dirk gegenüber. Wenn er mir so ein Geschenk machte und ich es annahm, erwartete er dann eine ›Gegenleistung‹? Doch meine Zweifel zerstreuten sich alsbald.

Nachdem Dirk mir hoch und heilig versichert hatte, dass er gar nicht so viel für das Badetier bezahlt hatte, weil es nämlich aus Renates künftigem Laden stammte und er dort Sonderkonditionen bekam, und mir einfach eine Freude machen wollte, glaubte ich ihm schließlich und stellte meine mehrmalige Nachfragerei ein. Ja, er wollte nicht einmal mit mir über den See schippern. Er freute sich einfach, dass ich mich freute, und verabschiedete sich dann mit der Begründung, seinem Onkel und Bernd noch am Campingplatz helfen zu müssen. Dirk war einfach nett, ohne jegliche Hintergedanken. Anders als Ricky. Bei dem hätte ich vermutlich mindestens mein Bikinioberteil als Dankeschön opfern müssen.

Es dauerte nicht lange, da wurden mein Einhorn und ich von der Nachbarsmeute entdeckt. Wir wurden umringt und vorwiegend von den Mädchen bewundert. Erst nachdem ich Merle, Lena und noch zwei anderen Mädels versprochen hatte, sie könnten sich das Tier später gerne einmal ausleihen, bekam ich wieder ein paar ruhigere Minuten.

Das Paddeln war zu Beginn gar nicht so einfach. Ich saß direkt hinter dem langen Einhornhals, meine Beine baumelten leicht ins Wasser und mit den Armen übte ich mich in der Koordination, sowohl links als auch rechts halbwegs regelmäßige Paddelzüge zu vollführen, damit ich wenigstens einige Zentimeter vorwärtskam. Jetzt wusste ich, warum Ricky seine

Insel immer zu zweit nutzte. Das machte durchaus Sinn und war weniger anstrengend.

Eine kleine Ewigkeit später erreichte ich wieder meinen kleinen Sandstrand. Kraftvoll wuchtete ich mein Einhorn aus dem Wasser.

»Annabell?«

Dank der großflächigen weißen PVC-Fläche vor meiner Nase konnte ich nichts sehen. Neben meinem Badelaken stellte ich das Tierchen ab. Uff.

»Hast du dir einen Freund gesucht?« Ricky stand zusammen mit den anderen Männern ganz in der Nähe.

»Allerdings.« Ich lächelte zuckersüß. »Einen, der mir nicht auf die Nerven geht, indem er ständig Sprüche klopft.«

»Autsch! Du meinst damit aber nicht mich, oder?« Der Schalk in seinen Augen blitzte auf. Die Kabbelei mit mir bereitete ihm immer wieder Freude. Tief in mir drinnen fühlte ich mich ein wenig geschmeichelt. »Du sprichst bestimmt von meinem Kumpel Elias hier«, erklärte er frech und klopfte seinem Freund dreist auf die Schulter.

Mit vor der Brust verschränkten Armen stand Elias nur reglos da und sah nicht besonders gutgelaunt aus. Ich schenkte ihm nur einen flüchtigen Blick, trotzdem blieb ein leicht mulmiges Gefühl zurück. Ich quetschte das riesige Tier so gut wie möglich neben meinen Platz, damit ich mit dem Einhorn die umliegenden Badegäste nicht störte. Die Liegefläche war voll ausgelastet, viele Besucher aber nicht an ihrem Platz.

»Das ist ja ein klasse Teil. Ich wusste gar nicht, dass du sowas besitzt«, mischte sich Markus ins Gespräch und kam näher.

»Habe ich auch erst seit heute«, antwortete ich wahrheitsgemäß und Elias' Miene versteinerte sich weiter, wenn das überhaupt möglich war.

»Kommst du damit klar? Allein auf so einem Ding ist die Paddelei ziemlich mühsam.«

»Es geht.«

»Ha! Ich wette, wenn sie damit auf den See hinaustreibt, ist sie verloren. Und wir müssen sie retten«, flachste Ricky.

Meine Augen verengten sich. »Das glaubst auch nur du.«

Andy gab Ricky mit seinem Ellenbogen einen freundschaftlichen Stoß in die Rippen. »Das hättest wohl gern?«

»Ausgerechnet du fällst mir in den Rücken? Der Mann, ohne dessen Hilfe diese Frau nicht einmal ein Dach – Entschuldigung, etwas Stoff – über dem Kopf hätte?«

»Also, ganz so, wie du das jetzt darstellst, war es auch nicht«, verteidigte mich Andy.

»Ja, ja.« Alle Anwesenden wussten, was er damit meinte. Ich schnaufte. Wie war das mit dem Proleten nochmal? Manchmal vergaß ich das doch glatt. Aber dem würde ich Saures geben!

»Du würdest es nicht einmal schaffen, mich zu überholen, selbst wenn ihr zu viert paddeln würdet.«

»Pah! Ganz schön kess, Prinzessin! Zu viert? Weißt du, was du da sagst?« Ricky lachte lauthals los und klatschte sich mit den Händen auf seine Oberschenkel. »Die Wette steht! Du gegen uns vier. Das will ich sehen!«

»Was?«

»Moment!«

»Lass uns da raus!«

Andy, Markus und Elias schauten ihren Freund fassungslos von der Seite an. Doch Ricky beachtete sie gar nicht.

»Also«, setzte er noch einmal an, nachdem er sich ein wenig beruhig hatte, »steht die Wette oder kneifst du, Annabell?«

Ganz weit hinten in meinem Kopf schrillte eine Alarmglocke, aber Rickys Gelächter und sein großspuriges Verhalten hatten mich derart in Rage gebracht, dass ich keine Notiz davon nahm.

»Abgemacht!«, knurrte ich. »Wann?«

»Es wird bald Abend. Ich schlage vor, wenn es sich hier etwas geleert hat. Wir wollen ja niemandem in die Quere kommen.« *Wie rücksichtsvoll von ihm!* »Außerdem möchte ich nicht, dass du später behauptest – wenn du verloren hast –, du hättest erschwerte Umstände gehabt, weil dich irgendwelche Schwimmer behindert hätten.« *Das passte schon eher zu ihm.*

»Gut«, schlug ich ein. »Ich möchte auch nicht, dass euer Jammern über euren schändlichen Untergang durch mögliche Umstände beeinträchtigt wird.« Ich konnte einfach nicht anders, obwohl das Klingeln in meinem Kopf durchaus lauter wurde. Doch ich ignorierte es weiterhin standhaft.

»Genieß deine Überheblichkeit, Prinzessin. Bald wirst du eines Besseren belehrt.«

Prinzessin? Ich? Das konnte er haben! Statt einer Erwiderung schenkte ich ihm nur einen hochmütigen Blick.

»Um was wetten wir eigentlich?«, stellte Andy die kluge Frage.

Ricky und ich sahen nachdenklich drein.

»Ich hab´s«, rief er dann und bereits an dem Blitzen seiner Augen konnte ich erkennen, dass es sich mit Sicherheit um eine blöde Idee handelte. »Wenn du verlierst, Prinzessin, kommst du heute Abend in einem dieser aufreizenden hawaiianischen grünen Basträcke samt Kokosnuss-BH zur Party.«

Ein jeder von uns sah Ricky perplex an. Sein Grinsen reichte von einem Ohr bis zum anderen.

Elias fand als Erster die Sprache wieder. »Party? Welche Party?«

»Na, unsere Siegerfete! Wir werden sowas von gewinnen!«

»Kokosnuss-BH?«, stammelte ich.

Ricky nickte überzogen. »Das Outfit habe ich vorhin in dem kleinen Laden unten an der Straße gesehen. Es wird dir hervorragend stehen!«

»Stimmt. Ich dachte noch, wer hier sowas kauft«, bestätigte Markus.

»Ein Idiot wie er«, murmelte Elias.

Ricky rieb sich bereits voller Vorfreude die Hände. In meinem Magen bildete sich ein Knoten und die anfänglich noch leise Alarmglocke schrillte nun lauthals in meinem Kopf. Aber für einen Rückzieher war es definitiv zu spät. Diese Blöße würde ich mir nicht geben!

»Okay, aber wenn ich gewinne, dann erscheint ihr im Baströcken!«, stellte ich klar. »Und die Kokosnüsse nicht vergessen!« Selbstgefällig grinste ich die Männer an.

Markus blies die Backen auf. Elias sah aus, als hätte er in eine Zitrone gebissen. Andy wirkte nachdenklich. Nur Ricky strahlte.

13

Wie konnte ich mich nur auf eine derart bescheuerte Wette einlassen? Ich würde nie im Leben gewinnen. Gegen die geballte Kraft von vier Männern kam ich garantiert nicht an. Mein Einhorn und ich sahen uns schweigend an. Nachdenklich spielte ich mit einem der Paddel. Dann fiel mein Blick auf die breite Sitzfläche des Badetiers. Sie war nicht viel kleiner als die der Insel. Mir fiel ein, wie beengt wir dort zu dritt nebeneinandergesessen hatten, als Ricky mich erst in Seenot gebracht und dann großmütig auf der Insel mitgenommen hatte.

Plötzlich verzogen sich die düsteren Wolken in meinem Kopf und ein heller Sonnenstrahl drang hindurch. Wenn wir zu dritt schon kaum Platz gehabt hatten, wie sah es dann bei vier gestandenen Männern aus? Beschwingt über diese Erkenntnis tätschelte ich liebevoll mein Pferdchen.

»Ich glaube, wir könnten es schaffen«, flüsterte ich ihm verschwörerisch zu.

»Mit wem redest du?« Merle war neben mir aufgetaucht und gleich dahinter Lena.

»Mit niemandem.«

»Du redest doch nicht mit dem Einhorn, oder?« Sie ließ nicht locker. »Du glaubst doch nicht ernsthaft an diese Märchengeschichten, dass Einhörner magische Kräfte haben? Das da ist nichts anderes als eine große Luftmatratze.«

»Ach wirklich?« Ich tat maßlos überrascht. Manchmal war das kleine Fräulein einfach nur …

»Stressen sie dich wieder?«, fragte da Florian und erschien hinter den Mädchen. Der Sportlehrer sah aus meiner sitzenden

Position noch größer aus, als ich ihn in Erinnerung hatte. Aber bisher hatte ich auch nicht persönlich mit ihm gesprochen.

»Wir wollen nur das Einhorn abholen. Annabell hat es uns versprochen«, erklärte Lena sofort.

»Genau.« Merle nickte und klimperte mit den Wimpern.

»Das ist in Ordnung?«, hakte Florian an mich gewandt nach. »Wir können keine Haftung übernehmen, falls es kaputtgeht.«

»Also! Warum sollten wir es kaputtmachen? Wir sind doch keine Babys!« Merle war entrüstet.

Der Gedanke, dass ich die Wettfahrt später nicht antreten könnte, weil das Gefährt außer Betrieb war, übte einen gewissen Reiz auf mich aus. Gleichzeitig würde es mir aber auch ziemlich leidtun, wenn ich es nicht mehr benutzen könnte. Ich hatte es ja erst seit diesem Tag. Und ehrlich gestanden, fand ich es klasse. Außerdem war es so niedlich!

»Nehmt es schon«, gestand ich den Mädels zu. Versprochen war schließlich versprochen. Abgesehen davon war mir jedes Mittel recht, um meine Ruhe vor Merle und ihren klugen Weisheiten zu bekommen. Und schon zogen die Kids jubelnd damit ab.

Was hatte Merle gesagt? Einhörner konnten Wünsche erfüllen? Dunkel erinnerte ich mich so etwas einmal gehört zu haben. Demnach konnte ich die alberne Wette doch nur gewinnen, oder? Aber es war ja nicht echt, wie mir Merle hilfreich mitgeteilt hatte … Ich schüttelte den Kopf über meine wirren Gedanken. Die Kleine machte mich noch ganz kirre. Und Ricky und Elias obendrauf.

»Wir hatten noch nicht viel Zeit, um uns kennenzulernen. Was meinst du, wollen wir das heute Abend nachholen?« Florian sah mich aufmunternd an. »Um zehn ist Bettruhe für die Rasselbande. Und nachdem sie heute so viel im Wasser herumgetobt sind, schätze ich, dürfte es auch keine Probleme geben. Die werden umfallen wie die Fliegen.« Er lachte. »Ich könnte uns eine Flasche Wein organisieren.«

Wollte Florian sich gerade mit mir verabreden? Überrascht schaute ich ihn an. Sicherlich sprach nichts gegen etwas nachbarschaftliche Gesellschaft. Aber irgendwie hörte sich das in meinen Ohren nach … einem Date an? Automatisch schweifte mein Blick zum Liegeplatz der Gruppe und suchte Tina. Aber nur, weil die beiden Sportlehrer an der gleichen Schule arbeiteten und zusammen das Zeltlager leiteten, mussten sie schließlich noch kein Paar sein.

»Tina ist später selbst noch verabredet«, informierte Florian mich, als ob er meine Gedanken gelesen hätte. »Also, was sagst du?« Erwartungsvoll sah er mich an.

Also, entweder wollte er mich als sein Date oder als Lückenbüßer. Ich konnte mich nicht entscheiden, für welche Version ich mich mehr erwärmte. Eine Antwort blieb mir glücklicherweise erspart, denn Dirk kam fröhlich auf mich zu.

»Nanu? Kein Einhorn?«, fragte er und hielt verwundert bei uns an.

»Das macht einen kleinen Ausflug. Ein Herz für Kinder, du verstehst?« Ich bückte mich, um besser auf den See schauen zu können. »Da hinten schwimmt es. Siehst du?« Ich deutete in die Richtung, wo ich die Mädchen zu erkennen glaubte.

»Der Anblick gefällt mir besser.«

Hatte ich das jetzt echt gehört oder mir nur eingebildet? Als ich mich wieder aufrichtete, war Ricky, zu dem der Spruch am besten passte, nirgends zu entdecken. Dafür war mir so, als würden die beiden Männer, die neben mir standen, hektisch den Blick von meinem Po abwenden, den ich eben beim Bücken möglicherweise etwas nach hinten herausgeschoben hatte. Baff musterte ich die zwei.

»Schade. Ich hatte gehofft, du würdest mit mir eine kleine Seetour unternehmen. Aber wenn das Einhorn schon im Einsatz ist …«, meinte Dirk total normal. Sosehr ich mich auch bemühte, ich konnte keinen verlegenen Unterton heraushören.

Und auch Florian war völlig relaxt. »Tja, dann überleg es dir doch, Annabell. Du weißt ja, wo du mich findest.« Er hob grüßend die Hand und ging.

»Dann holen wir das aber nach, ja? Morgen?«

»Ähm …«, setzte ich an und fragte mich, ob ich mich neben Dirk auf das Plastikeinhorn kuscheln wollte. Andererseits hatte er es mir überhaupt erst geschenkt. Es wäre demnach unhöflich, ihm einen Korb zu geben. Doch mitten in meine Überlegung drängte sich unaufhaltsam das Bild von Ricky, der einen grünen Bastrock vor seinen Hüften hin und her schwenkte. Irritiert blinzelte ich. Nein, diesmal war es sicherlich keine Einbildung. Breit grinsend kam er näher.

»Schau mal!«, rief er schon von Weitem über zahlreiche Köpfe hinweg. »Ich habe gleich mal einen besorgt! Damit du dich später nicht herausreden kannst.« Der Schalk in seinen Augen war nicht zu übersehen.

Ich stemmte die Hände in die Hüften und schenkte ihm einen abschätzigen Blick.

»Steht dir bestimmt gut. Warum hast du ihn nicht gleich angezogen?«

Ricky schüttelte den Kopf. »Ts-ts, das hättest du wohl gern.« Seine Brauen wanderten aufreizend nach oben.

»Was hab ich verpasst?«, fragte Dirk. Ich rollte mit den Augen und Ricky gluckste.

Ich war hier eindeutig von zu vielen männlichen Wesen umgeben. Mit dem geballten Testosteron im Zusammenspiel mit Urlaubsfeeling und Sonnenschein war ich allmählich schlichtweg überfordert. Ich vermisste meine Freundinnen. Wir fünf zusammen würden die Kerle aufmischen. Aber so fühlte ich mich allein – auf ganzer Linie. Natürlich wurde ich mit dem Haufen auch selbst fertig, aber der Weibertratsch fehlte mir und würde so manche überspitzte Lage doch erst komisch-perfekt machen. Ich lächelte in mich hinein, bei dem Gedanken, was Julia, Caro, Alina und Theresa dazu zu sagen hätten.

»Hey, wir haben uns vorhin im Wasser getroffen.« Es war der Rettungsschwimmer der Wasserwacht, der mich ansprach.

Als ich mich umdrehte, vollführte er eine Kopfbewegung zum See. Kleine Wassertröpfchen flogen aus seinem Haar. Die Abendsonne rückte ihn ins rechte Licht. Er war das, was meine Freundin Carolin als *echtes Sahneschnittchen* bezeichnete. Blond, groß, gutgebaut. Seine Badeshorts saßen tief auf seiner Hüfte, vermutlich ein Umstand, der der schweren Nässe zu verdanken war. Ein schmales Rinnsal suchte sich einen Weg zu Boden und verhalf dem Sand zu seinen Füßen zu einer auffällig dunkleren Farbe. Die Wasserperlen, über seinen gesamten Körper verteilt, schenkten ihm in diesen Lichtverhältnissen eine ganz spezielle Präsenz, der ich mich schwer entziehen konnte. Langsam schob ich mir die Sonnenbrille ins Haar zurück, um besser sehen zu können. Plötzlich musste ich an die Serie Baywatch aus den Neunzigern denken. Meine große Schwester hatte die angeschaut. Es fehlte dem Typ nur so eine rote Boje, die sich die Rettungsschwimmer aus Malibu immer unter den Arm gesteckt hatten, um damit über den Strand zu rennen. Natürlich gekonnt in Szene gesetzt!

»Das warst doch du, die sich im Kraulen versucht hat?«, hakte er jetzt nochmal nach, weil ich ihn einfach nur anstarrte.

»Stimmt«, erwiderte ich lahm, nahm verlegen mit meinem Blick Abstand von seinen roten Shorts und suchte stattdessen seine Augen. Es war ja nicht so, dass ich gleich was von dem Typen wollte. Aber wenn man etwas Hübsches sah, durfte man es doch auch genüsslich anschauen. Oder etwa nicht? Ich tat es schon wieder.

Jetzt reiß dich mal zusammen, Annabell!

Schließlich fand ich meine Stimme wieder. »Aber ich wusste nicht, dass ich so schlecht schwimme, dass es dich gleich vom Brett reißt.«

Er lachte. »Du hast mich überrascht und aus dem Konzept gebracht …«

»Ach ja? Also, wenn schon allein der Anblick eines Schwimmers dich aus dem Konzept bringt, ist der Job bei der Wasserwacht vielleicht nicht unbedingt der richtige für dich.«

»Ich meinte, dass ich nicht damit gerechnet habe, dass mich so eine …«

»… unbeholfene Seekuh anspricht?«, fiel ich ihm ins Wort, um ihm das Aussprechen der Wahrheit zu ersparen. Und es war mir durchaus ernst. Ich kannte meinen Kraulstil. Er war wirklich fürchterlich!

»Eigentlich wollte ich sagen: Dass mich so eine hübsche Frau anspricht.«

Damit brachte er mich für einen Moment aus dem Konzept.

»Also, wenn du willst, kann ich dir ein paar Tipps geben, um deinen Stil zu verbessern«, fuhr er fort. »Bist du morgen wieder da?« Ich nickte. »Okay, dann so gegen zwei? Und wenn du Lust hast, können wir dann auch eine kleine Spritz-tour auf unserem Motorboot machen.« Er fuhr sich durchs nasse Haar. »Ich bin übrigens Leon.«

»Annabell.«

Leon reichte mir die Hand und schüttelte sie. »Freut mich.«

Was? Meinen Namen zu erfahren? Dass ich morgen wieder hier war? Oder dass er mir das Kraulen beibringen wollte? Hatte ich dem gerade mit einfachem Nicken zugestimmt? Genau genommen war es mir herzlich egal, wie gut oder schlecht ich kraulte. Irgendwie stand ich im Moment voll-kommen neben mir.

Klar schien es allerdings für Elias zu sein, der unbemerkt zu uns gefunden hatte.

»Höher, schneller, weiter also«, hörte ich ihn, noch bevor ich ihn sah. Sofort schlug mein Herz schneller. Das beruhigte sich jedoch gleich wieder, als ich seinen Gesichtsausdruck bemerkte.

Die beiden Männer fixierten sich kurz, dann ging ein jeder seiner Wege. Nachdenklich blieb ich zurück.

Das war hier ja wie beim Speeddating. Wobei, wenn ich mich so umschaute, müsste die richtige Bezeichnung wohl eher ›Beachdating‹ heißen. Das Wortspiel entlockte mir ein Grinsen. Aber zurück zum Thema. Wenn ich richtig zählte, hatte ich mich in den letzten paar Stunden schon zu vier Dates verabredet: Da war Dirk, der mit mir in See stechen wollte, Florian, der Sportlehrer mit seiner nächtlichen Weinflasche, Kaffeeklatsch mit Markus und Merle mit ihrem Shoppingausflug nicht zu vergessen. Und als wäre das nicht schon genug, bekam ich jetzt auch noch eine Unterrichtsstunde vom Rettungsschwimmer Leon persönlich.

Dass ausgerechnet der Einzige, mit dem ich mich wirklich gerne getroffen hätte, in diese Richtung keinerlei Avancen machte, fand ich mehr als ungerecht.

Dann kam die Stunde der Wahrheit. Die Liegewiesen und der Sandstrand leerten sich, die Sonne war kaum untergegangen, da stolperte mit Getöse Ricky samt Team auf mich zu.

»Bereit, Prinzessin?«, fragte er, ohne Halt zu machen, und schleppte die Insel, zusammen mit den anderen, an mir vorbei zum Wasser.

Es war Markus, nicht Elias, der bei mir stehen blieb und mir ganz gentlemanmäßig half mein Einhorn zu tragen.

»Ich schlage vor, wir paddeln bis zu der Holzplattform und wieder zurück«, rief Ricky gutgelaunt. »Wer als Erstes wieder hier ankommt, hat gewonnen.«

Ich schätzte die Strecke ab. Es mochten vielleicht drei- bis vierhundert Meter sein. Aber im Schätzen war ich nie besonders gut gewesen. Ob ich das wirklich schaffte?

»Angst?«, kicherte Elias und ich wusste nicht, ob gerade der nette Kerl oder seine reizbare Version aus ihm sprach.

»Ach, Annabell doch nicht«, tönte Ricky. »Mit ihrer kessen Lippe wird sie uns bestimmt gleich zeigen, was sie draufhat. Stimmt's?«

Ich knirschte mit den Zähnen. »Darauf kannst du wetten.«

»Haben wir ja.« Rickys Stimme triefte nur so vor Hohn.

Ich sah von der Holzplattform zu den Männern neben mir. Meine Überlegungen vom Nachmittag fielen mir wieder ein und ich beschloss meinen erhofften Vorteil schamlos auszunutzen.

»Wir starten auf drei«, erklärte ich. »Erst dann dürft ihr auf der Insel und ich auf dem Einhorn Platz nehmen und lospaddeln.«

»Okay«, stimmte Ricky zu, ohne zu zögern.

»Aber …«, begann Markus, wurde jedoch ignoriert. Glücklicherweise! Andererseits hatte Ricky die Regeln bereits akzeptiert. Nur das zählte.

»Fertig?«, fragte er jetzt in die Runde und rieb sich diebisch die Hände. Das war offensichtlich eine Aktion ganz nach seinem Geschmack. Bitte sehr. Ich wollte kein Spielverderber sein.

»Ich schon«, sagte ich und packte, wie ich hoffte, meinen Duellierblick aus. »Ihr werdet sowas von untergehen!«

Für einen Moment starrten wir uns reglos an. Es fehlte nur noch *Spiel mir das Lied vom Tod* als Hintergrundmusik. Allmählich machte mir das Ganze richtig Spaß. Ich musterte die anderen. Andy wartete mit neutralem, abgeklärtem Blick. Markus war mehr als anzusehen, dass er zwischen dem Spaßfaktor und seinen Bedenken hin- und hergerissen war. Das mochte vielleicht daran liegen, dass er eine nicht ganz so schmächtige Statur wie die anderen besaß, vielleicht aber auch daran, dass er sich ebenso wie ich erinnerte, wie beengt der Platz schon zu dritt auf der Insel gewesen war. Dann wagte ich es, Elias anzuschauen. Überraschenderweise blickte auch er ziemlich ehrgeizig drein. Von dem beschützenden Ehrenmann, wie Markus sich kürzlich ausgedrückt hatte, war aktuell nichts übrig. Auch recht. Irgendwie war unser Verhältnis zueinander wieder mal total gestört. Ich konnte die negativen Schwingungen zwischen uns förmlich greifen und kam zu der Erkenntnis, dass wir wieder da gelandet waren, wo wir uns zu anfangs befunden hatten, nämlich dass mir der Mann schlichtweg zu kompliziert war. Ein flüchtiges Bedauern überkam mich, doch für Vertiefungen jeglicher Art blieb mir keine Zeit. Das war auch gut so.

»Bin ich noch rechtzeitig?« Dirk kam im Dauerlauf auf uns zu.

»Klar, Mann.« Ricky klopfte ihm kumpelhaft auf die Schulter. »Du kannst Schiedsrichter machen. Aber nicht bescheißen, nur weil du Annabell einen Gefallen tun willst.«

Empört legte Dirk den Kopf schief. »Das würdest du mir echt zutrauen?«

»Noch viel mehr«, scherzte Ricky und Elias blies die Backen auf.

Ich blinzelte liebherzig unseren neuen Schiri an und hoffte, dass Elias es auch bemerkte. Was für ein Idiot er doch sein konnte.

»Hier gibt es was zu sehen, haben wir gehört?« Das war Detlef, der zusammen mit Marion, Bernd und Renate heranschlenderte.

»Eigentlich nicht«, grummelte ich. Das artete hier ja langsam in einen Massenauflauf aus. Mir persönlich hätte es voll und ganz ausgereicht, wenn ich mich unter Ausschluss der Öffentlichkeit zum Deppen gemacht hätte. Es reichte schon, dass immer noch vereinzelte Badegäste umherliefen. Da ich jedoch schlecht alle verscheuchen konnte, straffte ich die Schultern und beschloss es hinter mich zu bringen, bevor noch weitere Zuschauer eintreffen konnten.

»Was ist jetzt? Wollen wir hier quatschen oder paddeln?«, rief ich lauter als beabsichtig.

14

Das *Drei* aus Dirks Mund klang mir noch in den Ohren, als ich mein süßes Einhorn tiefer ins Wasser schob und mich hinaufschwang.

Nur nicht nachdenken, Annabell, beschwor ich mich selbst, während ich leicht unbeholfen versuchte die Füße nach oben zu ziehen. Was scherte mich mein Anblick, beziehungsweise der meines Hinterteils, das ich vermutlich den Umstehenden geradewegs entgegenstreckte. Die Blamage, zu verlieren, und Rickys überhebliche Sprüche, die ich mir dann wahrscheinlich für den Rest des Urlaubs anhören müsste, würden weitaus schlimmer sein. Das zumindest sagte ich mir, bis ich endlich zum Sitzen kam. Zu allem Überfluss glitt mir noch eines der Paddel fast aus der Hand, aber ich konnte es in letzter Sekunde gerade noch festhalten. Das hätte mir jetzt gefehlt – diese Tortur gleich nochmal von vorn! Von einem eleganten Aufstieg konnte jedenfalls keine Rede sein.

Erstmals wagte ich einen Blick nach rechts, wo sich die Insel befand. Dort herrschte pures Chaos. Meine Berechnungen gingen auf. Vier gestandene Mannsbilder auf der kleinen grünen PVC-Fläche waren zu viel des Guten. Erst jetzt wurden mir auch die hektischen Stimmen bewusst, die ich bisher gar nicht gehört hatte, so beschäftigt, wie ich mit mir selbst gewesen war.

»Hey!«

»Rutsch, rutsch rüber!«

»Wohin?«

»Mach doch mal!«

Es war der reinste Hühnerhaufen. Eben erklomm Andy als Letzter die Insel, da rutschte seitlich abgedrängt Ricky wieder ins Wasser. Ich unterdrückte meine Gier, dem Schauspiel weiter zuzusehen, und schob mich eilig hinter den Einhornhals in Position. Leider – vor Aufregung – mit zu viel Schwung. Es machte *Plop* und das Tier kippte nach vorne, sodass ich einen gekonnten Abgang über seinen Kopf hinweg vollführte.

Als ich wieder auftauchte, musste ich mich zuerst orientieren, weil sich das doofe Vieh inzwischen einen Meter von mir entfernt hatte. Schnell wischte ich mir das Wasser aus den Augen, bevor ich mich erneut an den Aufstieg wagte. Der See war hier jedoch tiefer. Beim ersten Versuch kippte das Einhorn gleich seitlich über mich drüber. Es folgte Versuch Nummer zwei. Beherzt stieß ich mich vom Grund ab, landete auf der breiten weißen Sitzfläche, um gleich darauf dank Fliehkraft und glitschiger Oberfläche auf der anderen Seite wieder hinab zu gleiten.

Gelächter machte sich breit. Das konnte aber sowohl meiner Wenigkeit als auch dem Männertrupp gelten. Denn die stellten sich auch nicht besonders gut an, wie ich flüchtig registrierte. Der Einzige, der wie ein Fels in der Brandung fest in der Mitte der kleinen Insel saß, war Markus. Die anderen drei mühten sich ähnlich ab wie ich, stellte ich erleichtert fest. Bisher war also noch nichts verloren. Grinsend widmete ich mich wieder meiner Aufgabe.

Doch mein anfängliches Lächeln verwandelte sich zunehmend in schallendes Lachen, bis hin zu einem ordentlichen Lachanfall. Ich lachte und lachte. Über mich selbst, wie ich mich anstellte und welches Bild ich den Anwesenden bot. Hinzu kamen die anderen, die eine vergleichbar komische Show hinlegten, und nicht zuletzt Detlef, der einen solch ausgefallenen Lacher besaß, dass allein das Zuhören schon ansteckend war. Sosehr ich mich auch bemühte, ich konnte nicht mehr an mich halten.

152

Leider war mein Plan, das Einhorn zu erklimmen, damit von vornherein zum Scheitern verurteilt. Je mehr ich lachte, umso weniger gelang mir auch nur der kleinste Handgriff. Durch mein Meckern besaß ich nicht einmal mehr die nötige Kraft in den Armen, um mich hochzuziehen.

Dann schlug die Situation um. Elias erklomm als Letzter der vier die Insel und mir wurde unsere Wette schlagartig wieder bewusst. Mein Kampfgeist erwachte und ich verstummte.

Los, Annabell, du schaffst das!, feuerte ich mich selbst an. Schließlich hatte ich doch nicht umsonst mit meinem Bruder unzählige Male gerangelt und Kräfte gemessen.

Tatsächlich gelang es mir diesmal. Zwar kam ich zuerst auf dem linken Bein zum Sitzen und traute mich nur – aus Angst, gleich abgeworfen zu werden – es zentimeterweise hervorzuziehen, aber dann endlich saß ich fest im Sattel, sozusagen.

Entschlossen griff ich meine Paddel und peilte die Holzplattform an. Zuerst stellte ich mich ähnlich unbeholfen an wie am Nachmittag. Paddeln lag mir definitiv nicht im Blut, zumindest nicht, wenn sich direkt vor mir ein langgezogener Einhornkopf befand. Doch nach und nach bekam ich den Dreh heraus und verfiel in einen gleichmäßigen Rhythmus. Hinter mir hörte ich weiter die Stimmen und das Gezeter der Männer.

»Ihr müsst einheitliche Bewegungen machen.«

»Oh Mann, so wird das nichts.« Ricky klang frustriert.

Ich traute mich kaum, mich umzudrehen. Als ich es doch endlich tat, sah ich, dass die Insel von Andy und Elias gesteuert wurde. Ricky wedelte aufgeregt mit den Armen, in dem Versuch, die Paddelnden zu koordinieren. Doch die zwei steuerten wohl unterschiedliche Richtungen an. Jedenfalls drehte sich die Insel mehr im Kreis, als dass sie vorwärtskam.

»Da rüber müssen wir!«, bellte nun Elias und warf seinem Kumpel einen giftigen Blick zu.

»Ja, dann solltest du auch mitmachen, dass wir dorthin kommen.«

Ich biss mir auf die Lippen, um nicht schon wieder loszulachen. Die waren echt ein Traum!

Wenig später erreichte ich die Holzplattform und begann mein Wendemanöver. Es hatte durchaus sein Gutes, wenn man allein Kapitän und ausführende Kraft war. Ich zog bereits schon wieder an den Männern vorbei, als sie gerade noch die letzten Züge für den Hinweg aufbrachten.

»Ich bin schneller!«, rief ich überschwänglich, weil ich es mir einfach nicht verkneifen konnte, und Andy winkte mir sogar fröhlich zu.

Das war zu viel für Ricky. »Gib mal her!«, brüllte er und riss entnervt seinem Freund das Paddel aus der Hand.

Die Insel, beträchtlich mit Gewicht überladen, besaß schon deutlichen Tiefgang, doch nun drohte sie zu kippen. Dann wurde es hektisch. Ich sah Arme und Beine in einem unkoordinierten Durcheinander. Zu gern hätte ich in Seelenruhe zugeschaut, doch ich befand mich schließlich auf einer Mission.

»Ich sagte doch, ihr werdet sowas von untergehen!«, grölte ich vergnügt und hatte mein Ziel, den ›heiligen Boden‹ schon fest vor Augen.

Ich wusste nicht, wie sie es geschafft hatten, nicht zu kentern. Zum Schluss holten sie sogar noch beträchtlich auf. Es war ein regelrechtes Wettpaddeln, wer zuerst den Strand erreichte. Meine Arme brannten, als ich mich ins kühle Nass gleiten ließ, nicht sicher, ob ich nun tatsächlich gewonnen hatte.

Dem Siegesgeheul von Ricky und Elias nach zu urteilen hatte ich um Millimeterlänge verloren. Doch nicht nur Dirk, sondern auch Detlef, Bernd, Marion und Renate waren sich einig, dass es ein Unentschieden gewesen war. Gegen die männliche Schubkraft hatte ich also trotz allem verloren.

Ich versuchte mich mit dem Unentschieden anzufreunden. Das war doch gar nicht so schlecht. Immerhin hatte ich insgeheim damit gerechnet zu verlieren. Und als Ricky mir alsbald das grüne Baströckchen unter die Nase hielt, heiterte sich meine Laune schlagartig wieder auf. Denn ein Unentschieden bedeutete, dass auch die Männer ein solches Röckchen würden tragen müssen!

»Das darfst du gleich anziehen«, gratulierte ich zuckersüß.

Verdutzt hielt Ricky in der Bewegung inne. »Wieso?«

»Na, keiner hat gewonnen. Also, wenn ich das tragen soll, dann müsst ihr auch euren Wetteinsatz einlösen.«

Andy kratzte sich unwillkürlich hinterm Ohr. »Wir sollen so rumlaufen?«

»Das wird ein Riesenspaß!«, flötete ich.

»Da gibt es nur ein Problem«, warf Ricky ein und grinste spitzbübisch. »Ich habe leider nur eines gekauft.«

Mir klappte der Kiefer runter. »Das ist nicht dein Ernst?«

»Ich wusste, dass wir nicht verlieren. Und das haben wir auch nicht.«

»Passt doch«, ereiferte sich Markus, sichtlich erleichtert.

»Gewonnen habt ihr aber auch nicht.« Die wollten mich über den Tisch ziehen! »So nicht, meine Herren! Wenn ihr die nicht anzieht, dann werde ich das auch nicht.«

»Das wäre aber echt schade. Mit dem Kokosnuss-BH siehst du mit Sicherheit zum Anbeißen aus.« Ricky schwenkte nochmals demonstrativ den Rock durch die Gegend und warf mir anzügliche Blicke zu.

Andy gluckste, Elias schüttelte den Kopf und Dirk stand der Mund offen.

Renate legte ihren Arm um meine Schultern. »Ich wüsste da was«, flüsterte sie mir zu.

Die Nacht war wunderbar warm, Grillen zirpten und das Feuer loderte hell. Alle waren satt und in Feierlaune. Partymusik ertönte aus einer kleinen Box und Detlef schwang mit Marion bereits das Tanzbein. Der Platz mit der ausgewiesenen Feuerstelle war groß genug, um außerdem noch einen Grill zu beherbergen, sowie drei Biertischgarnituren. Renate hatte sogar noch Fackeln beigesteuert, die das Ambiente vervollständigten. Es war eindeutig ein Vorteil, wenn man einen Tante-Emma-Laden besaß, der zwar in geringen Mengen, aber dafür fast alles anbot, was man eventuell irgendwann einmal brauchen konnte.

»Und jetzt ein Gruppenfoto von euch Hula-Girls!«, forderte sie nun lauthals.

»Wie?«

»Nö, oder?«

Die Männer waren nicht gerade von Begeisterung erfüllt angesichts dieses Vorschlags. Doch allen war klar, dass Renate keine Ruhe geben würde. Außerdem hatte sie vollkommen recht. Dieser Moment musste für die Ewigkeit festgehalten werden.

Sie sahen wirklich zum Piepsen aus. Dass Renate der Laden bald gehörte, in dem Ricky das Baströckchen für die Wette gefunden hatte, hatte er nicht gewusst. So kam es, dass sein wohlüberlegter Plan, nur ein Ensemble zu kaufen – und zwar für mich –, nicht aufging. Großzügig wie Renate war, schloss sie extra für mich die Pforten nochmals nach Ladenschluss auf und überreichte mir vier weitere Kostümchen.

Den Ausdruck auf ihren Gesichtern werde ich wohl nie vergessen, als ich ihnen die vier Kokosnuss-BHs gab. Aber sie waren keine Spielverderber und ergaben sich ihrem Schicksal. Das rechnete ich ihnen hoch an.

»Stellt euch mal hier neben die Fackeln«, dirigierte Renate uns.

Ich stand natürlich in der Mitte. Rechts von Ricky, links von Elias flankiert. Jeweils daneben standen Andy und Markus.

»Ihr seht echt heiß aus.« Ich hatte ihnen großmütig erlaubt unter ihren Röckchen ihre Badehosen tragen zu dürfen. Schließlich wollten wir der Öffentlichkeit ja keine Peinlichkeiten zumuten. Ich selbst hatte auch meinen Bikini anbehalten, schon weil die Plastikkokosnusshälften ziemlich unangenehm auf der nackten Haut auflagen. Aber den Männern stand der BH sowieso um Welten besser.

»Tja, das Outfit betont meine feminine Seite.« Ricky klimperte mit den Wimpern, oder versuchte es zumindest und griff sich zum Beweis an die Kokosnüsse.

Elias schob seine zurecht. »Deine hängen auch schief«, informierte er Andy neben sich grinsend.

Dann wurde das Foto geschossen.

»Und jetzt stoßen wir mal an!«, rief Ricky laut. Wenige Minuten später hielt ich einen Becher mit Jacky Cola in der Hand. Ich mochte keinen Whisky, aber bei den Männern lag er voll im Trend. Und mit Cola war er ganz okay.

»Hast dich echt gut geschlagen, Annabell.« Elias prostete mir zu. Mein Mund wurde trocken. Sein Lob freute mich ungemein, aber es lag nicht nur daran. Allein seine Nähe reichte bereits aus, dass mein Körper verrücktspielte. Das verwirrte mich umso mehr, weil er sich wiedermal den Tag über so steif verhalten hatte. Ich trank einen großen Schluck. Der Alkohol brannte in meiner Kehle. »Danke. Ihr aber auch. Einen Moment lang dachte ich, ihr geht mit der Insel unter.«

»Das dachtest nicht nur du. Ich war mir sogar sicher. Keine Ahnung, wie wir es fertiggebracht haben …«

»Kinder! Das war sooo toll! Ich habe noch nie so viel gelacht wie heute.« Renate fegte wie ein Wirbelwind herbei. »Echt schade, dass keiner auf die Idee kam, das Wettpaddeln aufzunehmen. Na, wenigstens haben jetzt wir ein Foto. Ihr seht echt klasse aus, Jungs!« Blitzschnell schob sie ihre Hand nach vorn und zupfte an Andys Röckchen.

»Hey!«, raunte er überrascht, wackelte aber gleich mit den Hüften. »Verführerisch, ich weiß.« Er zwinkerte Renate zu.

»Allerdings«, gurrte sie.

»Na, na. Was sehe ich da? Ich dachte, du interessierst dich für die reifen Männer und nicht für das junge Gemüse.« Bernd trat hinter Renate, die sofort strahlte, kaum dass sie die Worte vernommen hatte.

»Aber sicher doch. Ich wollte nur wissen, inwieweit dich interessiert, was mich interessiert.«

Auf Bernds Stirn bildete sich eine tiefe Falte. Während er noch darüber nachdachte, lachte Renate laut auf und schmiegte sich an ihn.

»Komm, mein Seebär, lass uns tanzen!« Damit zog sie den brummenden Campingplatzbetreiber mit sich.

Das ging ja schnell mit den beiden. Gesucht und gefunden? Oder besser: Verkuppelt und geblieben? Grinsend sah ich zu, wie sie sich zu Marion und Detlef gesellten, um sich im Rhythmus der Musik zu bewegen. Renates pinkes Longshirt, das ihr fast bis zum Knie reichte und ihre Rundungen nur halbwegs verbarg, wurde vom Feuer gleich neben ihr hell angestrahlt. Sie war eine Augenweide, wie sie sich lachend drehte. Bernd hingegen war nicht der begnadetste Tänzer, aber auch er schien vergnügt bei der Sache zu sein. Die zwei wirkten richtig glücklich.

Elias' Fingerspitzen berührten meine Hand. Ich zuckte kurz zusammen, weil ich damit überhaupt nicht gerechnet hatte. Er stand direkt neben mir und die Geste war so zaghaft, dass es wahrscheinlich niemandem aufgefallen war.

»Willst du auch tanzen?«, raunte er kaum hörbar.

Das intensive Blau seiner Augen wirkte im flackernden Licht wie hypnotisierend. Meine Knie wurden weich und mein Mund schon wieder trocken. Hastig leerte ich den restlichen Inhalt meines Bechers und bat um Nachschub.

Die kurze Verschnaufpause brauchte ich. Warum hatte ich immer ein Händchen für die komplizierten Männer? Das Zusammenspiel war dem von Motten und Licht ähnlich. Schon meine Sandkastenliebe war kompliziert gewesen. Der Junge hatte mir abwechselnd Sand ins Haar geschmissen oder in den Arm gekniffen, weil er seine Zuneigung mir gegenüber nicht anders auszudrücken wusste. Mein erster richtiger Freund zu Teenagerzeiten beteuerte mir zwar seine Liebe, doch das Fußballspielen brachte ihn und schließlich uns in die Zwickmühle. Von Karsten und seinen Extremsportarten ganz zu schweigen.

Ich hätte vielleicht doch den Anwalt wählen sollen, den mir Theresa vor ein paar Wochen bei ihrer Gartenparty vorgestellt hatte. Klare Ansagen, bei denen man wusste, woran man war, täten mir wahrscheinlich gut. Stattdessen brachte Elias meinen Hormonhaushalt aus dem Konzept! Wie konnten man so charmant sein, nur um wenig später einem kühlen Eisblock zu ähneln? Etwas stimmte nicht mit ihm, und es war nicht an mir, mich mit seinen Problemen auseinanderzusetzen. Zumindest redete ich mir das immer wieder ein. Ob er sich selbst seiner wechselhaften Ausstrahlung überhaupt bewusst war?

Ricky kam herangeschlendert. »Na Prinzessin, so allein? Ich muss sagen, du hast es mir wirklich gezeigt.« Lag da etwa ein Hauch von Bewunderung in seiner Stimme? »Den Spaß macht nicht jede mit. Bist eine klasse Frau!«

Unsere Blicke trafen sich. In diesem Moment war er nicht der großspurige Aufschneider, für den er sich gern ausgab, und ich fühlte mich damit glatt überfordert.

»Bitte keine Komplimente. Du zerstörst damit gerade eine richtig schöne Depression.« Ich hoffte damit den alten Sprücheklopfer wieder heraufzubeschwören. Außerdem befand sich sogar ein Körnchen Wahrheit darin. Das Resümee über die Männerwahl meines bisherigen Lebens stimmte mich tatsächlich leicht melancholisch.

Es funktionierte. Ricky lachte laut auf. »Depression? Etwa, weil wir Kerle in diesen Hularöcken so gut aussehen?« Er wackelte aufreizend mit dem Po.

»Das kann ich besser.«

Ich brachte meinen Rock mit kreisenden Bewegungen zum Schwingen. Es musste die bereits einsetzende Wirkung des Alkohols sein, die mich dazu brachte.

»Nicht schlecht. Um nicht zu sagen, heiß«, raunte Ricky, und seine Augen glänzten.

»Tja, da musst du wohl noch ein bisschen üben.«

Ein gefüllter Becher Jacky Cola wurde mir unter die Nase gehalten und störte meine neu gewonnene Lebensfreude.

»Hier.« Ich hatte nicht bemerkt, dass Elias wiedergekommen war. Und wie es schien, war sein Stimmungsbarometer schon wieder gefallen.

»Liegt das an den Wechseljahren?« Ich trank einen großen Schluck. So langsam nervte mich sein ewiges Hin und Her.

»Was?« fragte Elias baff, aber er hatte mich schon gehört.

Die mühsame Erläuterung meiner Gedankengänge und die daraus folgende Fragestellung beschloss ich mir zu ersparen und winkte nur ab. »Schon gut.«

Ich tanzte absichtlich provokant mit Ricky weiter. Dem gefiel es, und er ließ sich nicht lange bitten. Elias stand ein wenig unschlüssig daneben und beobachtete uns, während er an seinem Drink nippte. Dann trank ihn in einem Zug aus. »Hey, ich habe DIE Idee! Gibt es hier einen Besen?«

»Willst du mir damit sagen, dass ich gehen soll?« Ich hörte selbst, dass meine Stimme leicht gereizt klang.

Verblüfft schaute er mich einen Moment an, bevor er lachte. »Du meinst einen Besen für die Hexe? Das war eigentlich nicht gemeint.« Seine Stimme klang warm und weich. Ganz anders als ich erwartet hatte. »Also, haben wir einen Besen oder etwas Ähnliches?«, fragte er erneut in die Runde.

»Was hast du vor?«, wollte Markus wissen.

»Wir tanzen Limbo!«, erklärte Elias und fixierte mich.

Rickys Gesicht erstrahlte. »Geil. Dass ich darauf nicht gekommen bin!«

»Moment, ich hab da hinten einen langen dürren Ast liegen sehen. Der wäre perfekt«, eiferte sich Andy, und Markus suchte bereits die passende Musik.

15

Angeschickert und mit einem leicht gestörten Gleichgewichtssinn versuchte ich in meine Shorts für die Nacht zu steigen. Ich hatte jegliches Zeitgefühl verloren. In meinem vom Tag noch aufgeheizten Zelt war es stickig. Obwohl ich durchaus müde war, fand ich nicht in den Schlaf.

Es war wirklich ein schöner und lustiger Abend gewesen, na ja, bis kurz vor Schluss. Andy und Bernd hatten Witze erzählt und versucht sich gegenseitig zu übertrumpfen. Wir tanzten und sangen. Sicherlich hatte auch die ›Hausbar‹ des Männerquartetts dazu beigetragen und spätestens beim Limbo war die Post abgegangen. Ich hatte schon lange nicht mehr so viel gelacht. Markus hatte sich als ungeheuerlich beweglich erwiesen. Obwohl Ricky und Dirk die Limbostange – oder genauer gesagt, den dürren und etwas schief gewachsenen Ast – gemeinerweise extrem tief gehalten hatten, hatte er sich darunter durchgequetscht. Dass er dabei aussah wie ein Käfer, dessen Beine in die falsche Richtung verbogen waren, hatte ihn nicht gestört. Er konnte zu Recht stolz auf sich sein. Ricky dagegen blieb mit seinen ›Kokosnüssen‹ am hölzernen Stab hängen und trug sie danach als hübsche Fliege um den Hals. Ich selbst hatte besser auf mein Oberteil aufgepasst, denn ich besaß auch einen echten Busen, und es lag mir fern, ihn der Öffentlichkeit frei ersichtlich zu präsentieren. Zum Schluss hatten Bernd und Renate noch versucht, gemeinsam unter der Stange durchzutanzen. Leider reichte die Länge nicht aus, und so schafften sie es – unter Gelächter und wilder Gestikulation – Dirk und Detlef, die den Ast hielten, zu Fall zu bringen. Alle vier lagen am

Ende kichernd am Boden. Der Ast wurde ins Feuer geworfen und dafür zwei Sektflaschen geköpft. Als ich schließlich etwas schwankend den Rückzug antrat, saßen Bernd und Renate einträchtig beieinander. Nicht nur das Feuer sprühte Funken, auch zwischenmenschlich flogen an diesem Abend einige durch die Gegend.

Ich dachte an Elias. Wir hatten ziemlich eng miteinander getanzt. Seine Hand auf meinem Rücken hatte sich so gut angefühlt, dass ich mich nach anfänglichem Zögern doch an ihn schmiegte. Es machte ›klick‹, und ich vergaß alles um uns herum. Und meine Intuition flüsterte mir zu, dass er genauso empfand. Er drückte mich an sich, als wollte er bis in alle Ewigkeit so mit mir weitertanzen. Auch ohne viele Worte – oder gerade deshalb – verstanden wir uns. Es passte einfach!

Und doch wieder nicht. Ich wusste, dass ich auf dem besten Weg war, mich in ihn zu verlieben, aber ebenso gut wusste ich, dass das zu nichts führen würde. Wenn ich – im wahrsten Sinn des Wortes – meine Zelte hier abbrach, blieb nichts als eine Erinnerung übrig.

Und dann hatten Ricky, Andy, Detlef und Dirk mit einer heißen Diskussion zum Thema Wakeboarden begonnen. Es artete darin aus, dass sich die Männer gegenseitig mit Theorien und Erlebnissen übertrumpfen wollten. Ich hatte meine vorlaute Klappe nicht halten können und zusammen mit Renate ein paar Bemerkungen eingestreut. Na gut, möglicherweise hatten diese Äußerungen noch dazu beigetragen, die Männer weiter aufzustacheln. Aber es hatte uns einfach gefallen, sie ein wenig zu foppen. Und was war schon dabei?

Plötzlich unterbreitete Elias mir jede Menge Vorschläge, was wir morgen alles unternehmen könnten. Die Auswahl reichte von Wasserski und Wakeboarden über eine Tageswanderung, beziehungsweise eine Mountainbike-Tour bis hin zum Wasserkatapult. Je mehr er auf mich einredete und mich motivieren wollte, desto mehr erinnerte mich das an Karstens Unternehmungslust. Wenn wir das alles machen wollten, was Elias vorhatte, müsste ich sogar meinen Urlaub verlängern. Mein Magen hatte sich verknotet und ich fragte mich, ob ich Elias wirklich so falsch eingeschätzt hatte. Es war ja nicht so, dass ich nicht gerne mal etwas unternehmen wollte, aber sicherlich nicht permanent und derart schweißtreibend. Das hatte ich durch! Das Ende vom Lied war, dass die Stimmung zwischen uns kippte. Sogar so sehr, dass ich schlussendlich noch mit Ricky flirtete, nur um den Abend nicht mit schlechter Laune zu beenden und auf andere Gedanken zu kommen. Vielleicht war einer meiner Beweggründe auch der, Elias eifersüchtig zu machen. Kindisch, dessen war ich mir bewusst. Seine steinerne Miene hatte mir jedoch nicht verraten, ob es mir gelungen war, denn die trug er seit unserer Debatte zur Schau.

Das Zelt um mich herum drehte sich. Meine alkoholgeschwängerten Gehirnzellen waren mit derart schwerwiegenden Gedanken überfordert. Schnaufend setzte ich mich wieder auf. An Schlaf war im Moment nicht zu denken.

Das zurrende Geräusch, als ich den Reißverschluss meines Zelteingangs öffnete, hörte sich unwirklich an. Mein Einhorn, das draußen Wache hielt, strahlte – vom Mond beleuchtet – in hellem Weiß. Ich atmete tief ein und füllte meine Lungen mit der frischen Luft. Das tat gut. Und jetzt?

Ich konnte nicht schlafen, aber mitten in der Nacht hier Löcher in die Luft starren wollte ich auch nicht. Zumal das nur zu weiteren Gedankenflügen führen würde, wogegen sich mein Körper sträubte. Mein Blick blieb an dem Wasserkocher im kleinen Vorzelt hängen. Wäre Kaffee eine Lösung? Vermutlich nicht. Dann würde ich wohl gar nicht mehr einschlafen. Außerdem fehlte mir sowieso Zündholzkram.

Der Mond schien hell und der Himmel war klar. Ich entdeckte das Sternbild des ›Großen Wagens‹. Das Gras war vom Tau bereits feucht. Mit jedem Schritt, den ich tiefer in den Wald ging, wurde es dunkler. Ein Spiel aus fahlem Licht und Schatten zeichnete meine Umgebung in eine unwirkliche Kulisse. Was hatte mich nur geritten mitten in der Nacht in den Wald zu gehen?

Dabei fand ich die Idee recht gut, als ich losmarschiert war. Eine Nachtwanderung hatte ich seit meiner Kindheit nicht mehr unternommen, zumal ich so weit gar nicht weg wollte. Ich hatte lediglich vor einige Hölzchen und Zapfen für den Betrieb meines Wasserkochers am nächsten Morgen zu sammeln. Das war immerhin besser, als untätig die Zeit totzuschlagen.

Unter meinen Füßen knackten kleine Ästchen, dann spürte ich wieder weiches Moos. Ein Kauz rief unweit von mir und ließ mich zusammenfahren. Irgendwie hatte ich mir den nächtlichen Waldspaziergang romantischer vorgestellt. Nicht einmal Glühwürmchen hatte ich gesehen. Dafür half mir der unverwechselbare Nadelduft wieder einen halbwegs klaren Kopf zu bekommen. Hände weg vom Alkohol, das hatte mir meine Mutter schon eingebläut. Das hatte ich nun davon, dass ich nicht auf sie gehört hatte. Ich hatte zu viel getrunken, geflirtet und geschäkert, nicht nur mit Elias! Kurz bevor ich gegangen war, hatte ich sogar auf dem Tisch getanzt. Im Hularöckchen! Oh je! Das alles war gar nicht typisch für mich. Ich schüttelte über mich selbst den Kopf und bereute es sogleich. Schwankend lehnte ich mich gegen einen kräftigen Baumstamm.

Hinter mir knackte es. Einmal, zweimal, dreimal … Ich hielt die Luft an. War da jemand? Ich schloss kurz die Augen und atmete tief durch. Sicherlich spielte mir mein überdrehtes Gehirn nur einen Streich. Welcher Irre – abgesehen von mir selbst – sollte um diese nachtschlafende Zeit im Wald unterwegs sein? Mein Blick suchte das Mondlicht über den Baumkronen. *Ganz ruhig, Annabell. Alles gut!,* sagte ich mir, als mich etwas am Arm berührte. Ich sah eine Hand und schrie auf.

In der nächtlichen Stille erzitterte die gesamte Umgebung unter meinem Gebrüll. Flügelschlagen. Auch dem Kauz war es nicht mehr geheuer.

»Psst. Ich bin´s.« Die Hand, die mich eben noch am Arm berührt hatte, legte sich über meinen Mund. Blaue Augen schauten geradewegs in meine. »Annabell, was machst du hier?«

Ich? Ich? Was ich hier machte?

Langsam ließ Elias seine Hand sinken, ohne aber seinen Blick zu senken.

»Bist denn von allen guten Geistern verlassen? Du hast mich zu Tode erschreckt!« zischte ich, kaum das ich die Möglichkeit dazu bekam.

Er fuhr sich verlegen durchs Haar. »Tut mir leid. Das wollte ich nicht. Ich konnte nicht schlafen, also bin ich ein wenig umhergewandert.«

Na toll. Es gab also doch noch so einen Verrückten wie mich. Und das musste ausgerechnet Elias sein! Einen Moment standen wir nur reglos voreinander. Okay, es war natürlich besser auf Elias zu treffen, anstatt auf eine zwielichtige Gestalt, die mir unter Umständen an die Wäsche wollte. Allmählich entspannte ich mich wieder. Erst jetzt merkte ich, wie fest ich die kleinen Zweige vor Schreck mit der Hand zusammengepresst hatte, sodass sich die Unebenheiten der Hölzer in mein Fleisch gedrückt hatten. Ich lockerte meinen Griff, gleichzeitig ging mir die Vorstellung, dass mir Elias die Klamotten vom Leib riss, nicht mehr aus dem Kopf. Ein wohliger Schauer durchfuhr meinen Körper, und ich drückte mich noch ein wenig fester gegen den Baumstamm. Ob Elias ähnliches durch den Kopf gingen? Wir taxierten uns gegenseitig. Die schlüpfrigen Gedanken wollten einfach nicht mehr verschwinden. Plötzlich erschien mir Elias wie ein leckeres Stück Sahnetorte. Es war viel zu lange her, dass ich Sex gehabt hatte. War es also ein Zufall, dass wir uns hier trafen? Irgendein schlauer Kopf hatte einmal gesagt, dass es so etwas wie Zufälle nicht gab. Aber wäre es ein Fehler? Andererseits, was interessierte mich mein Elend von morgen?

Gut, der Spruch ging irgendwie anders. Aber hey, meine Hormone sprudelten regelrecht über! Er war da und ich ebenfalls. Ansonsten waren wir allein. Warum also nicht?, dachte ich mir und zog – in meinem angeschickerten Zustand – die einzig logische Schlussfolgerung. Meine Hölzchen fielen unbemerkt zu Boden.

Der Kuss war heiß und leidenschaftlich. Unsere Zungen tanzten wild. Gierig erkundete seine meinen Mund. Er schmeckte nach Jack Daniels und Cola. Aber nicht nur der Restalkohol berauschte meine Sinne. Meinen Unterleib vibrierte regelrecht, als er mit dem Zeigefinger der Oberkannte meiner Shorts entlangfuhr. Meine Haut prickelte erregt.

Der Mond warf helle Streifen zwischen den Baumkronen und Ästen hindurch, sodass uns ein fast magisches Licht umgab. Ein Zweig knackte unter meinen Füßen, als ich mein Gewicht verlagerte, um den nicht enden wollenden Kuss fortsetzen zu können.

Seine Hand wanderte zielstrebig unter mein T-Shirt. In Windeseile flog es davon. Die angenehm kühle Nachtluft besänftigte meinen erhitzten Körper, aber nicht das Feuer, das Elias in mir entfacht hatte. Ich presste meine Brüste an seinen Oberkörper. Als er meinen Busen berührte, schmolz ich regelrecht dahin. Die Bäume um uns herum rauschten leicht im aufkommenden Luftzug. Meine Daumen bogen sich in den Bund seiner Jeans, während meine Finger sich in seinen Hintern gruben. Er schob sich mir entgegen, und ich konnte seine Erregung spüren. Ein kleines Stöhnen entschlüpfte meiner Kehle. Angestachelt fuhr ich mit den Händen seine Taille entlang nach oben. Seinen Rücken hinauf konnte ich seine

Muskeln fühlen, die sich bei jeder seiner Bewegungen anmutig spannten.

Ich schob den Stoff seines Shirts höher. Für eine Sekunde ließ er mich los, um sich des Kleidungsstücks ebenfalls zu entledigen. Gleich darauf segelte es in hohem Bogen davon. Bevor er mich wieder an sich ziehen konnte, nutzte ich die Gelegenheit, über seine wohlgeformte Brust zu streichen. Wie ich schon beim Baden bemerkt hatte, war sie genau richtig für meine Verhältnisse. Nicht zu viel und nicht zu wenig. Gerade so, dass sich ein kleines Sixpack abzeichnete. Aufgeregt fuhr ich die Linien nach, die sich dadurch abzeichneten.

Doch bevor ich mich weiter mit meiner Erkundungstour befassen konnte, hob Elias meinen Kopf an und küsste mich erneut, mit einer Intensivität, die mir schier den Atem raubte. Leicht benebelt merkte ich, dass meine Shorts zu Boden fielen. Als seine Hände meine Pobacken umfassten, durchzog ein heißer Schauer meinen Unterleib. Flink öffnete ich seine Jeans. Ich wollte es jetzt, ihn jetzt, jetzt und hier!

Eine Eule »schuhute« und erinnerte mich, dass wir zwar allein im Wald waren, aber jederzeit jemand kommen könnte. Doch das Risiko war mehr als gering und wert, es einzugehen. Ich konnte mich nicht erinnern jemals zuvor eine derartige Lust empfunden zu haben.

Ich wusste nicht, wie es Elias erging, aber seine Taten sprachen für sich. Seine Hände waren überall und hinterließen an jeder Stelle, die er berührte, eine glühende Spur. Dann hatte ich es geschafft und seine Jeans rutschte nach unten. Endlich!

Aber der unebene Waldboden in Verbindung mit der Schwerkraft brachte Elias ins Schwanken. Gerade als ich seine gut ausgeprägte Wölbung, die sich mir entgegenreckte, berührte, taumelten wir und fielen. Unter mir spürte ich plötzlich eine Mischung aus Gestrüpp, vermutlich kleinen Preiselbeerbüschchen, und abgefallenen Tannennadeln, dazwischen weiches Gras, Moos und kühle Erde. Aber es kümmerte mich nicht. Sein volles Gewicht lag auf mir. Er war mir so nah, dass meine Gefühle Achterbahn fuhren. Elias stützte sich mit den Händen etwas ab und sah mir geradewegs in die Augen.

»Alles okay?«, flüsterte er und ich nickte. Mit seiner Zunge fuhr er sich über die Lippen, bevor seine linke Augenbraue nach oben wanderte. »Dann könntest du vielleicht kurz loslassen?«

Ich starrte ihn an. Es dauerte eine Sekunde, bis ich begriff, was er meinte. Wie einen Anker hatte ich unbewusst seinen Penis umfasst, als wir gefallen waren. Noch immer lag meine Hand fest um seinen Schaft. Ich lockerte meinen Griff und musste kichern. Es war ein blöder Zeitpunkt, und ich wusste nicht, wie er mein Gekicher auffasste, aber ich konnte nichts dagegen tun. Es war einfach zu komisch. Ich giggerte vor mich hin, während er die vermaledeite Hose abstreifte, und erkannte erleichtert, dass auch er schief grinste.

Dann trafen sich unsere Blicke erneut. Seine Nase befand sich genau über meiner und seine Augen glänzten im Mondschein. Ich verstummte sofort. Gleich darauf berührten seine Lippen meine. Sanft und voller Zuneigung begann der Kuss, doch sehr schnell wurde er wieder von einer Leidenschaft erfasst, die ich so noch nie verspürt hatte. Gierig fuhren meine Hände über die Rückseite seines nackten Körpers, während Elias mit einer Reihe kleiner verheißungsvoller Küsse zuerst meinen Hals entlangwanderte, um sich dann zu meinen Brüsten vorzuarbeiten. Als er die Knospe meines Busens spielerisch umkreiste und schließlich in seinen Mund zog, wollte ich vor Lust zu vergehen.

Ich war mehr als bereit und spreizte meine Beine. Als er in mich eindrang, hörte ich ihn keuchen. Er füllte mich voll aus, und ich sog scharf Luft ein. Es fühlte sich einfach nur verdammt gut an. Lasziv schaute Elias auf mich hinab und bewegte sich rhythmisch. Ich wollte mehr – alles! – und umschlang seinen Rücken mit meinen Beinen, damit er noch tiefer in mich vordringen konnte. Ein verschmitztes Grinsen blitzte kurz auf seinem Gesicht auf, bevor sich wieder der lustvolle Schleier darüberlegte. In wilder Ekstase bewegten wir uns schneller. Hemmungslos bog ich mich ihm entgegen. Ich war kurz davor, zu explodieren. Meine Bauchmuskeln zitterten und kleine Schweißperlen glitzerten auf Elias' Stirn. Dann spürte ich kleine Pikser. Mein ganzer Po kribbelte.

»Oh Gott! Das ist…«, flüsterte ich schwer atmend und biss mir auf die Lippe. So etwas hatte ich noch nie erlebt. Es war ein absolut außergewöhnlicher Orgasmus. Dabei war ich mir sicher, den Höhepunkt noch nicht erreicht zu haben. Es kribbelte und brannte sogar. Das verwirrende Gefühl breitete sich weiter aus und erfasste jetzt scheinbar sogar Elias. War der Sex eben noch zügellos und wild, weiteten sich nun auch seine Augen. Eine Millisekunde später, ganz kurz bevor wir gemeinsam den rauschenden Gipfel überschritten, stoben wir auseinander.

»Himmel, was ist das?« Er keuchte, und ich rieb mir sogleich zwischen die Schenkel.

»Aah!«, quietschte ich im nächsten Moment und sprang auf. Im weißen Licht erkannte ich einige Ameisen auf meiner Hand krabbeln. Angewidert schüttelte ich sie ab und strich mir über die zarte nackte Haut am Po. Elias hatte sich inzwischen seinen Boxerslip geschnappt und rubbelte sich fluchend ab.

Ameisen! Wir waren in einem Ameisenhaufen gelandet. Von wegen Ekstase! Meine Sinne waren so vernebelt gewesen, dass ich es nicht einmal bemerkt hatte. Überall krabbelte, juckte und brannte es. Wie zwei Gestörte versuchten wir uns von den kleinen bissigen Störenfrieden zu befreien, doch selbst in meinen Shorts tummelten sich welche. Das war der schlimmste Sex meines Lebens!

Irgendwann am frühen Vormittag hatte ich die Tortur des Kaffeekochens hinter mich gebracht. Und heute war das definitiv eine Tortur gewesen! Es begann bereits damit, dass ich mir in den Waschräumen Wasser holen musste.

Verkatert wie ich war, bereitete mir bereits die Sonne Probleme, überhaupt den Weg dorthin zu finden, weil ich meine Augen permanent zusammenkniff. Die fahlen Lichtverhältnisse im Gebäude für körperliche Reinigung waren dagegen eine richtige Wohltat, jedoch nur bis zu dem Zeitpunkt, als ich den Blick hob und in den Spiegel sah. Es war nicht gelogen, dass mir ein spitzer Schrei entschlüpfte und ich vor mir selbst erschrak. Bisher hatte ich nicht geglaubt, dass so etwas wirklich möglich war. Doch in diesem Punkt wurde ich heute eines Besseren belehrt.

Eine Frau, mit glasigem Blick und wirren Haaren, starrte mir aus dem Spiegel entgegen, die mich irgendwie an eine Kräuterhexe erinnerte. Die aufgeplusterten Locken sahen aus, als hätte sie in eine Steckdose gegriffen, und ich wollte nicht wissen, wie viel Zeit es brauchte, bis man die augenscheinlich verfilzten Stellen durchkämmen konnte. Leider war ich diejenige, die sich dieser Aufgabe widmen musste, und ich konnte bezeugen, es dauerte – lange! Was zum Teufel hatte ich in der letzten Nacht nur getrieben, um so auszusehen?

Mein Kopf schmerzte bei fast jeder Bewegung. Ich brauchte Kaffee und zwar dringend. Da auch mein Koordinationsgespür vorübergehend ausgefallen war, erwies sich das Anpeilen des schmalen Flaschenhalses unter dem Wasserhahn als ebenfalls nervenaufreibend. Es dauerte eine Weile, bis ich die leere PET-Flasche mit frischem Wasser gefüllt hatte.

Zurück in meiner bescheidenen Hütte stand das nächste Unterfangen auf dem Plan. Zündeln! Ob das in meinem Zustand eine gute Idee war? Ich schob meine Selbstzweifel beiseite und begann die ersten Versuche, die noch etwas klammen Zapfen, die ich gesammelt hatte, anzuzünden. Der Einfachheit halber – mein Gleichgewichtssinn war noch nicht ganz wach – setzte ich mich dazu auf den kühlen Grasboden. Die Feuchtigkeit des Morgentaus zog unweigerlich in den dünnen Stoff meiner Leggins. Wenn ich jetzt aufstehen würde … Aber immerhin waren meine promillegetränkten grauen Zellen schon insoweit fit, um mich der Vorsicht wegen für meine anfeuernden Aktivitäten nach draußen zu schicken.

Als minimalistische Rauchschwaden an dem Kieferzapfen entstanden, freute ich mich ungemein. Die erlösende Tasse Kaffee rückte ich greifbare Nähe! Dachte ich. Bis zu dem Zeitpunkt, als mir dämmerte, dass der Zapfen doch ein bisschen zu groß war, um ihn in die dafür vorgesehene Kammer am Wasserkocher zu stecken. So ein Mist aber auch! Ich hätte ihn vorher in etwas kleinere Stückchen zerpflücken sollen. Das musste ich nun nachholen und verbrannte mir – wie konnte es anders sein – die Fingerspitzen. Fluchend warf ich das glimmende Ding auf den Boden, sprang auf und hüpfte darauf herum, bevor ich noch einen Waldbrand auslöste. Dass die Wiese vom Morgentau noch feucht genug war und somit kaum eine Gefahr bestand, war mir in diesem Moment nicht ganz klar. Dafür freute sich Merle.

»Morgen, Annabell, was treibst du da? Spielst du Rumpelstilzchen?«

Ich hüpfte ein letztes Mal auf den Zapfen und kam mit meinem Fuß darauf zum Stehen. Die Hirnmasse in meinem Kopf waberte und verursachte einen ziehenden Schmerz der besonderen Art.

Merle sah von meinem Fuß zu mir auf. »Was hat dir der arme Zapfen denn getan?«, fragte sie unschuldig, aber selbst in meinem Zustand konnte ich die Spitze heraushören.

Nachdem ich meine Gehirnzellen sortiert hatte, sah ich mich endlich in der Lage, zu antworten. »Er hat mir blöde Fragen gestellt«, knurrte ich und wusste gleichzeitig, dass das keine besonders erwachsene Erwiderung gewesen war. Doch Merle störte sich nicht daran.

»Ehrlich? Bist du sicher? Sowas gibt's doch nur im Märchen. Hast du vielleicht ein wenig zu viel gebechert gestern Abend?«, meinte sie ernsthaft.

Ich beugte mich nach unten, um den Zapfen aufzuheben, und auch damit die Kleine mein Grinsen nicht sah. Man konnte über das Mädchen sagen, was man wollte. Sie war eine Nervensäge, aber dumm war sie nicht.

»Äh, Annabell …«, ging es auch schon weiter. Ich warf ihr einen Blick zu. Sie schob den Unterkiefer zur Seite, was wohl bedeuten sollte, dass sie nicht recht wusste, wie sie das, was ihr auf dem Herzen lag, formulieren sollte, und zeigte gleichzeitig auf mein Hinterteil, das ich ihr soeben halbwegs undamenhaft entgegenstreckte.

»Ja?«, forderte ich sie auf weiterzusprechen. Merles freundliche Anmerkungen zu meiner Person konnten diesen Morgen auch nicht schlimmer machen.

»Du hast da einen nassen Fleck – am Hintern«, brachte sie schließlich etwas gequält hervor. »Hast du … Ich meine …«

Ich schnappte nach Luft. Dachte die Kleine wirklich, ich hätte in die Hose gepinkelt? Da musste ich meine Meinung über ihre Intelligenz dann doch noch einmal überdenken.

»Das Gras ist nass!«, presste ich erklärend hervor. »Ich glaube, du gehst jetzt besser zu den anderen zurück. Du kannst mich ja später mit deinen Bemerkungen wieder erheitern.«

Das Mädchen schaute mich einen Moment lang an. »Da hat wohl jemand seinen Kaffee noch nicht gehabt«, stellte sie ungerührt fest, und ich hatte das Gefühl, als müsste ich meinen Kopf gegen die nicht vorhandene Wand klopfen. Wie recht sie doch hatte!

Eine Stunde später lümmelte ich auf der luftgefüllten Liegefläche meines Einhorns. Die Sonnenbrille tief in die Augen gezogen, bereits die zweite Tasse Kaffee in der Hand, resümierte ich den vergangenen Abend. Das Aspirin aus meiner Reiseapotheke wirkte und meine Erinnerung kam allmählich zurück. Genauer gesagt, hatte ich mich schon die ganze Zeit über erinnert, mich bis zu diesem Punkt jedoch einfach noch nicht in der Lage gesehen, mich mit den Geschehnissen der letzten Nacht auseinanderzusetzen. Nun stürmten mehrere Erinnerungsfetzen gleichzeitig über mich herein: Mondschein, Elias, Ameisen, es piekte, krabbelte, juckte und brannte an meinem Po und gefährlich nahe bei meiner Scheide. Das Ganze endete in dem Mantra, das mich bis zum Einschlafen verfolgt hatte: *Der schlimmste Sex meines Lebens!*

Ich trank einen weiteren großen Schluck. Diese Gedanken waren selbst ohne Kater kaum erträglich! Wie konnte es nur sein, dass man einerseits etwas derart Einzigartiges einem anderen gegenüber empfand und gleichzeitig sämtliche Zeichen dagegensprachen? War das ein Wink des Universums? Allerdings war ich kein spiritueller Mensch, also …

Gegenüber hüpften die Kinder aufgeregt herum. Florian trat aus einem der Zelte und lächelte mir zu. Ich brachte es fertig, die Hand zu heben, und winkte halbherzig mit meinen Fingern. Hoffentlich kam er nicht herüber. Tina gesellte sich dazu und verwickelte ihn in ein Gespräch. Gott sei Dank! Dafür marschierte Merle schon wieder geradewegs auf mich zu. Sie sah richtig schick aus.

»Also, von mir aus können wir los.« Sie blieb direkt neben mir stehen und schob ihre Sonnenbrille ins Haar zurück. »Du bist ja noch nicht mal richtig angezogen«, stellte sie fest und unterzog mich einer Musterung.

»Warum?« Ich riskierte selbst einen prüfenden Blick auf mich. T-Shirt, Shorts. Passte doch.

Entrüstet sah sie mich an. »Wir wollten doch in die Stadt. Bummeln gehen!«

Ihr kleines Täschchen baumelte auf Hüfthöhe. Oh je! Merle hatte das, im Gegensatz zu mir, tatsächlich ernst gemeint.

»Merle, wir können nicht zusammen bummeln gehen. Ich bin praktisch eine Fremde für dich. Haben dir deine Eltern nicht gesagt, dass du nie mit Fremden mitgehen sollst?«

»Aber du bist doch keine Fremde. Du bist Annabell, meine Freundin.«

Meine Augenbrauen wanderten überrascht nach oben, angesichts dieser Offenbarung. »Deine Freundin? Dafür bin ich doch zu alt, findest du nicht?«

Das Mädchen schnappte nach Luft. »Aber …«

Ich klammerte mich an meine Tasse. Für Endlosdiskussionen war ich heute einfach nicht fit genug.

»Merle? Merle?«, rief Tina zu meiner Rettung und sah sich suchend um. Dann entdeckte sie uns. »Da bist du. So willst du mit uns wandern gehen?«

»Nein.«

»Na, dann zieh dich schnell um. Warum hast du dich überhaupt so fein gemacht?«

»Ich meinte: Nein, ich werde nicht wandern gehen!« Trotzig verschränkte die Kleine die Arme vor der Brust.

»Und was gedenkst du stattdessen zu tun? Natürlich gehst du mit. Wir gehen alle zusammen. Du kannst nicht allein hierbleiben.«

»Das werde ich auch nicht. Ich fahre mit Annabell nach Regensburg«, erklärte sie schnippisch.

Tina – sichtlich verwirrt – schaute zu mir. Schnell schüttelte ich abwehrend den Kopf. Ein Fehler. Der kleine Hammer in meinem Schädel pochte schon wieder gegen meine Schläfen.

»Guter Versuch. Aber wir haben die Aufsichtspflicht. Annabell darf nichts mit dir allein unternehmen.« Tina nickte mir kaum merklich zu. Es folgte eine kurze Debatte, aber die Sportlehrerin kannte ihre Pappenheimer. Merle hatte keine Chance.

16

Nie wieder Jack Daniels!, schwor ich mir. Er war schuld, dass ich zügellos über Elias hergefallen war. Oder doch eher Elias über mich? Aber was machte das für einen Unterschied? Er hatte ebenfalls genügend von dem Whisky getrunken. Und die goldbraune Flüssigkeit konnte sich nicht wehren oder verteidigen. Es war die perfekte Lösung meiner Probleme, der perfekte Schuldige! Zumindest als Verursacher der Umstände. Nüchtern hätte ich doch nie … Oder doch? In meinem Kopf schwirrte es. Leider machte es die Tatsache, dass es passiert war, nicht besser. Wie sollte ich Elias nur gegenübertreten nach unserem Ameisentanz? Ich hatte keine Ahnung. Das alles war nur noch peinlich. Mitten in meine schwerfälligen Überlegungen platzten Ricky und Andy.

»Guten Morgen, Annabell.« Gutgelaunt schwenkten sie eine Brötchentüte hin und her. Wie konnten die beiden nur so fidel sein? Man sah ihnen nicht das Geringste an, dabei hatten sie garantiert nicht weniger getrunken als ich. Ich schätzte sogar mehr, wenn man das Bier noch dazuzählte. Männer!

Ricky blieb stehen und legte seine Hand auf die Brust. »Was sehen meine Augen? Unsere Prinzessin auf ihrem weißen Schimmel. Schön wie eh und je!«

Ich seufzte. Hatte der einen Knick in der Optik? Vielleicht war er doch nicht so frisch, wie es äußerlich den Anschein machte. »Klar, ich bin auch extra früh aufgestanden, um mich zu schminken und aufzuhübschen«, gab ich sarkastisch zurück.

»Hast eine schwere Nacht gehabt?«, feixte Ricky.

Wenn der wüsste! Ich blies die Backen auf, um kurz darauf die Luft langsam abzulassen. Ein Schreck durchfuhr mich. Ich zwang mich Ruhe zu bewahren. Elias würde doch bestimmt nicht plaudern. Das war nicht sein Stil.

»Okay, ein bisschen zerknautscht siehst du schon aus. Aber so, wie du gestern Limbo getanzt hast …«

»… und später noch auf dem Tisch …«, warf Andy hilfreich ein, und Ricky nickte.

»… da darf man schon ein wenig Katerstimmung haben. So eine Fete erlebt man schließlich nicht jeden Tag. Gib's zu, du hast dich richtig gut amüsiert.« Er zwinkerte mir zu.

Oh je. Das war mir in der Tat entfallen. Es stimmte. Ich hatte zusammen mit Marion und Renate auf einem der Biertische getanzt. Dass die uns drei überhaupt ausgehalten hatte! Dunkel erinnerte ich mich, dass Bernd bereits Bedenken geäußert hatte, weil sich das Holz unter unserem Gesamtgewicht doch leicht durchbog.

»Wir werden jetzt erst einmal spätstücken. Willst du auch was?« Andy hielt einladend die Papiertüte in seiner Hand hoch.

»Danke.« Verneinend schüttelte ich den Kopf und deutete auf meine Tasse. »Kaffee genügt vorerst völlig.«

»Okay, dann sehen wir uns nachher. Wir können gemeinsam ins Wasser hüpfen, spätestens dann bist du richtig wach«, versprach mir Ricky.

Ich blieb skeptisch.

Gegen Mittag war es so weit, ich traf Elias. Ich breitete gerade mein Badelaken am Seeufer aus, da stand er etwas verlegen vor mir. Ich fühlte mich nicht besser.

»Hey.«

»Hey.«

Was für eine sensationelle Unterhaltung! Prüfend sah ich ihn an. Hatte er unser kleines Geheimnis ausgeplaudert? Aber

Ricky hatte nichts dergleichen erwähnt. Und eine Story auszuschlachten, wie die unseres Ameisengelages, hätte er sich bestimmt nicht entgehen lassen. Ich schob meine Bedenken beiseite und tat so, als wäre nichts passiert. Das war offenbar auch Elias' Strategie.

»Wir haben unser Lager da hinten aufgeschlagen. Andy ist schon wieder unterwegs, irgendwas erkunden. Was weiß ich.«

Ich hatte zwar nicht nach Andy gefragt, aber gut. Es war eben nicht einfach, ein unverfängliches Gespräch zu führen. Erleichtert ging ich darauf ein.

»Schön. Vielleicht hat er eine seltene Blume oder sowas entdeckt?«

Elias zuckte mit den Schultern.

Aus einiger Entfernung winkte mir Leon zu. Seine roten Badeshorts der Wasserwacht leuchteten im Sonnenschein. Er deutete mit seiner rechten Hand aufs linke Handgelenk, was wohl heißen sollte, dass er mich an unsere Verabredung nachher erinnern wollte. Ich schluckte und nickte halbherzig. Mir war so gar nicht danach, eine Lehrstunde im Kraulen zu absolvieren. Außerdem war ich mir Leons Absichten nicht sicher.

Natürlich blieb auch Elias unsere Zeichensprache nicht verborgen. Mit unergründlichem Blick sah er mich an.

»Und, was treibst du so?«, fragte ich auf die Schnelle salopp und wurde sofort rot. *Ganz schlechte Wortwahl, Annabell!*

»Ähm …« Elias gluckste. Immerhin war das Eis nun gebrochen. »Das kommt ganz auf dich an. Für was hast du dich entschieden? Wollen wir Wakeboarden oder zum Wasserkatapult? Oder willst du lieber eine Fahrradtour machen? Dort drüben kann man sich Mountainbikes ausleihen.«

Ich starrte ihn an. Den ganzen Sums hatte er gestern Abend schon erwähnt. Bereits da war mir das Überangebot zu viel gewesen. Heute, bei Sonnenschein betrachtet, mit Restkater im Gepäck, hatte sich meine Meinung dazu höchstens noch verfestigt. Aber Elias meinte es eindeutig ernst und ließ nicht locker.

»Also, wonach ist dir? Wir können auch erst das eine machen und später noch was anderes.« Was war nur in ihn gefahren? Derart enthusiastisch war er doch die gesamte Zeit über nicht gewesen.

»Ich denke darüber nach«, versprach ich und fühlte mich in der Zwickmühle. Einerseits wollte ich sehr gerne Zeit mit Elias verbringen. An meinen Gefühlen ihm gegenüber hatte auch meine vorübergehende Verlegenheit nichts geändert. Aber mich deshalb zu etwas überreden zu lassen, was ich nicht wollte, war absolut unproduktiv. Genauso hatte das damals mit Karsten angefangen. Verliebt, wie ich gewesen war, hatte ich mich natürlich von meiner besten Seite zeigen wollen und Dinge gemacht, auf die ich gar keine Lust hatte. Wenn ich nun mitzog, beging ich den gleichen Fehler wieder und brach meinen Schwur, mich nie mehr zu ›verkaufen‹, nur um einem Mann zu gefallen? Wie gut, dass es sich bei Elias nur um einen Urlaubsflirt handelte.

Vor meinem Zelt stand Detlef und unterhielt sich angeregt mit einer großgewachsenen Frau. Ich sah sie nur von hinten, als ich direkt auf die beiden zusteuerte, um mein Einhorn abzuholen. Die Aussicht, allein auf dem See zu treiben und damit jeglichen Aktivitätsentscheidungen zu entfliehen, beflügelte mich geradezu.

Die Frau besaß lange braune Haare, die sie zu einem Pferdeschwanz zusammengebunden hatte, und auf eine bestimmte Weise kam sie mir bekannt vor. Nur, dass ich hier niemanden weiter kannte. Es mochte an der Art liegen, wie sie sich bewegte und gestikulierte. Als ich näherkam, hörte ich ihre Stimme und verlangsamte meinen Schritt. Dann entdeckte mich Detlef.

»Annabell! Da bist du ja. Die junge Frau möchte zu dir.«

Jetzt drehte sie sich um. Hatte ich mich also doch nicht getäuscht!

»Julia?«, rief ich völlig überrascht.

Meine Freundin strahlte mich an. Ihr Babybauch war in der kurzen Zeit, die wir uns nicht gesehen hatten, nochmals deutlich gewachsen.

»Annabell! Ach, ist das schön, dich zu sehen.« Sie lief zu mir und umarmte mich, so gut wie es in ihrem Zustand möglich war.

»Was machst du denn hier? Wie hast du mich überhaupt gefunden? Ich meine, woher weißt du, wo ich …«

»Ich habe im Internet recherchiert. War gar nicht so schwer. Ich musste nur ›Oberpfalz‹ und ›Campingplatz‹ eingeben. Und bei den Fotos, die du mir geschickt hast, war ja auch eine Ortsangabe dabei.«

Als sie mich endlich losließ, standen ihr tatsächlich ein paar kleine Tränchen in den Augen. Ich tippte auf die Schwangerschaftshormone. Lachend drehte sie sich um. »Wirklich schön hier.«

Ich stimmte ihr zu. »Wollen wir uns setzen? Dann kannst du mir in aller Ruhe erzählen, was los ist.« Suchend sah ich mich um, denn ich besaß keine Stühle. Nur das grüne Gras und mein Einhorn. Also deutete ich auf das weiße Tier.

Julia plumpste hinein und gluckste. Ganz die Gastgeberin zog ich eine kleine Flasche Wasser hervor und reichte sie ihr. Die Sonne knallte auf uns herab.

»Mir fällt da was ein«, meinte Detlev und verschwand grinsend. Aber das bekam ich nur am Rande mit. Viel zu sehr interessierte mich, warum Julia plötzlich bei mir auftauchte. Natürlich freute ich mich sie zu sehen, war aber auch ziemlich überrumpelt. Ich rutschte neben sie.

»Also, raus mit der Sprache. Was ist passiert?«

»Passiert? Warum sollte etwas passiert sein?«

»Komm schon, Julia. Du bist nicht gerade das, was man besonders spontan nennt. Was hat dich also dazu veranlasst, herzukommen? In deinem Zustand …«

Ihr Lächeln verblasste. Zärtlich strich sie über ihren Bauch.

»Ist mit dem Baby alles in Ordnung?«, fragte ich automatisch.

»Alles bestens …«

»Aber?«

Sie rutschte in eine etwas bessere Sitzposition und holte tief Luft. »Aber, meine Schwiegermutter ist zu Besuch. Sie wollte gestern wieder nach Hause fahren, hat es sich ›ganz spontan‹ jedoch anders überlegt. Ich glaube ja, sie hatte von Anfang an vor deutlich länger zu bleiben. Genauer gesagt, bis das Baby zur Welt kommt«, sprudelte es aus ihr hervor. »Annabell, ich halt das nicht aus! Ständig gibt sie mir gute Ratschläge, erklärt mir, was ich essen und wie ich mich verhalten soll.«

»Und Ralf?«

»Ach der. Der sagt mir, dass seine Mutter es doch nur gut meint. Und damit hat er auch bestimmt recht. Klar meint sie es gut. Es treibt mich trotzdem in den Wahnsinn. Weißt du, ich wollte die Zeit genießen, zusammen mit meinem Mann. Nicht mit einer gluckenhaften Großmutter, die das Regiment an sich reißt. Vorgestern hat sie meine Fenster geputzt, weil das zu anstrengend für mich ist.«

»Das ist doch nett.«

»Mag sein«, knurrte sie. »Allerdings hat sie sich gestern dann über meine Küchenschränke hergemacht und bei der Gelegenheit gleich alles umgeräumt, weil es doch so viel praktischer wäre. Hallo? Das ist meine Küche!«

»Und deshalb hast du dir eine Auszeit genommen«, schlussfolgerte ich. Solche Probleme kannte ich – zum Glück! – nicht.

Sie nickte inbrünstig. »Das Beste kommt erst noch. Weil Ralf nächste Woche auf Dienstreise muss, hat sie sich ›angeboten‹ mit mir zur Schwangerschaftsgymnastik zu gehen.

180

Annabell ...« Ihre Stimmlage hatte eine Höhe angenommen, die mich zusammenzucken ließ.

Beruhigend tätschelte ich ihre Hand. »Julia, du sollst dich nicht aufregen. Das ist nicht gut für's Baby.«

Sie blies sich eine Haarsträhne aus dem Gesicht. »Ich weiß. Deshalb bin ich hier. Warum auch nicht? Ralf hat ›Mutti‹. Also kann ich mir doch einen Kurzurlaub gönnen. Oder etwa nicht? Vielleicht kapieren die beiden dann ja, dass das so nicht geht!«

In meinem Hinterkopf schrillte ein leises Warnsignal, aber bevor ich es richtig wahrnehmen konnte, unterbrach Detlef unser Gespräch. »Schaut mal, was ich euch zaubere.«

Bis ich mich umdrehte, hatte er bereits einen roten Langnese-Sonnenschirm in den Boden gerammt und war dabei, ihn aufzuspannen. Sofort warf er angenehmen Schatten über Julia, mich und das Einhorn.

»Oh, wie lieb!« Meine Freundin schniefte. Ihr Gemütszustand war derzeit eindeutig als ziemlich schwankend zu bezeichnen.

Der Tag wurde irgendwie nicht besser. Meine Katerstimmung blieb. Elias und die vergangene Nacht wollten mir nicht aus dem Kopf gehen. Wie von Zauberhand landete ich gedanklich immer wieder bei ihm. Und wenn ich einmal nicht sowieso schon an ihn dachte, erinnerten mich die kleinen roten Pünktchen auf meiner Haut wieder daran. Und dann war da nun auch noch Julia. Zwar freute ich mich immer meine Freundin zu sehen, aber im Moment schien mir alles ein wenig verquer. Mein Zelt bot mir allein ausreichend Platz, zu zweit sah das schon anders aus. Wenn ich mir Julia mit ihrem beachtlichen Bauch anschaute, war ich mir nicht sicher, wie wir die Nacht gemeinsam auf meiner Matratze überstehen sollten. Ihre voluminöse Reisetasche hatten wir vorerst in das kaum vorhandene Vorzelt gestopft, mit dem Ergebnis, dass sie einem ent-

gegenfiel, sobald man den Reißverschluss zum Eingang öffnete. Ihr bevorzugtes Gesprächsthema war die Einrichtung des
Kinderzimmers, mit der sie sich derzeit beschäftigte, und
›Muttis‹ Ansichten dazu, die bei Julia nicht unbedingt auf
fruchtbaren Boden fielen – um es mal vorsichtig auszudrücken.

Immerhin war nun die freie Seite meines überdimensionalen
Badetuchs besetzt, sodass sich wenigstens nicht ständig unge-
betene Gäste zu mir gesellen konnten. Das stellte ich fest, als
Dirk vorbeikam, um sich zu verabschieden.

»Die Arbeit ruft. Mehr als ein verlängertes Wochenende
kann ich mir momentan nicht freinehmen.« Er stand etwas
verlegen vor uns. Mit Sicherheit hatte er darauf gehofft, sich
noch ein bisschen zu mir setzen zu können. Mir hingegen kam
es gerade recht, dass Julia den Platz zu meiner Linken besetz-
te. Dirk war nett, aber auch nicht mehr. Die Schmetterlinge in
meinem Bauch tanzten nur, wenn Elias auftauchte. Genauge-
nommen, schon allein wenn ich an ihn dachte. Ich biss mir auf
die Lippe bei dem Gedanken an ihn. Hatte ich mich etwa tatsächlich verliebt? Schnell schob ich die abstruse Vorstellung
beiseite.

Dirk interpretierte mein Verhalten falsch. Denn als mein
Blick wieder klar wurde, schaute er hoffnungsvoll drein.
»Vielleicht sieht man sich mal irgendwo wieder?«

Wollte er etwa mit mir Adressen austauschen? Klar, er hatte
mir das Einhorn geschenkt, aber das bedeutete doch nicht
gleich ein gemeinsames Sorgerecht. Oder?

»Hm-hm«, kiekste ich und Julia grinste schief. Ich warf ihr
einen bösen Blick zu.

Dirk wartete noch eine Sekunde. Aber als er merkte, dass
nicht mehr von mir kam, meinte er: »Tja, war nett, dich kennenzulernen, Annabell.«

»Gleichfalls.«

Als er davonging, boxte mir Julia ihren Ellbogen in den

Arm. »Der mag dich. Ich glaube, er ist enttäuscht, weil du ihm deine Nummer nicht gegeben hast.«

»Pst. Nicht so laut.« Verlegen schaute ich mich um, aber Dirk war schon zu weit von uns entfernt, als dass er Julias Geplapper hätte hören können. Nicht, dass es irgendeinen Unterschied gemacht hätte.

»Weißt du, manchmal vermisse ich das ein wenig.«

»Was?«

»Na, ein bisschen zu flirten. Ein wenig männliche Aufmerksamkeit.«

Überrascht betrachtete ich meine Freundin. »Aber du hast doch Ralf.«

»Schon …«

»Der trägt dich doch auf Händen.«

»Na, nun nicht mehr. Mutti ist ja da.« Sie zog eine Schnute. »Außerdem bin ich momentan auch kein Leichtgewicht«, scherzte sie dann.

Konnte es sein, dass Julia ein Problem mit ihrer aktuellen Figur hatte? Dabei besaß sie die strahlende Schönheit einer werdenden Mutter. Sie war nach wie vor sportlich, hatte kein Gramm Fett zu viel am Leib, ihr langes braunes Haar glänzte in der Sonne, und der Bauch war allenfalls niedlich rund. Mit ihrem sonnengelben Bikini, den sie trug, war sie wirklich hübsch.

Ich stierte gerade auf ihren Bauchnabel, der sich allmählich nach außen wölbte, als Ricky mich aus meinen philosophischen Betrachtungen riss.

»Hey Annabell. Hast du dir Verstärkung geholt? Wirst du allein nicht mehr mit uns fertig oder brauchst du jemanden, der darauf aufpasst, dass du nicht wieder auf dem Tisch tanzt?«

Statt einer Antwort drehte ich ihm eine lange Nase.

»Du hast auf dem Tisch getanzt? Oh Mann, was habe ich noch alles verpasst?«, rief Julia sofort interessiert und wandte sich zu Ricky um, weil ich mich eines Kommentars enthielt und lediglich mit dem Kopf schüttelte. Der wiederum betrachtete sie mit großen Augen. Das Babybäuchlein schien ihm erst jetzt aufzufallen. Aber meine Freundin störte sich nicht daran.

»Hi, ich bin Julia. Annabells schwangere Freundin«, stellte sie sich mit strahlendem Lächeln vor. Ich verdrehte die Augen. Als ob man diesen Umstand übersehen könnte! Dann wanderte mein Blick zurück zu Ricky. Ich war echt gespannt, wie er auf diese Steilvorlage reagieren würde. Das konnte doch nicht gutgehen. Und da kam es auch schon.

»Na sowas, das wäre mir jetzt gar nicht aufgefallen. Ich dachte, du hättest Annabells Einhorn verschluckt.«

Ich gluckste, während Julia kurz die Brauen zusammenzog, gefolgt von einem unschuldigen Augenaufschlag. Das hatte ich schon oft bei ihr beobachtet. In der Regel verfehlte dieses Mienenspiel seine Wirkung bei Männern nie, und das tat es auch diesmal – selbst mit Babybauch – nicht.

»'tschuldigung. Ich wollte dich nicht beleidigen«, ruderte Ricky prompt zurück. »Also, wenn du nicht vergeben wärst – wie man sieht –, würde ich dich glatt auf einen Drink einladen.«

Und da beschwerte sie sich, dass sie zu wenig männliche Aufmerksamkeit bekam? Bevor sie ihren Ralf kennengelernt und geheiratet hatte, war Julia ständig von Männern umschwärmt worden. Sie hatte etwas an sich, das wahrscheinlich den Urinstinkt des Beschützers in ihnen ansprach. Diese Gabe hatte ich nie besessen, war mir aber auch nicht sicher, ob ich sie gerne würde haben wollen. Manchmal konnte das auch durchaus anstrengend sein, jedenfalls soweit ich das von meinem Posten als Beobachterin sagen konnte.

Doch Julia zuckte nur lächelnd mit den Schultern und genoss sichtlich die Aufmerksamkeit. »Was hältst du von Eis essen?«, fragte sie und klimperte mit den Wimpern.

Ich war mir nicht sicher, was ich davon halten sollte. Warum tat meine Freundin das? Sie hatte alles. Wollte sie ihr zukünftiges Leben aufs Spiel setzen? Mit Ricky? Aber vermutlich dramatisierte ich die Situation und machte aus einer Mücke einen Elefanten. Es war einfach nicht mein bester Tag. Unbewusst kratzte ich an den roten Pünktchen, die die Ameisen hinterlassen hatten.

»Hey, was hast du denn gemacht?«, fragte Ricky augenblicklich, dem das nicht entgangen war. »Weißt du, dass Elias seit Neustem auch solche Dinger hat? Übrigens an einer ähnlichen Stelle.«

Ich schluckte und betete, dass die Röte, die mir ins Gesicht schoss, nicht bemerkt werden würde. Angestrengt betrachtete ich die Ameisenbisse, während ich fieberhaft nach einer plausiblen Erklärung suchte.

»Das muss gestern Abend passiert sein, als ich zu nahe am Feuer stand. Funkenflug und so …«

»Ach ja?«

Die Zweideutigkeit meiner Worte wurde mir jetzt erst bewusst.

»Na Elias, sind bei dir auch die Funken geflogen?«

Mein Blick schnellte nach oben. Elias stand tatsächlich neben Ricky. Wann hatte er sich hergeschlichen? Ich hatte doch nur kurz meine Beine begutachtet. Knallrot wie eine Tomate hatte ich das Gefühl, als würde mein Kopf explodieren.

Elias kratzte sich hinterm Ohr. Wohl um Zeit zu gewinnen. Etwas unsicher sah er jedenfalls aus. Unsere Blicke trafen sich für einen Moment.

»Was war denn gestern?«, schaltete Julia sich nun ein.

»Wir hatten eine kleine Party«, erklärte Elias.

»Genauer gesagt eine Siegesfeier«, stellte Ricky sofort richtig. »Wir haben ein Wettpaddeln veranstaltet und unsere Annabell hat sich nicht mal schlecht geschlagen …« Ausführlich erzählte er Julia jede Einzelheit unserer Spaßaktion. Dankbar atmeten Elias und ich gleichzeitig auf.

17

Julia amüsierte sich königlich. Gebannt hing sie an Rickys Lippen, der in seinem Element aufging und sie – neben seinen wortreichen Erzählungen – immer wieder mal neckte. Es war genau die Dosis, die meine Freundin derzeit brauchte. Sie kicherte und warf das Haar gekonnt zurück. Ich gönnte es ihr, für ein paar Stunden aus ihrem Alltag auszubrechen, hoffte jedoch, dass sie darüber hinaus nicht vergaß, im ›echten‹ Leben eine verheiratete Frau und werdende Mutter zu sein. Also räumte ich das Feld, damit die beiden sich besser unterhalten konnten.

Elias' Tatendrang hatte sich derweil noch weiter ausgeprägt. Er redete ununterbrochen auf mich ein. Wortkarg schlenderte ich zum Ufer und zog mit dem großen Zeh einen Kreis im Wasser, während Elias neben mir wissen wollte, welche der zahlreichen Aktivitäten wir denn nun unternehmen wollten.

Auf dem See schipperten Tretboote und weiter hinten zwei kleine Segelboote. Obwohl es ein herrlicher Sommertag war und kein Lüftchen das Wetter trübte, tobte in mir ein Sturm. Ich blinzelte in die Sonne. Was sollte ich machen? Was wollte ich?

Das alte Dilemma hatte mich wieder fest im Griff. Warum musste Elias auf einmal auch so unternehmungslustig sein? Konnten wir nicht einfach so Zeit miteinander verbringen? Mussten es ausgerechnet unzählige schweißtreibende Sportarten sein, die er mir als Freizeitbeschäftigung anbot? Selbst Ricky hatte Julia zum Eisessen eingeladen. Oder brachte ich da jetzt etwas durcheinander und es war umgekehrt gewesen?

Egal. Mir wäre es jedenfalls lieber, einfach mit Elias den Tag zu genießen. Ich würde ihn gern besser kennenlernen, mehr über ihn erfahren. Reden, lachen. Aber vielleicht war es auch ganz gut so. Nach unseren ›Erlebnissen der letzten Nacht‹ – um es einmal vorsichtig auszudrücken – wusste ich sowieso nicht recht mit ihm umzugehen.

Erging es ihm vielleicht ebenso? Wollte er deshalb mit dem Rad Berge erklimmen, wakeboarden oder was auch immer? Weil wir dabei kaum Gelegenheit fanden, uns zu unterhalten? Ich musterte ihn verstohlen von der Seite. Ein Fehler. Der Anblick seines nackten Oberkörpers ließ meinen Mund sofort austrocknen. Das dringende Bedürfnis, mich einfach an ihn zu schmiegen, überfiel mich so unvorbereitet, dass ich befürchtete, meine Knie würden gleich nachgeben. Anders Elias – seine Muskeln waren angespannt, das war deutlich erkennbar. Sehr sexy, aber richtig locker wirkte er damit auch nicht gerade. Warum war mein Leben nur immer so kompliziert? Ich schaffte es offenbar nicht einmal, einen belanglosen Urlaubsflirt zu genießen. *Weil das hier mehr für dich ist!,* sagte die Stimme in meinem Kopf. Mein Blick wanderte zurück zum See. Beide starrten wir auf das im Sonnenlicht glitzernde Wasser.

Kinder planschten und veranstalteten eine Wasserschlacht. Badende unterhielten sich oder schwammen. Es herrschte das übliche Treiben, aber es erschien mir meilenweit weg, obwohl ich mich mittendrin befand.

Ich hatte zwei Möglichkeiten. Ich konnte etwas mit Elias unternehmen, auch wenn mich das, übernächtigt wie ich war, überhaupt nicht reizte und ich dabei wieder einmal meine Prinzipien verriet – schließlich wollte ich mich doch nie mehr für einen Mann verbiegen. Oder ich blieb mir diesbezüglich treu und würde damit vermutlich unsere Urlaubsromanze gleich hier und jetzt beenden. Ich spürte einen Kloß im Hals, als ich endlich den Mund öffnete.

»Na gut, dann Stand-up-Paddling«, fauchte ich und war

selbst von meinem harschen Ton überrascht. Auch Elias hatte damit wohl nicht gerechnet und zuckte leicht zusammen, wenn ich es mir nicht einbildete. Aber ich ging nicht darauf ein, sondern setzte mich in Bewegung und marschierte los, in die Richtung, wo man sich die Dinger ausleihen konnte. Elias hatte zuerst sogar Mühe, mir zu folgen, einen solchen Paradeschritt legte ich an den Tag.

Nach einer kurzen Einweisung stachen wir in See. Ich paddelte gemächlich auf den Knien und versuchte ein Gefühl für die Schwankungen des Wassers zu bekommen. Mich beschlich der Eindruck, dass Stand-up-Paddling einfacher aussah, als es war. Aber nahe dem Ufer war die Oberfläche auch nicht gerade ruhig. Die Ursache waren unzählige Schwimmer, und die Holzplattform mit den in die Fluten springenden Kids lag auch nicht weit entfernt. Draußen würde es bestimmt einfacher werden, sagte ich mir. Dann würde ich auch versuchen mich aufzustellen. Doch zuerst musste ich bis dahin kommen.

Elias probierte es sofort im Stehen. Auch für ihn war es der erste Versuch seines Lebens und prompt fiel er nach wenigen Metern vom Brett. Wassertropfen spritzten bis zu mir herüber und der Seegang nahm in meinem Bereich gefährlich zu. Vergnügt beobachtete ich, wie er luftschnappend auftauchte und nach dem Brett griff. Das lange Paddel trieb derweil abseits. Ich übte mich in einer kleinen Drehung und angelte danach. Als ich wieder zu Elias schaute, schwang er sich gerade geschmeidig aus dem Wasser. Die perlenden Tropfen in seinem dunklen Haar glitzerten, während sich ein Rinnsal, der Schwerkraft folgend, einen Weg über seinen Oberkörper bis unterhalb seines Bauchnabels suchte. Genau da blieb mein Blick hängen und sofort blitzten Bilder der letzten Nacht in meinem Kopf auf. Ich spürte noch einmal in aller Deutlichkeit, wie er sich angefühlt hatte. Das züngelnde Feuer in meinem Schoß verlieh dem zusätzlich noch Nachdruck. Dann war der

Moment vorüber, und Elias lag der Länge nach auf seinem Brett. Mit den Armen rudernd, bahnte er sich lächelnd einen Weg zu mir.

»Du amüsierst dich über mich? Natürlich. Ich bin gefallen wie ein Pflock.«

»Och, so schlimm sah es gar nicht aus. Auf einer Skala von eins bis zehn bekommst du von mir eine passable Fünf«, rief ich schmunzelnd.

»Du hättest mich retten müssen!« Empört verzog er das Gesicht und wir mussten beide lachen.

»Das hast du ganz gut selbst hinbekommen. Außerdem: Wer bin ich, dass ich einfach irgendwelche Männer im See auflese?«

»Irgendwelche? Bin ich für dich nur irgendwer?« Lachte Elias eben noch, klang seine Frage nun ziemlich ernst. Seine Augen suchten meine. Hier im Wasser wirkten sie noch blauer als sonst, wenn das überhaupt möglich war. Wie gebannt schaute ich ihn an. Nein, er war nicht irgendwer! Absolut nicht!

Aber sollte ich ihm das sagen? War das nicht viel zu tiefsinnig für einen harmlosen Urlaubsflirt? Ich überlegte, was ich antworten könnte. Ein flapsiger Spruch wäre gut, der dem Moment die Ernsthaftigkeit raubte.

Zögernd löste ich den Blick und entdeckte wie aufs Stichwort Leon. Er war ein gutes Stück weit weg von uns. Aber auch er hatte mich erkannt und winkte mir mit seiner roten Rettungsboje in der Hand unübersehbar zu. *Stimmt, da war doch was*, fiel mir ein. Ich trug logischerweise keine Uhr bei mir, aber ich schätzte mal, dass ich ihn versetzt hatte.

Elias bemerkte ihn ebenfalls. »Verstehe. Vielleicht nicht ›irgendwelche‹, aber ›bestimmte‹.«

Jetzt war ich verwirrt. Was wollte er mir damit sagen? Dachte er etwa, mir würde Leon besser gefallen? Fassungslos starrte ich ihn an. Hatte er die letzte Nacht vergessen? Glaubte er etwa, ich würde einfach mal schnell … mit jedem … Ich wollte gar nicht darüber nachdenken, was das bedeutete.

Ich riss mich zusammen. Diese maßlose Anschuldigung verdiente keine Antwort.

»Hier.« Ich reichte ihm sein Paddel, das ich noch immer in der Hand hielt.

Er setzte sich auf und zog es ruckartig an sich. Weil ich jedoch nicht sofort meinen Griff lockerte, wäre ich um ein Haar selbst ins Wasser gepurzelt. »Hey!«

»Ich dachte, du hättest losgelassen«, verteidigte sich Elias. »Aber das mit dem ›Loslassen‹ ist manchmal eben nicht so einfach.«

Mich beschlich das Gefühl, dass er schon wieder in Zweideutigkeiten redete und sich mir der wahre Sinn seiner Worte nicht erschloss, aber bevor ich reagieren und nachfragen konnte, stand er schon auf seinem Brett und paddelte davon.

Wie oft hatte ich Stand-up-Paddler schon beobachtet. Sie wirkten so ruhig und entspannt, wie sie auf ihren Brettern standen oder knieten. Außerdem verband ich dieses Bild seltsamerweise immer mit Hawaii. Ich liebte die hawaiianischen Inseln, obwohl ich noch nie da gewesen war. Aber irgendwann würde ich dort einen langen, sehr langen Urlaub verbringen. Vielleicht mit einem Menschen, den ich liebte und mit dem ich mein Leben teilen wollte.

Im Moment jedoch war ich weder ruhig noch entspannt, und der Mann, der mit emsigen Zügen in einigem Abstand vor mir paddelte, wirkte ebenfalls nicht so. Es machte mehr den Eindruck, als wollte er so schnell wie möglich von mir wegkommen.

Ich gab es auf, Elias einholen zu wollen, setzte mich aufs Brett und ließ meine Beine ins Wasser baumeln. Es war glasklar, auch wenn die Tiefe, hier in der Mitte des Sees, es verhinderte, dass man bis zum Grund schauen konnte. Ich atmete einmal durch. Das tat gut, auch wenn die Sonne regelrecht auf mich herunterstach. Mein Herz war schwer. Die Art und Weise, wie mich Elias vorhin angesehen hatte, wollte mir nicht mehr aus dem Kopf gehen. Es bedrückte mich, dass er mich offenbar für so freizügig hielt. Wie viele Menschen auf der Welt praktizierten One-Night-Stands und fanden das ganz in Ordnung? Ich hatte bisher noch nie einen gehabt. Und genau genommen war es letzte Nacht nicht einmal einer gewesen. Schließlich hatte ich Elias schon ein paar Tage gekannt. Trotzdem glaubte er scheinbar, dass es zu meiner Lebensphilosophie gehörte. Und warum – zum Teufel! – interessierte mich überhaupt, was er von mir dachte? Wir waren schließlich nicht mehr im Mittelalter. Hatte er noch nichts von Emanzipation gehört? Ich war eine Frau, die fest im Leben stand, ihr eigenes Geld verdiente und – ja – auch allein in den Urlaub fuhr. Ich merkte, wie ich allmählich sauer wurde.

Der Groll auf ihn stieg wie grünes Gift in mir auf, also rappelte ich mich hoch und versuchte aufzustehen. Obwohl das Brett breit und lang war, dauerte es ein wenig, bis ich das Gleichgewicht gefunden hatte. Ich schwankte nach links, dann nach rechts und wieder zurück. Konnte das verfluchte Ding nicht mal ruhig auf dem Wasser liegen bleiben? Aber aufgeben war keine Option. Wenn alle anderen das schafften, konnte ich das ebenso! Okay, möglicherweise waren die ›Anderen‹ ausgeschlafen und schleppten keinen mürrischen Kater mit sich herum, aber diese Ausrede wollte ich nicht gelten lassen. Kopfweh hin, Kraftlosigkeit her. Mein Kampfgeist war erwacht. Außerdem hatte ich Elias etwas zu sagen. Meine Meinung! Und zwar richtig! Jetzt!

»Du siehst etwas verbissen aus«, stellte die Ursache meiner schlechten Laune fest, als ich mich ihr endlich näherte. Der Sicherheitsabstand, den Elias vorerst zwischen uns gebracht hatte, war nicht gerade gering gewesen. Es hatte sich angefühlt wie mehrere Seemeilen – diese Einschätzung vertraten zumindest meine Oberarme. Ich lockerte den Griff meiner Hände um die schwarze Paddelstange und meine Arme dankten es mir.

Kurzzeitig noch unfähig zu einer Antwort zog ich die Oberlippe kraus und schenkte Elias einen bösen Blick. Damit sah ich zwar bestimmt alles andere als attraktiv aus, aber – hey – wen störte das? Seine Meinung über mich stand doch sowieso schon fest.

Er lachte. »Bist du unter die Bieber gegangen?« Ich schnappte hörbar nach Luft. Frechheit! »Hast du deshalb so lange gebraucht, weil du noch Freunde besucht hast?«, legte er noch nach. »Ich dachte schon, du kommst nicht mehr, und wollte umkehren, um nach dir zu sehen.«

Ich blinzelte. War das wirklich Elias oder stand hier plötzlich Ricky vor mir auf dem Brett. Seit wann war er so … so … Ich schüttelte den Kopf. Mit seinen blöden Sprüchen hatte er mich total aus dem Konzept gebracht. Alles, was ich ihm eben noch hatte an den Kopf werfen wollen, war weg. Meine Wut verraucht. Vermutlich kannte ich diesen Mann einfach nicht. Wie hatte ich nur glauben können, dass ich das tat? Nach diesen wenigen Tagen?

»Alles in Ordnung? Du verstehst doch Spaß, oder?« Eindringlich betrachtete er mich.

»Klar. Ich bin nur …«

»Ausgepowert?«

Ich nickte schwach. »Ja. Schon ein wenig.«

Er grinste schief. Sein Blick war weich und irgendwie tiefgründig. Ich hatte das Gefühl, als könnte er bis in mein Innerstes sehen. Wieder spürte ich diese seltsame Verbundenheit zwischen uns. In meinem Bauch tanzten Schmetterlinge. Wären wir nicht mitten auf dem Wasser und jeder auf seinem Brett …

Ich schluckte hart. War ich denn verrückt geworden? Wie konnte ich in der einen Minute sauer auf ihn sein, enttäuscht, und in der nächsten das Bedürfnis haben, mich mit fliegenden

Fahnen in seine Arme zu werfen? Glücklicherweise ging das schon umständehalber nicht.

Es konnte nur eine Erklärung dafür geben: Es lag an diesem Tag. Objektives Denken war heute nicht möglich. Und bis ich wieder fähig war vernünftige Entscheidungen zu treffen, sollte ich mich von Elias fernhalten. Ja, stimmte ich mir selbst zu, das war die klügste Idee, die mein vernebeltes Gehirn heute hervorgebracht hatte.

Ich löste den innigen Augenkontakt und blickte schräg an Elias vorbei. Ein Entenpärchen schwamm in Richtung Ufer. *Traute Zweisamkeit!*, dachte ich. Oder waren das zwei Erpel? Selbst wenn … Ich schloss die Augen. Dieser Kopfsalat musste aufhören. Ohne Vorwarnung ließ ich mich ins Wasser rollen.

Das kühle Nass versetzte meinem aufgeheizten Körper in einen kurzen Schockzustand, dann aber wirkte es herrlich erfrischend. Vielleicht hatte ich einfach zu wenig geschlafen, zu wenig getrunken und zu viel Sonne erwischt. Was auch immer der Grund für meine wirren Gedankengänge war, der Nebel lichtete sich ein wenig. Als ich wieder auftauchte, reichte mir Elias seine Hand.

»Willst du angeln? So leicht lasse ich mich aber nicht einfangen«, lachte ich und spritzte ihm einen Schwall Wasser ins Gesicht.

Er rang kurz nach Luft. Hier draußen war der See um einiges kälter als nahe dem Ufer. »Na warte!«, rief er, dann sprang er ebenfalls.

Leicht panisch kletterte ich, so schnell ich konnte, auf mein Brett und paddelte los. Ich hasste es, untergetaucht zu werden, auch wenn die meisten Menschen das spaßig fanden. Aber es war nicht nur das. Ich wollte Körperkontakt jeglicher Art vermeiden. Nur so konnte ich garantieren, dass nichts passieren würde. Ihn zu berühren, zu riechen oder gar zu schmecken wäre fatal! Dennoch konnte ich mich einer kleinen Wehmut nicht erwehren. Ein Schulterblick gab mir Gewissheit, dass er sich gleichfalls auf den Weg gemacht hatte und mir folgte. Ich konnte es nicht mit Sicherheit sagen, aber an seinem Gesichtsausdruck glaubte ich etwas erkennen zu können, das man wohl am besten als Jagdfieber bezeichnen würde. Grinsend beeilte ich mich meinen Vorsprung auszubauen. Er holte mich erst ein, als wir bereits in Reichweite des Ufers der gegenüberliegenden Seeseite waren.

»Wehe!«, rief ich, als er nahe genug an mich herankam, um mein Brett zu kapern.

»Was meinst du?«, wollte er ganz unschuldig wissen. Zu unschuldig!

Ich gluckste. »Hier ist ganz schön was los«, versuchte ich abzulenken.

Es stimmte. Zahlreiche Badende samt Wassertieren schipperten umher. Etwas weiter rechts von uns spritzten Fontänen gut einen Meter hoch. Bei näherem Hinsehen wusste ich auch, warum. Es handelte sich um das Wasserkatapult, von dem mich Elias unlängst hatte überzeugen wollen. Wieder spritzten Tropfen hoch und Wellen schlugen bis zu uns herüber. Aber inzwischen stand ich fest auf meinem Brett, sodass mir das kaum etwas ausmachte.

»Na sowas! Was tut ihr denn hier?«, hörte ich plötzlich eine bekannte Stimme. Nachdem ich einige Köpfe begutachtet hatte, fand ich den zugehörigen Mann. Es war Andy, der auf uns zuschwamm. Gleich dahinter befand sich Ricky.

»Annabell! Wo ist dein Hularöckchen? Damit würdest du auf dem Teil hier echt heiß aussehen.« Rickys Augenbrauen zuckten provokant nach oben. Das schaffte auch nur er, mich anzubaggern und trotz Schwimmbewegungen noch eine Mischung aus Erotik und Gelassenheit zu zelebrieren.

Ich blies mir eine Haarsträhne aus dem Gesicht und fühlte mich, so hoch erhoben, wie ich da auf dem Wasser vor ihm stand, ziemlich gut. Ohne es zu wissen, unterstrich Ricky mit seinem schlauen Spruch meine Vorstellung vom Hula-Girl und den hawaiianischen Inseln, die mir bei seiner Bemerkung sofort in den Kopf schossen. Für einen Moment hing ich meinen Träumereien nach.

Diese wurden allerdings jäh unterbrochen, als Andy fragte: »Wie sieht es aus, wollt ihr mal springen? Macht echt Spaß.«

»Ja, Annabell. In einem hautengen Neoprenanzug siehst du bestimmt genauso spitze aus«, erklärte Ricky sofort.

Erst jetzt nahm ich richtig wahr, dass die beiden in schwarzen Anzügen steckten. Mit gerunzelter Stirn blickte ich zu Elias, der sich inzwischen auf seinem Brett niedergelassen hatte und leger die Beine baumeln ließ. Er schaute relativ unbeteiligt zu mir auf.

Das Katapult bestand aus einem Sprungturm, unter dem ein riesiges gelbes Luftkissen im Wasser lag. Ich schätzte, dass es bestimmt drei mal vier Meter groß war. Der Sinn bestand offenbar darin, dass sich ein oder zwei Personen an den vorderen Rand des gelben Kissens setzten oder legten, während vom Turm ebenfalls ein bis zwei Personen auf den leeren Teil sprangen, mit dem Effekt, dass die Wartenden beim Aufprall, durch die Luftverlagerung im Inneren des Kissens, hochschnellten und in den See geschleudert wurden. Je mehr Gewicht die Springer am Leib trugen, desto höher und weiter flogen die anderen.

Bisher hatte ich mir nicht viel unter dem Begriff Wasserkatapult vorstellen können, doch jetzt, als ich es sah ... Und nachdem Elias mich schon mehrmals gefragt hatte ... Es lag ihm ja auch irgendwie etwas daran, dass ich mit ihm durch die Lüfte wirbelte.

Ich zwinkerte Elias zu und nickte. »Klar. Warum nicht?«

Ein Ruck durchfuhr ihn, sodass er fast vom Brett purzelte. Es war nicht ganz die Reaktion, die ich erwartet hatte.

Ricky lachte hämisch. »Hast wohl Bedenken? Na komm, das kriegst du gebacken. Einfach Augen zu und Sprung.«

»Ach, geh doch und such dir ein Hobby!«, knurrte Elias.

»Was ist denn mit dir los? Passt ein bisschen Action nicht in deine Pläne?« Plötzlich riss er den Mund weit auf. »Oder stören wir etwa die traute Zweisamkeit? Ich meine: Du und Annabell? Hab' ich da was nicht mitbekommen?«

»Blödsinn!« Unwirsch schüttelte Elias den Kopf. »Halt die Klappe und schwimm schon mal vor.« Es lag so viel Nachdruck in seiner Stimme, dass mir der Atem stockte. Ich merkte, dass auch Andy überrascht war. Ricky wirkte unentschlossen. Obwohl um uns herum überall Gelächter ertönte, hier und da Vögel zwitscherten und wir uns inmitten einer entspannten Freizeitatmosphäre befanden, war die Luft auf einmal zum Schneiden dick. Als würde genau über uns die einzige tiefdunkle Wolke weit und breit schweben.

»Dann los. Lasst uns Spaß haben. Eine gute Wasserbombe kann richtig befreiend wirken«, forderte Andy uns auf.

Während die Männer fast um die Wette zum Ufer schwammen, ließ ich mir Zeit. Elias' harter Tonfall klang noch in mir nach. *Blödsinn!,* hatte er geschnappt. War es das? War das, was zwischen uns passiert war, und die Gefühle, die ich ihm gegenüber entwickelt hatte, nichts als Blödsinn? Warum hatte er nicht zugegeben, dass da etwas zwischen uns lief? Natürlich, auch ich hatte es nicht an die große Glocke gehängt und in die Welt hinausposaunt, aber deshalb war es noch lange kein gutgehütetes Geheimnis, das um jeden Preis gewahrt werden musste. Warum auch?

Bedeutete das, dass ihm rein gar nichts an mir lag? Ich wurde einfach nicht schlau aus diesem Mann. Hatte er sich vielleicht nur etwas beweisen wollen? Dass er genug draufhatte, um mich zu erobern? Aber warum, wenn er nicht großspurig damit prahlte? Oder lag es an unserem ›Ameisensex‹? Wäre ich nicht so durcheinander, hätte ich bei dem Begriff geschmunzelt. So aber war da nichts als ein beklemmendes Gefühl um meinen Brustkorb und eine tiefe Leere.

18

Das Wasserkatapult war spitzenmäßig! Wir hatten jede Menge Spaß. Andy und ich flogen am höchsten und weitesten, sodass Ricky neckisch fragte, ob wir schon mit den Möwen in der Luft Bekanntschaft geschlossen hätten. Natürlich gab es hier in der Oberpfalz gar keine. Aber ihm fiel doch immer ein passender Spruch ein. Elias sah im Neoprenanzug zum Anbeißen aus. Ich musste mich ehrlich zusammenreißen. Am liebsten hätte ich ihn langsam und genüsslich aus dem Ding geschält, trotz unseres verzwickten Verhältnisses. Das Auf und Ab meiner Gefühle machte mich ganz kirre. Deshalb schäkerte ich lieber mit Ricky und lieferte mir mit Andy eine Wasserschlacht.

Als wir endlich zum Campingplatz zurückkamen, war ich komplett ausgepowert. Ich schaffte es gerade noch, schwach die Hand zum Gruß zu erheben, als ich an Bernd vor seinem Bürohäuschen vorbeilief.

Julia thronte auf dem Einhorn vor meinem Zelt und genoss die Abendsonne.

»Hast du dich gut amüsiert?«, fragte sie und sog mit dem Strohhalm eine schaumartige Substanz aus dem Becher, den sie in der Hand hielt.

»Tut mir leid, dass ich dich so lange alleingelassen habe.«

»Mach dir da mal keinen Kopf. Ich hatte einen sehr netten Nachmittag. Markus ist echt ein lieber Kerl. Der versteht meine Probleme total.«

»Ach wirklich?« Zögernd ließ ich mein Handtuch fallen, mit dem ich mich notdürftig abgetrocknet hatte. Ich wusste, dass

Markus bei Julia geblieben war. Das hatten Ricky und Andy erzählt, als ich wegen ihr ein schlechtes Gewissen bekommen hatte.

»Oh ja!« Julia nickte inbrünstig, bevor sie dieses ganz bestimmte schlürfende Geräusch erzeugte, wie man es nur mit einem Strohhalm zustande brachte, wenn man die Restflüssigkeit von etwas aufsog. »Wusstest du, dass er auch bald Vater wird?«

»Auch? Ich dachte, du wirst Mutter!«, scherzte ich.

»Witzig!« Julia streckte mir die Zunge raus. Beide lachten wir. »Ich wollte damit sagen, dass er mir wirklich verdammt gut zugehört hat. Hätte nie gedacht, dass ich mal einem Mann derart mein Herz ausschütten kann. Aber er hat tatsächlich sehr viel Verständnis für alles, was mich gerade so belastet.«

»Soweit ich weiß, läuft es in seiner Beziehung zur Zeit nicht so gut. Vielleicht ist er deshalb so aufmerksam. Manchmal hilft es, wenn man die eigenen oder ähnliche Probleme aus der Sicht eines unparteiischen Dritten zu hören bekommt.«

»Ehrlich? Das hat er mir gar nicht erzählt.« Überrascht riss sie die Augen auf. »Aber ich habe auch ziemlich viel geredet. Es war wie eine Schleuse, die sich geöffnet hat. Als ich einmal angefangen habe, konnte ich nicht mehr an mich halten. Meinst du, er nimmt es mir übel, dass ich ihn so zugetextet habe?«

»Ich dachte, euer Gespräch wäre gut gewesen? Also, ich gehe nicht davon aus, dass du was falsch gemacht hast. Denk nicht so viel darüber nach. Es war doch offenbar ein schöner Nachmittag.«

»Stimmt.« Julia nickte erleichtert. »Wir haben übrigens beschlossen nachher im Restaurant essen zu gehen.« Meine Augenbrauen wanderten nach oben. »Nicht was du schon wieder denkst. Kein Date. Wir alle!«, erklärte sie lachend. Sie kannte mich wirklich gut.

Wir saßen an einer schön dekorierten, langen Tafel auf der Restaurantterrasse. Damit zehn Personen Platz hatten, wurden extra für uns Tische zusammengeschoben. Das gesamte Restaurant war im mediterranen Stil eingerichtet, und auch die Terrasse versprühte ein südländisches Flair. Die Aussicht war phänomenal. Direkter Seeblick, dazu ging die Sonne gerade unter. Die goldorangen Strahlen brachen sich am Wasser und tauchten die Umgebung in ein malerisches Licht. Es war der perfekte Zeitpunkt für ein romantisches Dinner zu zweit.

Ich schaute geradewegs in Elias' Augen. Ein wohliges Gefühl durchflutete mich. Seine Hände lagen auf dem Tisch und spielten mit dem Glas, in dem sich sein Wein befand. Ich müsste nur dasselbe tun, dann könnte ich ihn vielleicht wie zufällig berühren …

»Guten Abend! Was für ein herrliches Ambiente«, gurrte Renate mit ihrer nicht besonders leisen Stimme und zerstörte damit meine Illusion von trauter Zweisamkeit.

Ein allgemeines ›Hallo‹ kam aus unserer Runde zurück. Ich war wieder in der Wirklichkeit angekommen. Ich riss mich zusammen. Für Tagträumerei war ich sowieso zu alt.

Julia saß links von mir und unterhielt sich angeregt mit Markus. Elias hatte neben Ricky und somit mir gegenüber Platz genommen. Es folgten Andy, Marion und Detlef. Mit Renates und Bernds Ankunft waren wir dann komplett.

»Ihr wartet bestimmt schon. Wir sind zu spät«, entschuldigte sich Bernd.

»Meine Schuld. Ich gebe es zu. Aber bis man so aussieht, das dauert eben«, zwitscherte Renate.

An diesem Abend trug sie einen knöchellangen wallenden Rock, der in der Grundfarbe Hellblau, jedoch mit auffälligen Akzenten betupft war. Dazu hatte sie eine gelb-grün gemusterte Tunika gewählt. Eine mittellange Muschelkette und knalliges Make-up vervollständigten das Outfit. Alles in allem ziemlich … bunt.

»Erinnert ein bisschen an ein Aquarium«, stellte im gleichen Moment Ricky halblaut fest. Ich war mir fast sicher, es sollte kein Kompliment sein, doch Renate fasste es als dieses auf.

»Hübsch, nicht wahr?« Sie strahlte Ricky an. Der nickte, wenn auch zögerlich.

»Mein kleiner Paradiesvogel«, meinte Bernd hingegen stolz, zog sie kurz an sich, um ihr ein Küsschen auf die Wange zu geben, bevor er sich auf den Stuhl neben Detlef fallen ließ.

Kurz darauf stießen wir alle miteinander an, dann wurden Pizzen, Pasta und Steaks bestellt. Meine Spaghetti mit Meeresfrüchten schmeckten exzellent, und schließlich lehnte ich mich satt zurück. Als die Dämmerung einsetzte, wurden vom Restaurantpersonal die Kerzen auf den Tischen angezündet. Eine angenehme Schwere überfiel mich. Kein Wunder, wenn man bedachte, wie aufregend und auch anstrengend der Tag gewesen war. Das Stand-up-Paddeln und auch das Wasserkatapult hatten riesigen Spaß gemacht, waren aber durchaus kräftezehrend gewesen. Hinzu kam der wenige Schlaf der letzten Nacht. Automatisch schielte ich zu Elias hinüber. War er ebenso ausgepowert wie ich? Was er wohl dachte?

Er saß genauso still da wie ich und beobachtete die Menschen um uns herum. Ein richtiges Gespräch wollte sich zwischen uns nicht entwickeln. Das lag zum einen daran, dass Ricky immer wieder flapsige Weisheiten zum Besten gab, sobald wir ein paar Worte wechselten, zum anderen vermutlich aber auch daran, dass einfach zu viel Ungesagtes zwischen uns stand. Ich wurde das Gefühl nicht los, dass keiner von uns beiden so recht wusste, wie er sich verhalten sollte. Wenn ich unsere Beziehung – falls man das denn überhaupt so nennen konnte – aufsummierte, kam ich immer wieder zum gleichen Ergebnis, das da lautete: Fünfzig – Fünfzig. Elias war ein Mann, der eine ganz außergewöhnliche Anziehungskraft auf mich ausübte. Er war nett, witzig und ich konnte mit ihm über ›Gott und die Welt‹ reden, ganz so als würden wir uns schon ewig kennen. Und dann, wie auf Knopfdruck, wirkte er verschlossen und verhielt sich wie ein absoluter Blödmann. Wenn ich allein daran dachte, mit welchem Nachdruck er am Nachmittag Ricky und Andy gegenüber behauptet hatte, dass da nicht das Geringste zwischen uns wäre …

Seufzend nippte ich an meinem Aperol Spritz, den ich mir als Nachspeise gönnte. Ich spürte Julias neidvollen Blick.

»Hey, dafür hast du deine Panna Cotta verdrückt«, erinnerte ich sie, stellte mein Glas ab und knuffte ihr liebevoll in die Seite.

»Ist ja gut.« Sie grinste und Markus fragte gleich fürsorglich, ob sie noch mehr haben wollte.

»Sieh dir mal ihren Bauch an. Ich glaube nicht, dass da noch was reinpasst«, meinte Ricky amüsiert.

»Was willst du damit sagen? Ich bin nicht dick!«, konterte Julia prompt.

»Aber knuffig.«

»Na danke.«

»Hör nicht auf ihn«, wiegelte Markus ab, »der hat doch keine Ahnung.«

»Keine Ahnung? Als ob ich keine Ahnung von Frauen hätte! Pah! Zu deiner Information, mir sitzt hier eine wunderschöne Frau gegenüber. Aber sie ist nun mal schon vergeben. Was offensichtlich ist. Also muss ich mich die ganze Zeit über beherrschen, um meinen Charme nicht spielen zu lassen. Und das fällt mir echt schwer! Das kannst du mir glauben.« Ricky unterstrich seine Rechtfertigung noch, indem er seine Hand aufs Herz drückte.

Ich musste mich bemühen nicht laut zu kichern. Julia grinste wegen Rickys Beteuerungen wie ein Honigkuchenpferd und wurde rot. Mit betontem Augenaufschlag bedankte sie sich für die Worte, die ihr sichtlich schmeichelten.

»Schaumschläger«, konterte Markus. »Julia ist nicht nur hübsch, sie hat auch Sorgen und Nöte. Und von denen verstehst du doch rein gar nichts. Oder kennst du dich mit Familienplanung aus?«

»Familienplanung? Na, ich weiß immerhin, wie das funktioniert mit den Blumen und Bienen. Darin bin ich sogar ziemlich gut, wenn ich es mir recht überlege …« Man konnte Ricky vermutlich manches nachsagen, aber nicht, dass es ihm an Selbstüberzeugung mangelte. Glucksend schlug ich die Hand vor den Mund. Mit stolzgeschwellter Brust wanderte sein Blick nun zu mir.

»Hast du etwa Zweifel? Wie wäre es, wenn wir zwei Hübschen einen Spaziergang am Ufer entlang machen?« Seine Augenbrauen hoben und senkten sich auffordernd. Ich wusste nicht, ob ich lachen oder ihn ernst nehmen sollte.

Für Elias hingegen war die Sachlage klar. »Wozu? Um deinen Bienenstock noch weiter zu vergrößern? Ich denke, Annabell ist zu klug, um auf dich reinzufallen.«

»Warum so feindlich? Ist da etwas, das ich wissen sollte?« Interessiert fixierte Ricky ihn, doch Elias antwortete nicht. War es eben noch locker-witziges Geplänkel, spürte man nun deutlich eine gewisse Spannung. Einen Moment verfolgte ich das Blickduell der beiden Männer, dann reichte es mir.

»Tja, die einen unterhalten scheinbar einen gutgefüllten Bienenstock, dafür haben andere Ameisen im Hintern«, erklärte ich trocken.

Elias' Kopf schnellte zu mir herum. Seine Augen verengten sich. »Immerhin bildet eine Ameise allein noch keinen Haufen«, knurrte er. Es war mir klar, dass er auf unser kleines Techtelmechtel von letzter Nacht anspielte. Aber ich hatte damit angefangen. Immerhin sprachen wir nun mal darüber, wenn auch in einer etwas anderen Art und Weise, als ich mir erhofft hatte.

Ich zuckte mit den Schultern. »Schon klar. Aber Ameisen sind Teamplayer und halten zusammen, oder?«

»Sie beißen aber auch, wenn sie getreten werden.«

Mir klappte der Unterkiefer herunter. Was wollte er denn damit bitte schön sagen? Wann hatte ich ihn denn ›getreten‹? Es war doch eher umgekehrt! Er hatte doch nicht den Mumm, zuzugeben, dass zwischen uns etwas lief!

»Seid ihr beide zu Ameisenexperten geworden?«, fragte Andy unschuldig über den Tisch hinweg, in die kurzzeitig vorherrschende Stille hinein. Erst jetzt bemerkte ich, dass die anderen unser Wortgefecht verwundert verfolgt hatten. Aller Blicke ruhten auf Elias und mir.

Ich atmete tief durch. »Es ist schon spät. Ich sollte gehen.«

»Hast du keine Lust mehr, über Ameisen und ihre Folgen zu sprechen?« Er konnte es einfach nicht lassen. Provozierend sah er mich an. Aber es lag noch etwas in seinem Blick. Konnte es ein Hauch von Bedauern sein? Doch vermutlich war da der Wunsch Vater meines Gedankens.

»Ich werde lieber Ameisen hüten, als hier weiter mit dir diese blödsinnige Diskussion zu führen«, erklärte ich so liebenswürdig, wie es mir im Moment möglich war. Dann kippte ich mir den letzten Rest Aperol Spritz in den Rachen und stand auf.

Elias' Haltung verletzte mich einfach. Natürlich handelte sich lediglich um eine Urlaubsromanze, kein Anlass für großes Aufheben. Aber vielleicht war genau das der Grund, der mich so wütend machte. Es war ein harmloser Urlaubsflirt! Warum diese Heimlichkeit? Schließlich wollte ich nicht, dass er mich seinen Eltern vorstellte.

19

»Bist du jetzt zufrieden? Wir hätten bummeln gehen können. Bestimmt hätten wir was Nettes gefunden, was wir gekauft hätten. Aber nein! Du bist ja nicht bevollmächtigt oder so einen Mist. Und jetzt? Sieh mich an!«

Merle stand breitbeinig, die Arme in die Hüften gestemmt, mit hochrotem Kopf vor mir und verzog verärgert das Gesicht. Ihre brauen Locken hüpften aufgeregt auf und ab. Noch von der Nacht gerädert lümmelte ich auf meinem Einhorn. Die Sonnenbrille wieder tief ins Gesicht gezogen betrachtete ich das Mädchen. Ob der rote Kopf vom Sonnenbrand herrührte oder mehr ihrem Zorn Ausdruck verlieh, war mir unklar, aber auch einerlei.

Jetzt riss sie die Arme in die Höhe. »Annabell? Hörst du mir überhaupt zu? Ich habe drei Blasen an den Füßen. Alles nur wegen dieser doofen Wanderung, die DU hättest verhindern können!«

Immer noch schweigend starrte ich das Mädchen an. Die Nacht war bereits grauenhaft gewesen, konnte nicht wenigstens der Morgen schön beginnen?

Julia kam um die Ecke. Sie war ein Grund, warum ich so schlecht geschlafen hatte. Ich hatte bereits Bedenken gehabt, als ich sie gestern überraschend hier vorgefunden hatte. Mein Zelt war eben nicht groß und die Matratze für mich plus eine Hochschwangere gerade so ausreichend. Wie sich herausstellte, waren meine Zweifel völlig berechtigt gewesen. Julia und ihr Babybauch hatten fast die gesamte Matratze belegt, während ich mit einem kleinen Stückchen am Rand vorliebnahm und dankbar sein konnte, dass der Zeltstoff relativ elastisch war, verschaffte er mir dadurch zumindest ein bisschen zusätzlichen Schlafraum. Leider hatte meine Freundin logischerweise auch an Gewicht zugenommen. Bei jeder Bewegung – und das waren viele! – verteilte sich die Luft in der Matratze neu, sodass ich mich die meiste Zeit wie auf einer Nussschale bei starkem Seegang irgendwo im Pazifik gefühlt hatte. Dabei hätte ich so gerne tief und fest geschlafen. Allein schon, um die kreisenden Gedanken in meinem Kopf für ein paar Stunden loszuwerden. So aber hatte sich die Nacht in die Länge gezogen, und erst als der Morgen schon graute und die frühen Vögel zwitscherten, war ich eingeschlafen.

»Frische Brötchen!«, trällerte Julia und warf mir die Papiertüte zu. Träge angelte ich danach. Bei genauerem Hinsehen wirkte aber auch meine Freundin nicht gerade frisch und ausgeruht.

»Alles okay bei dir?«, fragte ich, als sie sich mit der Hand über die Lendenwirbelgegend am Rücken fuhr und das Gesicht leicht verzog. Julia nickte lächelnd. Bevor sie jedoch etwas antworten konnte, mischte sich Merle ein.

»Wer ist denn das?«, erkundigte sie sich bei mir. Es war ihr anzumerken, dass sie die ›Neue‹ als störend empfand.

»Das ist Julia. Meine Freundin.«

»Deine Freundin?«, echote sie und besah sich Julia genauer.

Ich runzelte die Stirn. Weshalb war die Kleine so fassungslos? Durfte ich keine Freundinnen haben? Man sollte nicht von sich selbst auf andere schließen. Nur weil sie vielleicht keine Freundinnen hatte … Doch das war gemein, und ich sagte es auch nicht.

»Ja«, bestätigte ich lediglich.

»Aber … aber … sie bekommt ein Baby!«

»Sehr richtig! Gut beobachtet.« Es mochte daran liegen, dass ich übernächtigt und geistig noch nicht auf der Höhe war, oder dass ich definitiv eine weitere Tasse Kaffee benötigte, aber ich wurde das Gefühl nicht los, dass mir hier gerade irgendetwas entging.

»Dann ... dann ... gründet ihr eine Familie?«, quietschte Merle und ich zuckte unwillkürlich zusammen.

»Wie bitte? Was?« Auch Julia schaute verwundert drein.

»Also *das* hätte ich ja nun nicht von dir gedacht!«, erklärte mir Merle, jetzt mit Nachdruck in der Stimme.

Ich versuchte den Sinn in ihren Worten zu erkennen, aber sie drehte sich einfach um und ging mit hocherhobenem Kopf davon. Julia und ich schauten einander an.

»Kann es sein ... Ich meine, ist es möglich, dass sie glaubt, wir wären ein Paar?«, meinte sie schließlich zaghaft.

Ich zuckte mit den Schultern. »Keine Ahnung. Aber es könnte eine Erklärung sein.«

Eine wortlose Minute später lachten wir lauthals los.

Unruhig räkelte ich mich in der Sonne. Es war wieder ein superschöner Sommertag, trotzdem war das Urlaubsfeeling ziemlich abgeflaut. Obwohl sich ringsherum nach wie vor zahlreiche Badegäste tummelten, Kinder tobten und das Seeambiente genauso herrlich war wie am ersten Tag, war meine Laune verhalten.

Möglicherweise war ich blauäugig, aber nachdem wir uns nicht nur geküsst sondern auch Sex miteinander gehabt hatten, dachte ich schon, dass Elias und ich, für die Zeit unseres Aufenthaltes hier, zusammen wären. Auch wenn der Sex in einem ungewohnten Höhepunkt geendet hatte und dadurch eine gewisse Verlegenheit beim Wiedersehen entstanden war, hatte ich gestern Morgen noch geglaubt, dass sich das legen würde und nur eine Frage von Stunden wäre, bis wir uns wieder in den Armen liegen würden.

Naiv, wie ich heute wusste! Doch das war nicht alles. Wenn mir etwas während meines Dämmerzustands in der Nacht klar geworden war, dann die Erkenntnis, dass ich mich verliebt hatte. Auch wenn ich es nicht wahrhaben wollte, ich litt an Liebeskummer. Und damit hatte ich noch nie besonders gut umgehen können. Warum musste ich doofe Kuh auch das volle Gefühlsprogramm investieren? Andere hatten lockerflockige Urlaubsromanzen oder einen Kurschatten und gingen dann einfach wieder zur Tagesordnung über. Und ich? Ich verschenkte natürlich gleich mein Herz. Sowas Blödes aber auch! Noch dazu an einen Mann, den ich kaum kannte, der mir einerseits fast seelenverwandt erschien und sich dann meilenweit zurückzog, sodass ich manchmal gar nicht mehr wusste, wo vorne und hinten war. Was bezweckte er damit? Dass er sich nicht in mich verliebte oder ich mich nicht in ihn? Zu spät! Jedenfalls für meinen Teil.

War es denn zu viel verlangt, einige schöne Tage mit Elias verbringen zu wollen, bevor sich unsere Wege für immer trennten? Natürlich war mir klar, dass es so kommen würde. Mit meiner Abreise wäre es aus und vorbei. Andererseits, wenn es mir jetzt schon schwerfiel, mit dieser Gefühlskiste umzugehen, wie würde es mir erst ergehen, wenn ich noch weitere schöne Momente zu meinen Erinnerungen würde zählen können? Wäre mein Herzschmerz dann nicht noch schlimmer? Ich versuchte die ganze Sache objektiv zu betrachten. War es demnach sogar ganz gut so, wie die Lage war? Leider sagte mein Herz etwas anderes als mein Kopf.

Am liebsten hätte ich ihn gegen die Wand geschlagen. Ich versuchte mich selbst mit Negativargumenten zu überzeugen. Elias hatte nicht nur ein Problem, sich mit mir zu zeigen, er unterstellte mir auch, ähnlich veranlagt zu sein wie Ricky, dessen Bettgenossenliste offenbar lang war. Wie konnte er nur? Eine solche Denkweise passte gar nicht zu ihm. Oder doch?

Ich fragte mich, ob ich den gleichen Fehler beging, indem ich Ricky ebenso einschätzte. Vielleicht war er gar nicht so. Wie hieß es so schön: Bellende Hunde beißen nicht! Traf das Sprichwort möglicherweise auf Ricky zu? Aber egal in welche

Kategorie ich Ricky auch stecken mochte, letztlich war nicht er, sondern Elias mein Problem.

»Schläfst du?«, flüsterte Julia, und ihr übergebeugter Körper spendete mir kurzfristig Schatten.

Ich richtete mich auf. »Nein. Wo warst du so lange?«

»Ricky hat mir eine Eisschokolade spendiert, und dann bin ich noch mit Markus ein bisschen spazieren gegangen.« Schnaufend setzte sie sich neben mich, auf mein übergroßes Badelaken. Wie viele Menschen doch in diesen Tagen schon hier gesessen hatten … »Ricky ist wirklich ein dufter Typ. Er bringt mich andauernd zum Lachen. Und Markus, mit dem kann man richtig gut reden.«

Forschenden Blicks begutachtete ich meine Freundin. Sie war nicht nur begeistert von Ricky sondern auch von Markus. Gab es da mehr zu wissen über die Ehe meiner Freundin? Oder sah ich nur Gespenster?

»Sag mal, ist zu Hause wirklich alles in Ordnung?«

»Jaaa.« Für meinen Geschmack war das ›Ja‹ einen Tick zu gedehnt. Ich musterte meine Freundin genauer. Sie strich über ihren Bauch und betrachtete ihn angestrengt. Ich kannte Julia lange genug, um alarmiert zu sein. Ihre Badetasche vibrierte.

»Ich glaube, da will dich jemand dringend erreichen. Das Tänzchen hat deine Tasche schon mehrmals vollführt in der letzten Stunde.«

Doch Julia schaute nur flüchtig hin, ohne nach ihrem Handy zu greifen. Noch mehr Hinweise brauchte ich nicht.

»Nun mal raus mit der Sprache: Was ist los?«

Julia atmete tief durch, bevor sie endlich den Mund aufmachte. »Es könnte sein …«

»Ja?«

»Es könnte sein, dass ich Ralf nicht gesagt habe, dass ich mir eine kleine Auszeit nehme.«

Meine Brauen schossen in die Höhe. »Du meinst, er weiß nicht, wo du bist?«

Statt einer Antwort verzog sie lediglich den Mund.

»Julia?«, rief ich. »Ralf weiß gar nicht, dass du hier bei mir bist?«

Sie schüttelte den Kopf. Als sie mir endlich in die Augen sah, konnte ich Tränen erkennen. »Ich hätte es ihm erzählen müssen, ich weiß. Aber er und seine Mutter haben mich so aufgeregt. Ich bin eine werdende Mutter, und wie behandeln sie mich? Wie ein Kleinkind! Was sagt das über mich aus? Wie soll ich es denn schaffen, dieses Würmchen großzuziehen, wenn ich scheinbar nicht mal für mich selbst sorgen kann?«

Damit war die ›Katze‹ dann wohl aus dem Sack. Erschüttert schaute ich meine Freundin an. So kannte ich sie überhaupt nicht. Seit Anbeginn unserer Freundschaft – und das lag gut fünfzehn Jahre zurück – war Julia immer jemand gewesen, der selbstbewusst und willensstark durchs Leben ging.

»Das ist doch keine Frage. Du wirst eine tolle Mutter. Die Beste!«, sagte ich und meinte es auch ganz genauso. Tröstend strich ich ihr über den Arm. Prompt kullerte die erste Träne ihre Wange hinunter, also zog ich sie an mich und umarmte sie richtig. »Und so wie ich deinen Ralf kenne, denkt er das auch. Vielleicht handelt es sich nur um ein paar Missverständnisse. Sicherlich wollen die beiden dich nur unterstützen und dir helfen. Es ist ja auch nicht mehr lange. Wann ist der Geburtstermin? In gut drei Wochen?« Schniefend nickte sie, dann verzog sie kurz das Gesicht. Ich plapperte weiter. »Du hast mir selbst erzählt, dass dir die Hormone momentan einen Streich spielen und du oft empfindlich reagierst. Ich kann mir beim besten Willen nicht vorstellen, dass irgendjemand denkt, du könntest das nicht schaffen. Und schon gar nicht Ralf!«, beendete ich meine kleine Rede. Ich schob sie ein Stück von mir weg, sodass ich ihr in die Augen blicken konnte. »Außerdem, denk doch mal an Caro. Die war schon immer leicht konfus. Mit Haushalt und so hatte die es noch nie so recht.

Und? Trotzdem ist sie eine fantastische Mom geworden. Der kleine Louis ist ein gesundes, glückliches Kind.«

Endlich schlich sich ein Lächeln auf Julias Gesicht. »Stimmt. Weißt du noch, wie sie beim Putzen der Oberlichtfenster auf das Sims geklettert ist und dabei die Leiter umgeworfen hat? Sie hat über eine Stunde da oben sitzen und warten müssen, bis Jan sie gefunden und gerettet hat.«

Wir lachten, ehe Julias Handy erneut ihre Tasche durchrüttelte. Erleichtert sah ich zu, wie sie das Gespräch annahm.

Unschlüssig stand ich in der Schlange vor dem Kiosk und versuchte die Tafel zu studieren. Ein mittäglicher Imbiss wäre nicht schlecht. Mein Magen knurrte, und auch Julia sollte dringend etwas essen. Mein Blick blieb an dem Wort ›Schnitzelsandwich‹ hängen.

»Hast du großen Hunger?«, flüsterte mir Elias von hinten ins Ohr, und meine Nackenhärchen stellten sich sofort wohlig auf. Langsamer als gewöhnlich drehte ich mich zu ihm um. Er trug eine Sonnenbrille und ein schelmisches Grinsen im Gesicht. Ich nahm sein Bild in mich auf. Mein Herz stolperte vor freudiger Aufregung. *Reiß dich zusammen, Annabell!*, mahnte mein Kopf, aber mein verräterisches Herz erhielt Verstärkung von meinen übermütigen Hormonen. Elias' Anblick – wie er da so von der Sonne angestrahlt vor mir stand – machte mich ganz wuschelig. Was interessierte mich mein Geschwätz von gestern? Die Urlaubstage waren gezählt. Ich sollte sie genießen und mitnehmen, was möglich war! Ich machte mir wie immer viel zu viele Gedanken. Der Sinn einer Urlaubsaffäre war, sich zu vergnügen, ohne zu grübeln. Mit dem realen Leben hatte das nichts zu tun. Mein Kopf war nicht ganz überzeugt von meinen eigenen Argumenten, doch da schenkte ich Elias bereits mein strahlendes Lächeln.

»Allerdings. Die Frage ist nur, auf was ich größeren Appetit habe«, antwortete ich keck und zwinkerte ihm aufreizend zu.

»Was steht denn auf der Speisekarte?«

»Das Angebot hat sich gerade erweitert.«

»So?« Süffisant grinste er mich an. Wir wussten beide, dass wir nicht mehr vom Essen sprachen. Schmetterlinge wirbelten in meinem Bauch herum. Ein paar Kids hüpften gutgelaunt mit je einer großen Tüte Pommes an uns vorbei. Wir rückten auf. Nur noch eine Person war vor mir. Plötzlich war mir ein Mittagsimbiss egal. Am liebsten hätte ich Elias' Hand genommen, um mit ihm irgendwo hinzugehen, wo wir allein wären. Ein kuscheliges Plätzchen, an dem wir uns ungestört im Gras wälzen konnten, schwebte mir vor.

»Was hältst du davon, wenn wir nach dem Essen etwas Prickelndes unternehmen?«, fragte er und mein Herz machte einen Hüpfer, weil er das Gleiche dachte. Schon wie er das Wort ›prickelnd‹ aussprach, verursachte bei mir eine Gänsehaut. Warum warten? Wir könnten doch gleich los!

Doch bevor ich den Vorschlag aussprechen konnte, war ich an der Reihe. Mir fiel Julia ein, die wirklich etwas essen sollte. Sie verzog schon den ganzen Tag immer wieder schmerzhaft das Gesicht, auch wenn sie es vor mir zu verbergen versuchte. Vielleicht trat das Baby, vielleicht lag es auch an ihrer vertrackten Situation mit Ralf, in jedem Fall war es für eine Hochschwangere bestimmt nicht erholsam gewesen, auf einer Luftmatratze im Zelt zu nächtigen. Ich war froh, dass sich Markus ihr wieder angenommen hatte. Und etwas zwischen den Zähnen würde hoffentlich auch dazu beitragen, dass sie sich besser fühlte.

»Zwei Schnitzelsandwiches«, bestellte ich also. »Du auch?« Elias nickte, und ich korrigierte meine Angabe auf drei.

»Ist möglicherweise gar keine schlechte Idee, erst etwas zu essen. Wer weiß, wie kräftezehrend die nächsten Stunden werden«, meinte er.

Ein erwartungsvoller Schauer durchlief mich. Lächelnd biss ich mir auf die Lippe. Gemeinsam schlenderten wir zu unserem Platz. Während Elias sein Sandwich bereits verdrückte, trug ich meine beiden unangerührt. So aufgewühlt, wie ich war, war ich mir sowieso nicht sicher, ob ich überhaupt etwas herunterbekommen würde.

»Wir müssen bald los«, erklärte er zwischen zwei Bissen.

Leicht verwirrt schaute ich ihn an. »Wir müssen?«

»Ja. Um zwei sind wir dran. Ich habe alles schon organisiert. Ich habe gehofft, dass du mitkommst.« Er grinste verschmitzt.

»Tut mir leid. Wohin?«

»Stimmt. Das habe ich dir ja noch gar nicht erzählt. Wir gehen Paragleiten und schauen uns die Welt von oben an.« Gespannt sah er mich an. Ich sollte mich wohl freuen. Besser gesagt vor Freude außer mir sein. Genau das erwartete Elias. Doch ich war dazu nicht fähig. Meine Vorstellung von ›auf Wolken schweben‹ war eine gänzlich andere.

»Und freust du dich?«, hakte er nach.

Mein Mund war plötzlich völlig ausgetrocknet. Ich sollte mich waghalsig von einem Berg oder Felsen stürzen? Mit nichts weiter als einem Gleitschirm, an dessen Gurt mein Leben hing und an mir vorbeizog? War das sein Ernst?

»Du meinst, ob ich vor Freude in die Luft gehe? Sag mal, spinnst du?« Ich merkte, wie sich meine Stimme überschlug.

Elias verharrte verdutzt mitten in der Bewegung. »Ähm, also … Ich dachte, das ist doch ein tolles Erlebnis …«

»Toll? Toll? Toll?« Ich konnte es nicht fassen. Während ich von heißen Küssen träumte, schwebte Elias in höheren Sphären. Das alles kam mir ziemlich altbekannt vor. Karsten war jede Art von Sport, die ihm einen Kick versetzte, zehnmal wichtiger gewesen als ich. Wie konnte mir das nur schon wieder passieren?

Ich schnappte nach Luft. »Weißt du was, mach doch, was du willst. Aber ohne mich!« Im Stechschritt eilte ich davon.

Elias lief hinter mir her. »Mensch, Annabell, entspann dich doch mal.«

»Ich bin entspannt! Ich habe Urlaub, verdammt noch mal!«
Keuchend blieb stehen.

»Ich dachte, du freust dich. Wenn du nicht möchtest, dann
können wir auch etwas anderes machen.«

Doch es war zu spät. Ich kam mir vor wie in einem schlechten Film. Auch solcherlei Beteuerungen kannte ich zur Genü-
ge. Nicht mit mir. Nicht noch einmal! Da nützte auch sein
Hundeblick nichts, den er jetzt an den Tag legte. Das redete
ich mir jedenfalls mit aller Kraft ein. Ich durfte nicht weich
werden! Auch wenn mein Körper und Geist einen Kampf
gegeneinander ausfochten, es konnte nur einen Gewinner
geben. Meinen Verstand! Der sagte mir klar und deutlich, dass
das alles hier zu nichts führte. Frustriert starrte ich ihn an.

»Lass mich in Ruhe. Du, du blöder ... Schnitzel!«

Ich hörte, wie ich es aussprach, und wusste, etwas stimmte
nicht. Mein Blick fiel auf die Sandwiches, die ich in der Hand
hielt. Na gut, ›blödes Schnitzel‹ war kein landläufig gebräuch-
liches Schimpfwort, aber wen störte das? Vermutlich war es
sogar besser als ein Kraftausdruck, denn ich wollte Elias gar
nicht anpöbeln. Es war reiner Eigenschutz! Wenn ich das hier
nicht sofort beendete, würde ich weich werden, das war mir
nur allzu bewusst.

Leider reagierte Elias auf meine neu kreierte Beschimpfung
nicht wie erhofft. Anstatt sauer davonzustürmen, zuckten seine
Mundwinkel, was ihn nur wieder attraktiv erscheinen ließ.

Ich rollte innerlich über mich selbst die Augen. *Man Annabell, du bekommst aber auch gar nichts richtig hin!,* schimpfte
ich mit mir selbst und setzte mich erneut in Bewegung. Nein,
ich lief nicht davon, ich wollte lediglich meiner Freundin ihr
Mittagessen bringen!

Elias verfolgte mich. Er sagte zwar nichts, aber er lief unmittelbar hinter mir. Dass er schlichtweg das gleiche Ziel hatte,
begriff ich erst später. Julia saß nämlich bei Markus. Ich fühlte

mich wie betäubt. Ich mochte einerseits übertrieben reagieren, andererseits glich die Situation einem Déjà-vu. Wie lange ich doch gebraucht hatte, um mich aus dieser unseligen Beziehung mit Karsten zu lösen … Und jetzt wurde ich mit alten Wunden und Mustern konfrontiert. War das eine schicksalhafte Fügung des Universums? Mehr als einmal hatte ich mir gesagt, dass ich, könnte ich noch einmal von vorne anfangen, alles anders machen würde. War das meine Chance, entsprechend zu handeln? Nur warum fühlte ich mich dabei alles andere als gut?

Grübelnd bog ich um die Hecke, hinter der die Männer für heute ihren Platz gefunden hatten. Julia saß neben Markus auf der Decke. Doch anders als erwartet, waren sie nicht in ein Gespräch vertieft. Direkt vor ihnen stand eine Frau und gestikulierte wild. Ich sah sie nur von hinten, aber sie war klein, schmal und besaß langes hellbraunes Haar. Statt Bikini trug sie Jeansshorts und T-Shirt. Als ich näherkam, sprang Markus gerade auf. In beruhigendem Ton redete er auf die Frau ein, die trotzdem weiterkreischte.

»… viel zu gutgläubig! Von wegen: Du brauchst ein paar Tage Zeit zum Nachdenken! Ich habe ja nicht viel erwartet, aber *das*? Das sprengt jeden Rahmen! Reicht es dir nicht, *eine* Familie zu haben? Musstest du gleich auch noch eine andere schwängern?« Mit spitzem Finger zeigte sie auf Julia. Die saß wie vom Donner gerührt stocksteif da.

Markus schüttelte vehement den Kopf. »Aber das ist doch gar nicht so …«

»… wie es aussieht?« Hysterisch lachte die Frau auf. »Das ist ja wohl der älteste und abgedroschenste Spruch der Welt! Und ihr?« Sie wandte sich nun an Andy und Ricky, die bisher als Zuschauer agiert hatten. »Ihr deckt seine Eskapaden! Das hätte ich mir ja denken können! Schöne Freunde seid ihr!«

»Corinna, bitte beruhige dich doch. Du verstehst das alles ganz falsch.« Markus trat einen Schritt auf die zierliche Frau zu. Sie schüttelte ihn unwirsch ab.

214

»Die Schlampe da soll verschwinden. Sofort!«, zischte sie, bevor sie mit einem Satz nach vorne sprang.

Doch noch ehe sie in Julias Reichweite gelangte, spurtete ich an deren Seite. »Komm, ich helfe dir auf. Ist vielleicht besser, wir gehen«, beeilte ich mich zu sagen. Die Frau – wenn ich richtig kombinierte, Markus' Ehefrau – mochte klein und zierlich sein, doch derart außer sich, wie sie war, wusste ich nicht, was ich ihr zutrauen musste. Daran änderte auch nichts, dass sie unübersehbar ebenfalls einen Babybauch – wenn auch einen flacheren – vor sich herschob.

Julia verzog erst das Gesicht, dann riss sie lautlos den Mund auf, als ich sie hochzerrte.

»Was ist? Hast du schon wieder Schmerzen?« Zuerst wollte sie den Kopf schütteln, doch das gelang ihr nur halbherzig. »Sag schon, könnten das Wehen sein?« Der Gedanke schoss mir ganz plötzlich durch den Kopf. Alarmiert betrachtete ich meine Freundin. Das wäre ja der Super-GAU – hier auf der Campinganlage!

»Ich … Ich denke nicht. Höchstens Vorwehen. Das ist ganz normal. Glaube ich.«

Julias Antwort beruhigte mich nicht besonders. Immerhin war Corinna nun endlich still. Doch das bemerkte ich nur am Rande. Langsam führte ich meine Freundin weg.

20

Der Regen prasselte gegen die Fensterscheibe. Das Wetter passte hervorragend zu meiner Stimmung. Der Himmel war wolkenverhangen, und von irgendwoher hallte ein Donnerschlag. Nach der drückenden Hitze war ein reinigendes Gewitter an der Zeit. Ich hoffte, dass auch bei mir morgen wieder die Sonne scheinen würde. Heute jedoch fühlte ich noch eine gewisse Leere. Lustlos wuchtete ich einen Berg Rechnungen auf einen bereits vorhandenen Stapel. Seit gestern gehörte ich wieder zum arbeitenden Volk und war im Büro.

Nach dem Zwischenfall mit Markus' Frau war irgendwie alles ganz schnell gegangen. Julias schmerzhaftes Ziehen hatte sich verstärkt. Als sie es nicht mehr vor mir verheimlichen oder herunterspielen konnte, gestand sie, dass es bereits in der Nacht begonnen hatte. Hatte ich es mir doch gedacht, dass am Boden schlafen nicht gut für sie war, dann noch der Zwist mit Ralf und schließlich die Aufregung durch Markus und seine Frau – das alles war zu viel gewesen. Ich entschied, dass es das Beste war, Julia zum Arzt zu bringen. Nach anfänglicher Diskussion konnte ich sie dann doch überreden. Allerdings nur unter der Bedingung, dass ich sie nach Hause fuhr. Da mein Urlaub sowieso fast vorbei war, fand ich es sinnvoll, meine Sachen auch gleich zu packen. Also hatte ich in Windeseile alle Habseligkeiten in Julias Kombi verstaut, wobei mir Julia, der ich jegliche Handgriffe verboten hatte, auf meinem Einhorn sitzend zusah. Ich wollte kein Risiko eingehen. Während der zweistündigen Rückfahrt stöhnte sie immer wieder leicht auf und ich hatte teilweise Mühe gehabt, mich auf die Straße zu konzentrieren, weil ich jede ihrer Bewegungen argwöhnisch beäugt hatte. Doch wir erreichten die Notaufnahme glücklicherweise, ohne dass ich mich als Hebamme hatte versuchen müssen. Mehr als erleichtert übergab ich Julia schließlich in die fähigen Hände der Ärzte. Dort hatten wir auch Ralf getroffen, der seine Mutter in weiser Voraussicht nicht mitgebracht hatte, und so war einer liebevollen und von Julias Seite tränenreichen Versöhnung nichts im Wege gestanden. Die Ärzte hatten sie zur Beobachtung für ein paar Tage dortbehalten, bisher hatte ich aber nicht gehört, ob sie ihr Baby schon zur Welt gebracht hatte. Das war nun drei Tage her.

Seufzend drehte ich den Kugelschreiber in der Hand. Mein Blick fiel auf den leeren Stuhl mir gegenüber. Nun war Petra im wohlverdienten Urlaub. Natürlich auf dem Campingplatz in der schönen Oberpfalz! Sie war ganz begeistert gewesen, dass ich spontan meinen Urlaub dort verbracht hatte, und hatte mich nach allen Regeln der Kunst ausgefragt. Es fiel mir nicht gerade leicht, meine Urlaubserlebnisse und die Erinnerung an Elias zu trennen. Und von meinem Flirt wollte ich garantiert nichts erzählen! Ehrlich gesagt, war ich froh, als sie fröhlich winkend das Büro verlassen hatte. Tja, nun war sie dort und ich hier. Ob es im Oberpfälzer Seenland auch regnete?

Als ich mich spontan für meinen Campingtrip entschieden hatte, hätte ich nie geglaubt, dass ich Trübsal blasen würde, weil der Urlaub vorüber war. Überraschenderweise aber hatte ich mich dort wirklich wohlgefühlt. Ich dachte an Bernd und Detlef. Kein Wunder, dass Petra seit Jahren dorthin zurückkehrte. Einmal Freundschaft geschlossen, war es bestimmt wie ein Treffen mit der Familie. Ob sie Andy, Ricky und Elias auch schon kennengelernt hatte? Sofern die Männer überhaupt noch dort waren. Ich hatte keine Ahnung, wann sie abreisen wollten. Markus jedenfalls – so schätzte ich – war bestimmt mit seiner Frau nach Hause gefahren. Hoffentlich fanden die zwei wieder zueinander, das wünschte ich ihm von ganzem

Herzen! Wie seltsam das Leben manchmal spielte und wie schnell man gelegentlich falsche Schlüsse zog! Es war für mich noch immer kaum zu glauben, dass Markus' Frau tatsächlich geglaubt hatte, er und Julia hätten eine Affäre. Und nicht nur das! Es war schließlich offensichtlich gewesen, dass sie auch dachte, er wäre der Vater von Julias Baby. Was wohl Ralf von der ganzen Sache hielt? Ich grinste bei dem Gedanken. Immerhin war bei den beiden wieder alles in Ordnung.

Mein Lächeln verblasste. Unaufhaltsam schob sich mir Elias in den Sinn. Obwohl ich mit aller Macht versuchte nicht an ihn zu denken, spukte er mir doch regelmäßig im Kopf herum. Nicht zum ersten Mal erinnerte ich mich an meine letzten Worte, die ich zu ihm gesagt hatte: *Du blödes Schnitzel!* Mit etwas Abstand und reichlich Humor konnte ich einen gewissen Witz daran nicht leugnen. Ich gluckste, aber so recht wollte es mir doch noch nicht gelingen.

Das Telefon klingelte und erlöste mich aus meiner Grübelei.

»Herr Möller ist da. Kann ich ihn hochschicken?«, fragte Gabi, unsere Empfangsdame.

In meinem Kopf ratterte es. Hatte ich einen Termin? Wer war nochmal Herr Möller? Dafür, dass ich frisch erholt aus dem Urlaub kam, war ich geistig nicht gerade auf der Höhe.

»Kann ich?«, wiederholte Gabi ungeduldig.

»Ähm … ja.«

Ich schmiss das Telefon beiseite und sah meine Unterlagen durch. Nichts. Zunehmend hektischer stolperte ich zu Petras Schreibtisch. Vielleicht hatte sie den Termin vereinbart und vergessen mir etwas davon zu sagen? Oder ich hatte in meiner Lethargie einfach nicht richtig zugehört. Na bravo! Ich hatte keine Ahnung, was der Mann wollte, und ich hasste nichts mehr, als unvorbereitet in einen Termin zu gehen.

Es klopfte an der Tür.

»Moment!«, rief ich, war mir aber im gleichen Augenblick bewusst, dass es mir nicht half. Ich würde auch in der nächsten

Sekunde nicht herausfinden, was Herr Möller von mir wollte. Aber das war eh egal, denn die Klinke wanderte bereits nach unten. Ich strich mir die Haare glatt und zupfte gerade noch meinen Rock zurecht, da trat der Mann ein.

Als ich aufsah, traf mich fast der Schlag.

»Hi.«

Das war alles, was er sagte. Doch schon dieses kleine Wörtchen genügte, damit mein Herz kurz stehen blieb, um gleich darauf einen Satz zu vollführen, bevor es aufgeregt gegen meine Brust schlug.

»Ich hoffe, ich störe dich gerade nicht allzu sehr.« Elias' samtige Stimme erfüllte den ganzen Raum.

Baff starrte ich ihn an und verlor mich prompt wiedermal im Blau seiner Augen. Es dauerte eine kleine Ewigkeit, bis ich meine Sprache wiederfand.

»Wie kommst du hierher?« Meine Stimme klang rau. Ich räusperte mich.

»Mit dem Auto.«

»Das meinte ich nicht, und du weißt das genau.«

Seine Mundwinkel zuckten. Gut sah er aus, wenn auch ganz anders. Er trug einen dunkelblauen Anzug mit weißem Hemd und hellblauer Krawatte, was sein braunes Haar und die strahlenden Augen noch mehr zur Geltung brachte. Allein schon sein Anblick ließ mir die Knie weich werden, doch jetzt trat er auch noch einen Schritt auf mich zu. Hilfesuchend lehnte ich mich gegen meinen Schreibtisch. Ich war keine Dramaqueen, umkippen war keine Option!

»Ich wusste nicht, dass du in der Branche tätig bist. Mit welcher Art medizinscher Hilfsmittel befasst du dich?«

Er zögerte kurz. »Aktuell mit gebrochenen Herzen.«

»Sehr witzig!« Ich runzelte die Stirn. Es war doch ein komischer Zufall, dass wir uns vor einigen Tagen im Urlaub begegnet waren und nun geschäftlich gegenüberstanden …

»Ich habe Petra kennengelernt.« *Petra also!* »Eine sehr nette

Kollegin hast du.« *Und eine sehr geschwätzige, wie es scheint.*

»Was willst du mir damit sagen? Du bist überhaupt nicht beruflich hier, stimmt´s?«

»Annabell. Ich bin dir eine Erklärung schuldig.« Er kam noch etwas näher, sodass ich sein Aftershave riechen konnte.

»Ja?«, brachte ich mühsam hervor. Mein Hirn war benebelt.

Er nickte. »Das ist mir klar geworden, als du so plötzlich verschwunden warst. Ich kann dir gar nicht sagen, wie einsam ich mich ohne dich fühlte. Es klingt blöd, ich weiß, aber ich habe dich echt vermisst.« Ein warmes Gefühl durchflutete mich. »Und ich hatte Zeit zum Nachdenken. Viel Zeit! Ich habe über unsere kleinen Streitereien nachgedacht …«

Das hatte ich auch. Ich war zu dem Ergebnis gelangt, dass es gut war, ihn nur als harmlose Urlaubsbekanntschaft getroffen zu haben und nicht im ›echten‹ Leben, wo ich gezwungen wäre, eine realistische Entscheidung zu treffen. Warum stand er jetzt vor mir und machte damit alles unnötig kompliziert?

»Ich denke, der Grund dafür war, dass ich dich ab einem gewissen Punkt ständig bedrängt habe etwas Abenteuerliches zu unternehmen. Weißt du … « Er stockte kurz, als würde es ihm schwerfallen weiterzusprechen. »Man sollte keine Altlasten mit in etwas Neues schleppen. Doch das habe ich getan. Meine letzte Beziehung hat über mehrere Jahre hinweg gehalten, aber letztlich ist sie gescheitert. Weil ich ›zu langweilig‹ war. Annika, also meine Ex, war ein Partygirl. Sie liebte die Aufregung und das Leben. Sie war ständig auf Achse. Ein einfacher Kinobesuch war ihr zu fad. Sie stand auf Typen wie Ricky … Lange Rede, kurzer Sinn: Als ich merkte, dass da etwas zwischen uns ist, … da … wollte ich einfach *nicht* langweilig sein. Deshalb meine dauernden Vorschläge …«

Hatte ich gerade noch mit gerunzelter Stirn zugehört, stand mir nun der Mund offen. »Du wolltest mir damit imponieren.« Es war mehr eine Feststellung als eine Frage. Dann brach ich in schallendes Gelächter aus.

»Aber Rickys Gerede hat dir doch gefallen, und von Dirk warst du so beeindruckt, weil er so super wakeboarden kann …« Elias war deutlich anzusehen, dass er nicht wusste, wie er mit meiner Reaktion umgehen sollte. Also riss ich mich, so gut es ging, zusammen.

»Elias. Mein Verflossener war Extremsportler. Ein richtiger Adrenalinjunkie! Da mitzuhalten war Hardcore für mich. Alles, was ich will, was ich suche, ist eine stinknormale und hin und wieder sogar auch langweilige Beziehung, in der ich nicht ständig gezwungen bin, etwas zu beweisen.«

»Dann habe ich dich mit meinen Ambitionen nicht beeindruckt?«

Ich schüttelte kichernd den Kopf. »Nein. Tut mir leid.«

Die negative Anspannung fiel von mir ab. Erleichtert sah ich ihn an. Ich konnte mich erinnern, dass ich in einer meiner schlaflosen Zeltnächte geglaubt hatte, wir wären seelenverwandt. Es war in der Nacht gewesen, nachdem wir diesen herrlichen Abend auf den Steinstufen miteinander verbracht und Pizza und Wein geteilt hatten.

Sollte mich mein Gefühl also nicht getrogen haben? Wie groß war die Wahrscheinlichkeit, dass sich zwei Menschen begegneten, zwischen denen die Funken flogen und die obendrein noch mit dem gleichen Handicap behaftet waren? Na ja, es mochte nicht ganz gleich sein, aber ähnlich war es in jedem Fall.

»Dann habe ich mich also verhalten wie ein eifersüchtiger Trottel«, stellte er fest und fuhr sich durchs Haar.

Mein Herz machte einen Hüpfer. »Deshalb warst du zwischendurch immer so muffig? Du warst eifersüchtig?«

»Ich fürchte – ja. Ich habe da so einige schlechte Erfahrungen gemacht …«

»Dann muss ich dir zustimmen. Du *warst* ein Trottel!« Er schaute etwas betreten. »Aber du hast mich immerhin ausfindig gemacht und mir jetzt alles erklärt…«

»Du meinst, das gibt Pluspunkte?« Ein Lächeln legte sich über sein Gesicht.

»Man könnte es durchaus so betrachten.« Mein gesamter Körper kribbelte. Genauso hatte ich empfunden, als er mit mir meine Matratze ins Zelt manövriert hatte. Gab es Liebe auf den ersten Blick vielleicht wirklich? Und falls ja, dann hatte es Elias demnach auch erwischt? Schon der erste Kuss war echt der Hammer gewesen. Noch nie hatte ein einziger Kuss solche Gefühle in mir ausgelöst. Ich dachte an Karsten. In der gesamten Zeit, die wir zusammen waren, hatte ich so etwas niemals gespürt. Auch nicht ganz am Anfang.

»Annabell …« Seine Stimme nahm einen ernsten Tonfall an. Ein letzter Schritt, dann, nur wenige Zentimeter entfernt, blieb er stehen. »Ich kann dir nicht versprechen, dass ich nie wieder eifersüchtig sein werde. Aber ich liebe dich! Das weiß ich ganz genau. Meinst du, du könntest es mit mir liebestollem Trottel dauerhaft aushalten?«

»Du meinst, du möchtest mein persönlicher Ganzjahrestrottel werden?« Ich gluckste und fühlte mich plötzlich federleicht. Erwartungsvoll nickte er. »Ich fürchte …«, ich atmete tief ein, »wir müssen es versuchen. Denn ich liebe dich auch.«

Seine Augen leuchteten. Er zog mich an sich und vergrub sein Gesicht in meinen Haaren. »Ehrlich gesagt, war ich froh, dass ich mit dir nicht Gleitschirm fliegen musste«, flüsterte er mir ins Ohr. Ich kicherte, aber im nächsten Moment fanden seine Lippen endlich meine. Wir küssten uns so leidenschaftlich, bis sich alles um mich herum drehte. Es fühlte sich einfach nur richtig an.

Ende

über die Autorin

Birgit Gruber, 1976 geboren, lebt mit ihrem Mann, ihren zwei Kindern und zwei Katzen in der Nähe von Bayreuth. Bereits im Kindesalter hat sie Geschichten erfunden und aufgeschrieben.
Bis zu ihrer ersten Veröffentlichung hat es allerdings etwas gedauert. 2015 erschien ihr Debütroman "Der Mann im Kleiderschrank".

Neben locker-leichten Liebesromanen schreibt sie die witzig-skurrile Cosy-Crime-Reihe „Kati Blum".
Birgit Gruber veröffentlicht sowohl im Self-Publishing als auch im Verlag.

Mehr zu Birgit Gruber unter www.birgitgruber.de

Warum einfach, wenn umständlich viel schöner ist

Antonia hat einen neuen Job. Obwohl branchenfremd, soll sie plötzlich Veranstaltungen organisieren. Wird das klappen? Denn nicht nur der bayerische Comedian Egon Wunderlich macht ihr zu schaffen, ebenso eine anstehende 500-Jahr-Feier ist für Antonia eine Herausforderung.

Und als wäre das nicht schon genug, soll sie auch noch im Nobelrestaurant ihres Bruders aushilfsweise kellnern. Dass der attraktive Tom ihren Pulsschlag noch zusätzlich erhöht, macht die Situation nicht unbedingt einfacher …

Der Mann im Kleiderschrank

Eine überraschende Erbschaft! Leider mit hohen Kosten verbunden. Nicht gerade die beste Ausgangsposition für die arbeitslose Louisa. Doch ermuntert durch ihre liebenswürdige, aber zugegebenermaßen schrille Großmutter, lässt sich Louisa auf das Abenteuer ein.

Mit Sack und Pack zieht sie in die Nähe von Leipzig, um das alte Gutshaus zu renovieren. Dabei lernt sie nicht nur den durchaus attraktiven Bauunternehmer Christian kennen, sondern erhält auch tatkräftige Hilfe eines charmanten Geistes ...

Ob in Schneemännern versteckte Leichen, mysteriöse Todesfälle, bei denen sich alles nur um Schuhe zu drehen scheint, oder ermordete Zahnärzte – Kati Blum schafft es einfach nicht, ihre vorwitzige Nase aus den Ermittlungen rauszuhalten. So steckt sie schon mal mit Freundin Nina knietief im Müll oder muss sich mit penetranten Männern im Bärenkostüm herumärgern, die es einfach nicht lassen können, mit ihren Waffen vor ihrem Gesicht herumzufuchteln.

Zum Glück ist da aber Lars, der immer zur Stelle ist, wenn es richtig brenzlig wird, und ihren Puls noch zusätzlich in die Höhe treibt …